KB118008

아
주
오
래
된
서
점

**FURUHONDOJO**
by Mitsuyo Kakuta, Takeshi Okazaki

Design by Yurio Seki
Maps by Harumin Asao

Copyright ⓒ Mitsuyo Kakuta, Takeshi Okazaki, 2008
All rights reserved.
Original Japanese edition published by POPLAR Publishing Co., Ltd.

Korean translation copyright ⓒ 2017 by Munhakdongne Publishing Group.
This Korean edition published by arrangement with Kakuta Mitsuyo Office, Ltd. and
Takeshi Okazaki / Bureau des Copyrights Français, Tokyo,
through HonnoKizuna, Inc., Tokyo, and Eric Yang Agency, Inc

* 이 도서의 국립중앙도서관 출판예정도서목록(CIP)은 서지정보유통지원시스템 홈페이지
(http://seoji.nl.go.kr)와 국가자료공동목록시스템(http://www.nl.go.kr/kolisnet)에서
이용하실 수 있습니다.(CIP 제어번호: 2017001760)

아주 오래된 서점

가쿠타 미쓰요·오카자키 다케시 지음
이지수 옮김

문학동네

# 차례

1년 동안 오카자키 사부의 헌책 도장道場에 다녔다. 헌책방은 자주 이용하는 편이라 멋대로 친근하게 느껴왔는데, 완전히 미지의 세계였다는 사실을 끊임없이 깨달은 1년이었다. 헌책방은 일반 서점보다 책을 싸게 살 수 있는 장소이기만 한 것이 아니다. 그곳에는 전쟁을 사이에 둔 종이의 역사가 있고, 출판사와 작가의 시행착오가 있으며, 인쇄술의 변화가 있고, 사람들의 생활이 있으며, 조상의 지혜와 장난기가 있고, 시대의 색과 거기서 불거져나온 선線이 있으며, 그리하여 끝없는 낭만이 있다.

헌책이라는 세계는 끝없는 동굴 같아서, 나아가면 나아갈수록 끝에 다다를 수 없는 심오함을 깨닫게 된다. 오카자키 사부는 내게 회중전등을 지닌 동굴 안내인이었다. "자아, 저쪽에는 이런 벽화가 있다네"라며 비스듬히 위쪽을 비춰주나 싶으면, "이쪽에는 이런 신기한 생물도 있지"라며 발치를 비춰주었다. 탐험하는 방법은 자유이니 어떤 식으로 걷든 어떤 식으로 즐기든 괜찮다네, 라고 무심히 알려주면서.

그러고 나서 사부는 안내를 하던 중에 (즉매회에서 본 헌책방의 요정처럼) 나에게 회중전등을 건네고, 자신의 관심사가 향하는 방향으로 표표히 떠돌며 어디론가 가버렸다. 이제부터 나는 그 회중전등을 손에 들고, 스스로 여기저기를 비춰가며 헌책이라는 이름의 동굴을 탐험해나가려 한다.

  1년 동안 헌책방을 찾아 함께 동네를 헤매어준 포푸라샤의 야나이 유코 씨와 가마다 레이코 씨, 정말 고마웠어요. 우리가 함께 산 책을 다음에 사부님께 보여드려요.

  그리고 제가 방문한 헌책방의 모든 분들, 정말 감사했습니다. 이야기를 들려주고, 창고를 보여주고, 값비싼 책을 만지게 해주는 등 덕분에 무척 귀중한 시간을 보냈습니다. 책이란 단순한 소비물이 아니라는 사실을 알려준 사람은 다른 누구도 아닌 헌책방 분들이었습니다. 가까운 시일 내에 다시 들르겠습니다. 짐은 적게, 젖은 우산은 밖에 두고, 사부의 가르침을 가슴 깊이 간직하며.

헌책도 입문 주의 사항

오카자키 다케시

| 야나스케 | 사부님! 도장깨기예요. |
|---|---|
| 오카자키 | 뭣이라? 또 야나스케 녀석이 고함을 지르는구나. 곤란하군. 이제 막 간판을 내건 참이라 준비도 덜 됐는데. 점심도 아직 안 먹었고. 어차피 통통하고 안경 쓴 여드름투성이 SF 마니아 애송이겠지. 야나스케야, 도장주ᄇ는 부재중이라 이르고 돌려보내라. |
| 야나스케 | 아, 그럴까요? 상당히 귀여운 여성입니다만. |
| 오카자키 | 그걸 먼저 말했어야지. 내가 응대하겠다. ……예, 제가 이곳 도장주인 오카자키 다케노신이올시다. |
| 가쿠타 | 저어, 저는 소설가 가쿠타 미쓰요입니다. 헌책은 잘 모릅니다만 간판을 보고 꼭 가르침을 얻고 싶어서…… |
| 오카자키 | 뭐야, 입문자였군. 뭐가 도장깨기냐, 야나스케 녀석. 그러면 이쪽으로. 아, 현관 마룻귀틀이 썩었습니다. 밟을 때 빠지지 않도록 조심…… 으악! |
| 야나스케 | 사부님, 괜찮으십니까? |

오카자키　　　그럼, 밟으면 이렇게 된다고 본을 보였을 뿐이다.
　　　　　　　걱정할 것 없다(아프잖아, 젠장).


　이리하여 이제부터 나는 입문자 가쿠타 미쓰요 님과 함께, 독자 여러분이 혹독하고 고된 헌책도道의 비법을 익히도록 여러 가지 가르침을 전수할 것이다.

　만화 『거인의 별』의 등장인물 호시 잇테쓰는 아들 휴우마에게 "빛나는 거인의 별이 되어라"라며 밤하늘에 유난히 빛나는 별을 손가락으로 가리켰지만, 헌책도에는 별 같은 건 없다. 굳이 말하자면 별은 저마다의 가슴속에 있다. 그 별을 빛나게 하는 것도 흐리게 하는 것도 본인이 하기 나름이라는 말씀. 열심히 노력하기 바란다.

　나는 현재 마흔여덟 살로, 일흔, 여든이 되어도 정정하게 활동하는 이 세계에서는 정치판과 마찬가지로 아직 애송이다. 원래 간판을 내거는 것도 주제넘지만, 우리 세대의 헌책관은 앞 세대와는 조금씩 달라지고 있다. 또한 만화, SF, 미스터리, 영화, 음악 등 이제까지 헌책 업계에서 그다지 취급하지 않던 장르에 주목하기 시작한 것도 딱 우리 세대부터다. 서브컬처 세대, 혹은 헌책 누벨바그라 할 만하다.

　헌책이라 부르는 범위는 전에 없이 넓어졌다. 물론 장로들의 눈에는 이 변화가 질 떨어지고 속되어 한심해 보일 것이다. 그러나 상관없다. 이전 세대의 비판을 받지 않는 곳에서는 그 어떤 새로운 것도 태어나지 않는다는 사실은 과거의 역사가 증명하고 있으니까. 이미 만들어진 가치 기준을 존중하면서도 천연덕스럽게 무시하고, 우리의 흥미를 끄는 것을 옳다고 여긴다. 바로 이것이 우리의 헌책도다.

그 헌책도를 전수하기 위해 이제부터 나는 매회 가쿠타 님께 지령을 내리고, 가쿠타 님은 그에 따라 헌책방을 실제로 돌아볼 것이다. 말하자면 수행인 것이다. 사자는 새끼를 천 길 낭떠러지에서 떨어뜨려 기어올라오는 놈만 기른다는데 나도 같은 심정이다. 어금니를 악물고, 그러나 미소를 잃지 말고 수행에 힘쓰기 바란다.

그럼 가쿠타 님과 마찬가지로 헌책방에 가본 적이 거의 없는 분을 위해, 노파심이긴 해도 몇 가지 주의 사항을 전하고자 한다.

　이는 달리 말하자면 사람은 자신의 취미와 흥미, 관심사를 가장 높은 가치 기준으로 삼는다는 뜻이다. 처음에는 누구나 그런 식으로 헌책과 만나 헌책의 즐거움을 알아가지만 시간이 지날수록 꾀가 생긴다. 자신이 진귀하다고 생각하는 책이 실은 진귀하지 않고, 하찮게 여겨 간과했던 책에는 높은 가격이 붙어 있다는 사실을 알게 된다. 이른바 감정꾼이 되는 것인데, 실은 이야말로 함정이다. 헌책 업계의 가치 기준에 물들면 저도 모르게 그런 눈으로 책을 보게 된다. 헌책이 가격으로 보이는 것이다. 그러면 저 책은 비싸다, 이 책은 싸다 하는 식으로 망자처럼 헌책이라는 삼도천에서 몸부림치게 된다.

　나는 그런 사람들에게 원점으로 돌아가라고 말하고 싶다. 자신이 좋다고 생각한 책, 자신이 좋아하는 책이 누가 뭐래도 최고다. 그 물건에 아무리 싼 가격이 붙어 있더라도, 헌책방 주인이나 마니아가 경멸하더라도 전혀 상관하지 말아야 한다. '남에게 옮은 감기는 싫다'라고 마음에 새겨야 한다. 자신의 감기는 어디까지나 스스로 걸린다. 이 점을 잊지 말도록.

엥? 어째서? 같은 서점인데…… 이렇게 생각하는 사람이 많을 테지만, 그 부분이 '어리석음의 밤은 깊어가고'■다(무슨 소리인지 모르는 사람은 아버지께 여쭤보도록). 일반 서점에 진열된 책은 일부를 제외하면 전부 위탁품, 즉 반품할 수 있는 상품이다. 반품은 더러워지거나 표지가 찢어져도 할 수 있으며, 가게 주인의 주머닛돈은 줄지 않는다. 진열된 책도 주인이 직접 보고 골라 주문하는 경우도 있으나 대개는 중개인을 통해 배본받는다. 가게의 규모나 영업 형태에 따라 다르긴 하지만, 뭐 대충 이런 식이라 생각해도 된다.

반면 헌책방에 진열된 책은 모두 가게 주인이 자기 돈으로 사들인, 반품할 수 없는 상품뿐이다. 더러워지거나 표지가 찢어져 팔리지 않으면 그 손실은 주인이 뒤집어쓴다. 당신이 돈을 내고 자신의 물건으로 만들기 전까지 헌책방 책장에 진열된 책은 모두 헌책방 주인의 재산이자 소유물이다. 주인의 장서라고도 할 수 있다. 헌책방 주인이 다가가기 힘든 언짢은 얼굴을 하고 있는 데

■ 니시다 사치코의 노래 〈아카사카(アカサカ)의 밤은 깊어가고〉의 패러디. '어리석음(アサハカ)'은 '아사하카'라고 읽는다.

는 다 이유가 있다. 책을 거칠게 다루는 것은 엄금이라는 뜻
이다. 책 위에 가방을 올려두거나 침을 묻혀 책장을 넘기는
행동은 논할 가치도 없다. 무릎을 꿇고 납죽 엎드릴 필요는
없지만, 타인의 책을 만지는 것이니만큼 최소한의 예의는 필
요하다.

　이렇게까지 요구하는 헌책방 주인은 거의 없지만, 부주의
하게 책을 떨어뜨려 흠집을 내거나 표지 혹은 띠지를 찢은
경우에는 그 책을 살 정도의 각오는 하는 편이 좋다. 사실 이
건 일반 서점에서도 마찬가지인데, 요즘은 손님의 매너가 두
드러지게 나빠지고 있으니 한마디해두고 싶다.

헌책방의 책은 기본적으로 어느 것이나 딱 한 권뿐이다. 같은 책은 없다. 살 기회를 놓쳐서 다시 갔는데 없다면 어쩔 수 없다. "다음에는 언제 들어와요?"라고 묻는 손님을 자주 보는데, 이는 낚시꾼에게 "다음 고기는 몇시쯤 잡히나요?"라고 묻는 것이나 마찬가지다. 헌책방에서 다음 기회란 없다고 생각하는 편이 좋다. 헌책 마니아들의 경험담을 들어보면, 신기하게도 다들 살 기회를 놓쳐서 다시 가보면 꼭 그 책은 팔리고 없더라는 말을 한다. 안달이 날 정도로 갖고 싶었던 책이 눈앞에 있는데 돈이 부족해서 허둥지둥 은행에서 돈을 뽑아 돌아왔더니 고작 몇십 분 만에 그 책이 팔리고 없었다는 거짓말 같은 실화도 있다(흠흠, 바로 내 이야기다). 그럴 때는 가게 주인에게 말해서 따로 빼놓아달라고 부탁하면 된다.

어쨌거나 처음에는 실패를 두려워하지 말고 적극적으로 무슨 책이든 사두는 편이 좋다. 그편이 나중에 후회하는 것보다 정신적으로 훨씬 부담이 적다. 실패했다는 생각이 들면 다시 헌책방에 팔수도 있으니까 말이다.

무언가를 시작할 때는 형식부터 갖추라고들 한다. 헌책방에 갈 때도 어울리는 스타일이 있다. 어려운 요구를 하는 것이 아니다. 두번째 주의 사항과 일맥상통하는 말인데, 책을 망가뜨리는 복장은 안 된다는 뜻이다. 비 오는 날 젖은 우산과 젖은 코트는 가게 안에 들고 가지 않는다. 헌책방의 통로는 대부분 좁다. 사람 둘이 스쳐지나가기도 여의치 않은 가게가 많다. 게다가 통로에 재고가 쌓여 있어서 장애물달리기를 해야 하는 가게도 있다. 모서리가 단단한 큰 가방이나 등의 움직임에 주의를 소홀히 하기 쉬운 배낭 종류는 아예 들고 가지 않거나 가게 입구 한구석에 슬쩍 놓아두는 편이 좋다. 펑크족은 안 된다. 닭벼슬 머리도, 쩔렁거리는 쇠사슬도 헌책방에는 어울리지 않는다. 〈홍백가요대전〉용 의상을 입은 고바야시 사치코*도 출입 금지다.

헌책방 순례에 가장 좋은 수납 도구는 보자기지만, 요즘 시대에는 통하지 않을 말이다. 보자기 대용품이라면 에코백 정도일까. 작게 접으면 주

■ 〈홍백가요대전〉의 원어명은 〈고하쿠우타갓센(紅白歌合戰)〉. NHK에서 연말에 방영하는 가요대전으로, 고바야시 사치코는 매회 호화롭고 장식 많은 의상을 입고 출연했다.

머니나 작은 가방에도 들어가고 수납도 꽤 많이 된다. 그러나 두꺼운 데님 재질의 제품은 접기 어렵다. 슈퍼마켓 '기노쿠니야'의 장바구니가 가볍고 튼튼하며 많이 들어가는데다 디자인도 훌륭하다(그 유명한 디자이너 야마나 아야오가 만들었다!).

헌책방은 어린 시절의 불량식품 가게와 똑 닮았다. 기본적으로 잔돈 장사기 때문이다. 버블 경제 시대에는 평당 천만 엔을 호가했던 진보초 같은 땅에, 한 권당 100엔짜리 책이 가게 앞에 진열되어 있다. 다 큰 어른이 동전을 들고 와서 물건을 산다. 그야말로 불량식품 가게다. 그나마 진보초의 헌책방은 대부분 회사에서 운영하며 비교적 큰돈이 유통되므로 거스름돈이 준비되어 있지만, 동네 헌책방은 1000엔짜리 거스름돈이 부족할 때가 많아 가게 주인이 허둥지둥 자기 주머니에서 지갑을 꺼내 급한 대로 충당하곤 한다. 100엔짜리 책을 한 권 사면서 만 엔짜리 지폐를 낸다? 편의점이라면 괜찮을지 몰라도 개인 상점인 헌책방에서는 거의 영업 방해다. 헌책방은 환전소가 아니다. 되도록 사전에 잔돈을 준비해서 그리 비싸지 않은 상품은 그에 맞춰 지불하자. 이것이 파는 쪽과 사는 쪽 모두가 기분좋은 상거래다.

어쩐지 까다로운 주의 사항만 늘어놓아 주눅이 든 사람도 있겠지만, 뭐 걱정할 필요는 없다. 지극히 상식적인 손님으로서의 매너를 명심하라는 말을 하고 싶었을 뿐이니까. 오히려 편의점과 패스트푸드점, 패밀리 레스토랑의 증가로 장사가 매뉴얼화되면서 사라져버린 판매자와 구매자 사이의 커뮤니케이션을 여기서 다시 떠올려보면 어떨까.

헌책방 주인은 까다로워 보여도 실은 책을 좋아하고 대화를 좋아하는 사람이 많다. 책을 매개로 마음을 터놓게 되면, 프로로서 책에 대한 지식이나 정보를 때로는 지겨울 정도로 아낌없이 알려준다. 헌책방을 지혜롭게 이용해서 살리는 것도 죽이는 것도 당신 하기 나름이라는 뜻이다. 아는 척이나 허세는 전혀 통하지 않는다. 헌책방 주인은 오히려 순진하고 성실한 책벌레를 좋아한다. 가쿠타 님 같은 분이 안성맞춤인 손님이다.

그렇다고 "처음에는 입문자니까 가까운 동네 헌책방으로⋯⋯" 같은 얼빠진 소리를 내가 할 것 같으냐, 이 어리석은 것!(야나스케: "대체 누구한테 화내시는 겁니까?")

초심자야말로 왕도를 걸어야 한다. 그렇다면 진보초다. 먼저 현재 약 백육십 개의 헌책방을 거느리고 있는 전 세계적으로 유명한 헌책 거리로 향하라. 진보초의 특징은 일본책, 중국책, 서양책으로 각각 전문점화된 노포老鋪가 많다는 것이다. 지금도 일반 서점에 진열되어 있으나 헌책방에서는 한 권에 100엔인 문고본부터, 전 세계에 몇 점밖에 없는 중요 문화재급 보물까지 온갖 책이 진보초에 모여 있다. 가쿠타 님은 여

기부터 공략할 것이다. 진보초 교차로 근처의 야스쿠니 거리에는 8층짜리 건물인 '간다 고서 센터神田古書センター'가 있다. 그 건물 5층의 '미와 책방みわ書房'은 어린이책과 그림책 등을 파는 전문점이다. 그 외에 '로코 책방呂古書房' '긴토토 문고キントト文庫' 등 이제까지 품고 있었던 '헌책'의 이미지를 싹 바꾸어 줄 가게에서 가쿠타 님이 어린 시절 즐겨 읽던 책과 재회하기 바란다.

그러면 도장주는 이만. 야나스케야, 현관 마룻귀틀 좀 고쳐 두어라.


**»이번 회의 지령«**
**헌책의 왕도인 진보초에서 어린 시절 즐겨 읽던 책을 찾아라!**

진보초

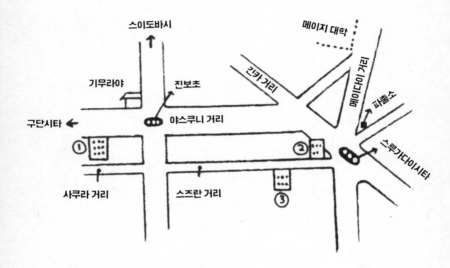

① 미와 책방

② 로코 책방

③ 긴토토 문고

날씨가 맑기를 한참 전부터 빌었는데 하필이면 비. 우산을 들고 지하철을 탄다. 사부님의 말을 떠올린다. '짐은 최소한으로' '젖은 우산, 젖은 코트 엄금'. ……이 비는 분명 사부님이 내린 시련이리라. 첫날부터 비를 뿌리다니 어찌나 혹독하고도 얄미운 처사인지.

첫날의 지령은 진보초. 온 세상이 다 아는 헌책 거리다.

진보초에는 추억이 있다. 이십대 중반 무렵, 나는 오차노미즈에 있는 어학교 '아테네 프랑세'를 부지런히 다녔는데 오차노미즈에서 언덕을 조금 내려가면 진보초였다. 하굣길에 책을 찾거나 밥을 먹으러 자주 갔다.

당시 나는 진보초가 이상한 곳이라고 생각했다. 길 전체가 서점으로 뒤덮여 있고, 학생과 샐러리맨이 섞여 있어서 학생가인지 오피스가인지 거리 자체의 정체성이 결정되지 않은 채 뭔가 어정쩡한 분위기로 방치되어 있었다. 그런가 하면 학생도 샐러리맨도 거들떠보지 않을 듯한, 누가 어떤 용건으로 찾아오는지 알 수 없는 노포(칼 가게, 도색 가게, 고지도만 늘어놓은 가게 등등)가 드문드문 있었다.

2년 정도 지나다녔지만 그럼에도 한사코 친근해지지 않는 거리였다. 길이 복잡하게 얽혀 있고, 어디에나 헌책방이 있으며, 그 헌책방들은 왠지 손님이 가게로 들어오는 것을 거부하는 느낌이어서 내가 늘 향했던 곳은 '산세이도三省堂'나 '쇼센 그란데書泉グランデ'라는 일반 서점뿐이었다. 커피숍이나 식당도 붐벼서 마음이 안정되지 않았다. 이 거리는 걸으면 걸을수록 내가 외지인이라는 느낌을 주는 곳이라는 인상이 지금도 남아 있다.

매우 오랜만에 찾아간 비 내리는 진보초는, 역시 당시와 마찬가지로 쌀쌀맞은 책의 거리다. 우산을 쓰고 어슬렁어슬렁 길을 나서면 "오, 외지인이 왔다"라고 거리 전체가 쑥덕거리는 듯하다. 하지만 이번에는 지령(지도 포함)이 있다. 어느 헌책방에 들어가야 할지 모르겠네, 나를 거부할지도 몰라, 하는 걱정을 할 필요 없이 사부님이 지정한 서점에 가면 되니까 마음이 조금 놓인다.

## 로코 책방呂古書房

　그나저나 어린이책·그림책을 전문적으로 파는 헌책방이
이 세상에 있었다니, 몰랐던 사실이다. 헌책방이란 어느 가게
든 장르 구분 같은 것 없이 그저 중고 서적을 늘어놓기만 하
는 곳이라 생각했다.

　먼저 향한 곳은 '로코 책방'. 정사각형 구조의 가게로 한구
석에 고케시 인형*이 즐비하게 늘어서 있어서 간 떨어질 뻔
했다.

　고케시 옆에는 3×5센티미터 정도의 작은 책들이 죽 놓여
있다. 미니어처북에 대해 들어본 적은 있지만 직접 보는 건
처음이다. 기행문, 평론, 교우록 등 분야도 실로 다양하며, 작
은 책 속에는 문자가 또박또박 줄지어 있다(당연한 일이지만).
팔랑팔랑 넘기다보니 내가 아주 우둔한 거인이 된 기분이 들
어 두근거린다.

　옆의 책장을 보고 또다시 놀랐다. 『차일드북』『킨더북』 등
의 잡지가 즐비하게 꽂혀 있다. 그립다기보다 신기해서 넋을
잃고 봤다. 이야기 그림책은 유명한 것보다 알려지지 않은 작
품이 훨씬 더 많다. 쇼와***30년대 후반부터 40년대 무렵에 나

---

■　일본의 전통 목제 인형으로 둥근 얼굴, 원통형 몸에 팔다리가 없는 것이 특징.
■■　일본의 연호로 1926년에서 1989년까지의 시대를 가리킴.

온 그림책의 색채 감각은 근사하다. 심플하지가 않다. 귀엽지도 않다. 하지만 키치하면서 강렬하다.

차례차례 펼쳐 보다 한 책에서 손이 멈췄다. 삽화가 멋지고 인상적이다. 미술관에서 무의식중에 멍하니 멈춰 설 때처럼 나는 그 삽화에서 눈을 뗄 수 없었다. 소설가 겸 아동문학자 오가와 미메이 원작의 그림책으로, 이구치 분슈라는 사람이 그림을 그렸다. 그의 그림이 갖고 싶어져서 나는 그 책을 껴안고 다시 그림책의 산으로 들어갔다. 그러다 또 어느 한 책에서 손이 멈췄다. 이 얼마나 멋진 그림인가 하니 이 책에도 이구치 분슈라는 이름이 있다. 나는 아무래도 이 사람의 그림을 좋아하는 모양이다. 아이들에게 전혀 아양 떨지 않는 어른의 그림이다.

이 두 권과 문학평론가 에토 준의 『개와 나』를 여기서 샀다. 『개와 나』는 표지에 개 사진이 인쇄돼 있고, 본문에는 담백한 삽화도 실려 있는 귀여운 책이다.


## 미와 책방 みわ書房

로코 책방에서 나와 간다 고서 센터 안에 있는 '미와 책방'으로 향한다.

잠깐, 잠깐! 이게 대체 뭔가? 빌딩 5층에 있는 미와 책방을 향해 계단을 올라가며 나는 혼란스러워졌다. 이 빌딩 전체가 헌책방인 것이다. 1층도 2층도 3층도 4층도 헌책방! 만화나 문학 등 전문 분야로 각각 나뉜 헌책방. 빌딩 한 채가 헌책방 이라니, 진보초는 심오한 곳이구나.

5층의 미와 책방은 매우 넓다. 넓은 한 층 전체가 아동서다. 오카자키 사부님, 아동서 전문 헌책방이 정말로 있군요.

이 가게에서 나는 아주 기묘한 기분에 빠져들었다. 책장들을 차례로 보다보니 잊고 있던 여러 일들이 방울방울 제멋대로 떠오른 것이다. 주마등처럼, 이라는 말이 있는데 바로 그런 느낌이다. 초등학교 도서실로 햇살이 쏟아져들어오는 모습과 카펫의 색깔, 도서 대출 카드와 집으로 가는 버스를 기다리는 기나긴 시간. 어린이집의 휑뎅그렁한 교실에서 어머니를 기다릴 때 그린 그림, 책 한 권 때문에 일어난 언니와의 격전, 감기로 누워 있을 때 보았던 벽의 모양, 할머니 댁의 다다미방, 부엌 한구석에 놓인 플라스틱 사이다 병 같은 것까지.

미와 책방에서 내가 주마등을 본 이유는 결코 뇌출혈 발작을 일으켰기 때문이 아니라, 줄지어 늘어선 책 대부분이 낯익어서다. 그저 그런 낯익음이 아니라 정말로 생생한 낯익음이다.

헬렌 켈러와 퀴리 부인 등의 전기 시리즈, 『말괄량이 삐삐』

『이상한 나라의 앨리스』『빨강머리 앤』처럼 외국에서 온 이야기, 『바람의 마타사부로』와『용의 아이 타로오』같은 친숙한 이야기, 마술 입문과 반려동물 기르는 법 등 아이들 대상의 실용서. 이 책들은 전부 출판사에서 내는 일련의 시리즈로, 한 권을 다 읽으면 또 같은 디자인의 책이 손에 들어온다는 점이 무척 기뻤다. 그중 몇 권은 케이스에 든 책이었다. 케이스에서 책을 꺼내면 독특한 종이 냄새가 물씬 풍겼다. 책을 펼치면 문자가 늘어서 있고, 군데군데 섬세한 그림이 있다. 책에 푹 빠져 틈만 나면 책장을 넘기던 어린 나의 모습을, 수많은 책이 선명히 떠오르게 만든다.

삐삐와 앨리스 시리즈는 당시 모습 그대로 케이스에 든 채 책장에 꽂혀 있었다. 그 책들을 뽑아서 책장을 넘기며 책이란 얼마나 아름다운 것인지 곰곰이 생각했다. 어린 시절 이런 아름다움에 닿아 있었다니 새삼 놀랍다.

여기서는 『싫어싫어 유치원』과『꼬마 모모』를 샀다. 둘 다 무척 좋아했던 책으로, 『싫어싫어 유치원』은 흑백 삽화 전체에 색칠을 해서 올 컬러로 만들었던 기억이 있다. 책이 들어있던 케이스가 납작하게 찌그러졌는데, 그게 슬퍼서 손보아 고쳤던 것도 생각난다.

『꼬마 모모』는 새 디자인으로 나온 책을 가지고 있는데, 초등학생 시절 내가 가지고 있던 것과 같은 디자인의 책도 발견했다. 초등학교 1학년 때 나는 『꼬마 모모』 시리즈에 푹 빠진 나머지 '나중에 커서 글쓰는 사람이 되어야지'라고 결심했다.

그렇게 좋아했던 『싫어싫어 유치원』과 모모 시리즈, 내가 가지고 있던 책은 어디로 가버린 것일까? 어딘가로 흘러 흘러 파란만장한 나날을 보낸 뒤, 미와 책방에 당도하여 지금 서른일곱 살이 된 문필가(나)의 손에 들려 있다면 재미있을 텐데. 그런 생각을 하며 책을 펼쳐보았지만 『싫어싫어 유치원』의 삽화에는 색이 칠해져 있지 않았다. 아쉽다.

그건 그렇다 쳐도 인간의 기억이란 굉장하다는 점을 가게 안에서 뼈저리게 느꼈다. 표지 그림을 본 것만으로 잊고 있던 기억이 서로 뒤엉키며 전부 떠올랐다. 미와 책방은 왠지 뇌 속의 기억 책장 같다.


## 긴토토 문고 キントト文庫

미와 책방을 나와 '긴토토 문고'로 향한다. 아주 작은 가게여서 책장과 책장 사이는 사람이 스쳐지나가지 못할 정도다. 좁은 곳을 싫어하는 사람은 괴롭겠지만, 이런 좁은 곳에 책이 빼곡히 들어차 있으면 나는 두근두근 설렌다.

그리운 책이라기보다 본 적 없는 책이 잔뜩 있다. 철도, 음식, 연극, 영화, 연예인, 술, 19금으로 분류된 책장을 찬찬히 살펴본다.

19금 책이 정말로 흥미로웠다. 쇼와 30년대부터 50년대 초반까지의 19금 책은 저자의 의도와는 다르게 엉뚱하게 웃긴 구석이 있어서 보는 것만으로 입꼬리가 올라간다. 『남성사육법』(쇼와 30년대 『부인공론婦人公論』* 의 부록으로 남편의 용돈에 대해, 가정에서의 이상적인 모습에 대해, 심지어는 편식 대처법에 대해서도 쓰여 있다), 『좋은 생각을 하는 해외여행술』(쇼와 40년대의 나라별 여성 구애법이 실려 있다), 『직업별 여성 유혹법』(쇼와 40년대, 스튜어디스와 경찰관, 유부녀를 유혹하는 방법 따위도 있다) 등 상상 초월이다. 『체위백과』라는 것도 있다.

불과 3, 40년 전에는 어쩐지 세계가 순수했구나. 남자에 대해, 여자에 대해, 연애에 대해 어른은 아무것도 몰랐구나. 아니, 지금도 모르지만 모른다는 사실을 모르게 되어버렸다. 연애나 성에 대해 성숙해진 듯해도 실은 얄팍해졌다. 요즘은 익살과 애교가 배어나오는 19금 책 같은 건 찾아볼 수 없는걸. 엉뚱하고 재미있는 19금 책이 꽂힌 책장을 앞에 두고 잠시 그런 생각을 했다.

다나카 고미마사의 『야시의 여행』, 노사카 아키유키의 『서

■ 1916년부터 현재까지 발매되고 있는 여성잡지.

서 읽으면 안 되는 책』을 샀다. 『서서 읽으면 안 되는 책』은 신서판* 인데도 본문이 컬러라서 아름답다. 쓰여 있는 내용은 굉장히 시시하다.

그런 다음 오랫동안 찾아 헤맸던 『비록秘錄 가와시마 요시코**』가 있어서 이 책도 샀다. 가와시마 요시코. 내가 요즘 가장 흥미를 느끼는 역사 속 인물이다. 어린이책을 보러 왔는데 이런 덤을 얻다니 무척 기쁘다.

긴토토 문고를 나오자 비가 그쳐 있었다.

쌀쌀맞고 친해지지 않는 거리라는 인상의 진보초에서 뜻밖에도 어린 시절의 나와 대면했다. 내 책장에 어린 시절 닥치는 대로 읽었던 책은 이제 없지만, 이곳에 오면 있다고 생각하니 이 쌀쌀맞은 거리가 아주 조금 친근해진 듯한 느낌이 든다.

■　크기 103mm×182mm 의 소형 보급판 서적 판형.

■■　중국 이름은 진비후이(金璧輝). 청나라 황족 숙친왕의 열네번째 공주. 청조 부흥을 위해 일본에 협력했으며 제2차세계대전 이후 스파이 혐의로 처형되었다.

가쿠타 님은 내 지령을 수행한 뒤 무사히 진보
초에서 귀환하신 모양이다. 잘됐군, 잘됐어. 미아
가 되어 기타센주 부근에서 울상을 짓는 건 아닌
지 걱정했다. "대체 무슨 지리 감각입니까?"라고?
입 다물어라, 야나스케. 그나저나 가쿠타 님의 보
고를 보아하니 꽤 훌륭하게 수행을 하고 돌아온
듯하군. 다행이다, 다행이야.

진보초의 장점은 뭐니뭐니해도 좁은 지역에 약
백육십 개에 달하는 헌책방이 모여 있다는 점이
다. 노포 중의 노포, 모리시게 히사야* 같은 '잇세
이도 서점一誠堂書店'이 있는가 하면, 서양책 전문점
'기타자와 서점北沢書店', 건축책 전문점 '난요도 서
점南洋堂書店', 영화책 전문점 '야구치 서점矢口書店',
장기와 바둑책 전문점 '아카시야 서점アカシヤ書店'
도 있다. 게다가 회사를 그만두고 진보초에 가게
를 차려 헌책 프로가 된 주인이 운영하는 시대소
설 전문점 '우나사카 책방海坂書房'처럼, 퀴즈 프로
그램 〈모조리 맞힙시다!〉의 사회자 이즈미 다이
스케 같은 가게도 있다(이즈미 다이스케를 모르는 사
람은 아버지께 여쭤보도록). 무엇이든 다 있다. 진보초

■   쇼와·헤이세이 시대의 연예계를 대표하는 명배우.

를 한 바퀴 돌아보면 헌책방의 총체를 대략적으로 파악할 수 있다. 헌책방 테마파크 같은 곳이라 보면 된다.

이번 수행에 '로코 책방'과 '긴토토 문고'는 가게 주인이 여성이라는 점, '미와 책방'은 아동서 전문점이라는 데서 각각 명분과 실리를 다 갖춘 개성적인 가게를 고른 셈이다. 가쿠타 님은 로코 책방에서 고케시 인형이 진열되어 있는 모습에 놀란 듯한데, 사실 고케시와 헌책방은 궁합이 좋다. 예로부터 말하지 않았는가. 고케시 굴에 들어가야 헌책을 잡는다고. 아, 농담이다, 농담. ……뭣이라, 하나도 재미가 없다고? 입 다물어라, 야나스케. 고케시와 헌책의 관계는 진짜다. 헌책 수집과 고케시 및 민예품 수집은 원래 취미의 세계로서 서로 연결되는 부분이 있다. 지방의 헌책방에서는 책과 함께 고케시를 진열해둔 모습이 종종 눈에 띈다. 도쿄에도 간다의 '쇼시히야네 書肆ひやね'처럼 고케시 가게인지 헌책방인지 헷갈릴 정도로 고케시를 모아놓은 가게가 있을 정도다. 이곳도 꼭 한 번 찾아가 보기 바란다. 진보초의 '잇세이도 서점'과 '산차 책방三茶書房'에도 고케시가 있고, 기치조지의 '후지이 서점藤井書店'에도 고케시가 있다. 고케시와 헌책…… 재미있지 않은가? 가게 주인이 젊다면 괴수나 애니메이션 피규어가 고케시를 대신한다.

로코 책방에서는 『킨더북』을 사셨다고? 유치원에 종종 있었던 기억이 난다. 『킨더북』은 먼저 나온 그림책 잡지 『어린이

나라』의 영향을 받아 1927년에 창간된 잡지이니 역사가 길다. 오카모토 기이치, 가와카미 시로, 다케이 다케오, 가와메 데이지 등 스타급 화가를 기용해서 그림이 전부 훌륭하지. 제2차 세계대전 전에 나온 상태 좋은 물건이라면 아마 8000엔은 하겠지. 가쿠타 님이 구입하신 것은 쇼와 30년대 후반에서 40년대의 물건이니 우선 가격이 적당하다. 『그림책 졸린 마을』도 『킨더북 고릴라 탐험』도 그림이 마음에 드셨나본데, 같은 사람이 그렸답니다. 이구치 분슈라는 사람은 전쟁 전부터 동화를 그린 분으로 1990년에 돌아가셨다. 시베리아와 유럽 등지를 돌며 자연과 싸우는 인간의 긴박함을 그린 특이한 화가라고 들었다.

가쿠타 님은 이 시대 그림책의 색채를 칭찬하셨다. "심플하지가 않다. 귀엽지도 않다. 하지만 키치하면서 강렬하다"라는 표현은 과연 훌륭하다. 놀랐던 부분은 『킨더북 고릴라 탐험』. 글쓴이가 가와이 마사오라 되어 있지 않은가. 유명한 심리학자 가와이 하야오의 형으로 일본 영장류학의 창시자라고도 할 수 있는 사람이다. 고릴라라면 전공 분야. 젊은 날에 이런 일을 하셨구나. 그림이든 글이든 아동물에는 결코 타협하는 법 없이 일류를 기용했다는 사실을 이 점 하나만 보더라도 알 수 있다.

이 가게에서는 에토 준의 『개와 나』(산가쓰쇼보)도 사셨다.

이야, 안목이 좋다. 칭찬해드리고 싶다. 이 산가쓰쇼보에서 나온 소형 케이스에 들어 있는 수필집 시리즈는 말로 표현하기 힘든 분위기가 있어서 책을 좋아하는 사람이라면 사족을 못 쓸 일품이다. 작가라면 이 시리즈 안에 저서가 한 권 들어가는 것이 꿈이다. 나도 언젠가 '미국산딸나무 피는 언덕에'라는 제목으로 산가쓰쇼보에서 수필집을 내고 싶은데, 우후훗. ……누, 누구냐! "안 어울리잖아, 이 어묵 같은 자식아"라고 말하는 자는. 숨지 말고 얼굴을 드러내고 말해라. 어차피 야나스케겠지. 왜 여기서 어묵이 튀어나오느냐. 저 녀석은 시심詩心이 없단 말이지.

일문학자 이케다 사야부로가 산게쓰쇼보의 발행인인 요시카와 시즈코에게 도이타 야스지*의 책만 내지 말고 자기 책도 내달라고 부탁했다는 이야기가 분명 어딘가에 쓰여 있었다. 그 이케다 사야부로가 말이다. 그런 마음이 들게 하는 시리즈인 것이다. 그리하여 바라던 대로 이케다의 『내가 있는 나』가 산게쓰쇼보에서 나왔다. 나도 기야마 쇼헤이의 『가쿠오비 헤코오비**』, 안도 쓰루오의 『백화원에서』, 오자와 쇼이치의 『한국·인도·스미다가와』를 비롯해 몇 권을 가지고 있다. 2000년 이전에 나온 책은 대체로 절판된 모양이다. 이 시리

* 연극·가부키 평론가이자 추리 소설 작가, 수필가.
** 둘 다 기모노에 매는 허리띠의 일종.

즈는 헌책방에 진열해두면 아주 잘 어울린다. 그런 책이 있는 법이다. 가쿠타 님이 사신 『개와 나』는 에토 준의 첫 수필집. 우는 아이도 뚝 그치게 하는 저 날카로운 어투의 논쟁가, 지성으로 똘똘 뭉친 문학평론가가 개에 대해 쓰다니 귀엽지 않은가. 그 부분이 좋았다. 이 책은 나중에 가도카와문고에서도 나왔다. 우리는 가도카와문고의 책을 읽은 세대지만, 역시 이 수필은 산가쓰쇼보의 책이어야 제맛이다. 참고로 『개와 나』는 개정되어 지금도 나오고 있답니다.

그리고 드디어 미와 책방. 어린이책 전문 헌책방의 시초. 아니, 그 정도가 아니라 오랫동안 거의 유일하다고 해도 좋을 가게였다. 지금은 '그림Grimm 책방グリム書房'(요코하마 시)이나 '고서 유메노에혼도古書 夢の絵本堂'(후추 시), '재버워크ジャバーウォック'(마치다 시) 등 어린이책과 그림책 등을 정력적으로 모으는 전문점이 늘었지만 여전히 적은 형편이다. 어린이책은 전부 상태가 좋지 않기 때문이다. 여러분도 기억하시겠지. 어린 시절이란 책에 낙서를 하거나, 색칠을 하거나, 스티커를 붙이거나, 때로는 잘근거리거나 하니…… 대부분 너덜너덜해서 상품이 될 수 없단 말이야, 왓슨 군. 어머니도 자식에게 줄 책을 헌책으로 사는 데는 거부감을 느끼는 법. 이 점은 알겠지요. 따라서 수요가 없는 곳에는 공급도 없다. 그러므로 전문점이 적다는 말씀.

오히려 요즘에는 어른이 어린이책을 사는 것이 유행이다. 손님들이 옛날을 그리워하며 사 가신다. 전쟁 후에 나온 책이라면 가격도 그런대로 적당하다. 잡지나 텔레비전의 기획물 중 '어린 시절 읽은 그리운 책과의 재회'라는 주제에는 반드시 미와 책방이 등장한다. 어린 시절 읽은 그리운 책과 만나는 것은 헌책방 입문에 가장 좋은 방법이 아닐지. 가쿠타 님도 어린 시절 읽은 그리운 책 『싫어싫어 유치원』과 『꼬마 모모』와 재회했다.

그나저나 『싫어싫어 유치원』은 1962년에 초판이 나왔고 『꼬마 모모』는 1964년에 출간되었다. 3, 40년에 걸쳐 중판되어 두 권 다 지금도 서점에서 살 수 있다. 그렇게 오랜 세월 읽혀왔다니, 실질적인 반품률이 40퍼센트에 달한다는 요즘 세상에서 얼마나 놀라운 일인가. 두 세대에 걸쳐 모녀가 같은 책을 읽는 것도 정말로 좋은 풍경이다. 특히 가쿠타 님은 『꼬마 모모』를 읽고 작가에 뜻을 두었다 하지 않나.(가쿠타: "일단은요.") 아니, 지금 어딘가에서 목소리가 들렸는데, 기분 탓인가.

나 같은 사람은 추억의 책이 슈에이샤에서 나온 어린이 만화 그림책 『소로리 신자에몬』이니 한심하다. 그래도 이 책은 반복해서 자주 읽었다. 10년 전쯤 이 책을 헌책 시장에서 발견하고 허겁지겁 샀는데 그림의 디테일, 대사까지 전부 완전히 기억이 났다. 소로리는 실존 인물로 도요토미 히데요시를 모시며 총애를 받은 오토기슈<sup>*</sup>였는데, 차茶와 하이쿠, 향香 등 만사에 능통했고 기지가 뛰어났다. 히데요시가 가끔 제멋대로 굴며 가신을 괴롭히면 소로리가 기지와 익살로 히데요시의 화를 누그러뜨려 상황을 무마했던 것이다. 나는 당시 유치원생 정도였지만 소로리를 동경했다. 어떻게든 남을 웃기는 일만으로 손쉽게 먹고살 수 없을까 궁리했던 것이다. 어찌나 패기 없는 아이였던지.

야나스케    그러면 사부님은 어린 시절의 모습 그대로 어른이 된 거로군요.
오카자키    그렇다, 나는 지금도 패기가 없…… 이놈이!

   그 외에 어린 시절에 대해 말하자면 도에이 애니메이션에서 나온 만화영화가 있었다. 도에이 애니메이션은 1958년의 〈백사전〉부터 일본 최초로 컬러 장편 애니메이션을 만들기 시작했다. 내가 보기 시작한 것은 〈신드바드의 모험〉(1962년) 언저리부터였는데, 그때 나온 만화가 〈서유기〉〈소년 사루토비 사스케〉〈안주와 즈시오마루〉〈멍멍 주신구라〉 등 풀 애니메이션으로 만들어진, 참으로 수준 높은 작품들이었다. 젊은 날

■   쇼군이나 다이묘의 곁에서 말상대가 되어주거나 책 설명 등을 했던 사람.

의 미야자키 하야오와 다카하타 이사오 등이 애니메이터로 참가했다. 쇼가쿠칸에서 이 작품들을 그림책으로 만들었는데 말이죠. 아아, 어릴 때는 그 책들이 너무도 갖고 싶어서 참을 수가 없었답니다. 『멍멍 주신구라』와 『신드바드의 모험』만은 어머니가 사주신 기억이 있는데, 이사를 반복하면서 한참 전에 어딘가로 사라져버렸다. 어머니, 나의 그 그림책은 어떻게 되었을까요…… 잠시 〈인간의 증명〉*을 흉내내보았다. 그나저나 비교적 최근에 『개구쟁이 왕자의 구렁이 퇴치』를 발견했는데, 나잇값도 못하고 헌책방에서 "우왓!" 하며 고함을 질러 가게 주인을 놀라게 해버렸다. "선생님, 무슨 좋은 물건이라도 발견하셨나요?"라고 묻기에 아무래도 "그럼, 『개구쟁이 왕자의 구렁이 퇴치』를 발견했네"라고는 대답할 수 없어서 "아, 아니, 뭘" 하며 수줍게 얼버무렸지.

이런 이야기를 꺼내면 끝도 없지만, 아키 레이지의 『사이언스 군의 세계여행』도 초등학교 도서실에서 자주 빌려 보았던 책이다. 이 책 역시 나중에 헌책방에서 발견해서 나도 모르게 사버렸다. 사이언스 군이라는 초등학생이 여자아이와 콤비로 제트기를 타고 전 세계를 돌아다닌다. 만화 세계 가이드랄까. 일본인이 공공연히 해외에 가는 것은 꿈속의 꿈 같았던

■  모리무라 세이이치의 소설로, 영화화되었다. 영화 포스터에 인용한 "어머니, 나의
   그 모자는 어떻게 되었을까요?"라는 대사가 유명하다.

시대. 아마 아키 레이지도 세계여행 같은 건 못 해봤을 것이다. 각종 여행 가이드나 백과사전을 참고해서 묘사했겠지. 아키 레이지는 이외에도 학습 만화를 수두룩이 그렸는데, 초등학교 도서관에서 유일하게 대놓고 볼 수 있는 만화여서 인기가 있었다. 포푸라샤*(오오, 항상 신세 지고 있는 출판사가 아닌가)에서 나온 에도가와 란포의 소년 탐정 시리즈 또한 아직까지 헌책방에서 보면 가슴이 저릿저릿하다. "사부님, 그러니까 심장약 좀 드시라고 늘 말씀드리지 않았습니까." 또 야나스케냐. 이 녀석은 시정詩情이 없구나. 원래는 고분샤에서 발행한 소년 탐정 시리즈를 포푸라샤가 어떻게 손에 넣었는가. 포푸라샤 편집부의 이자와 미요코 씨가 고분샤문고에서 펴낸 에도가와 란포 전집 중 『투명 괴인』의 권말 에세이 「세대를 초월한 보기 드문 시리즈」에서 그에 관한 눈물겨운 이야기를 밝히고 있다. 이는 소년 탐정단 팬이라면 반드시 읽어야 할 책이다.

다음은 긴토토 문고인가. 이곳은 상당히 개성적인 가게다. 좌우간 다른 헌책방이라면 관심을 두지 않을 것 같은, 가게에 두지 않을 것 같은 책을 독자적인 안테나로 수집하여 하나의 체계를 만들었다. 모델은 지금은 없는 '우에노 문고上野文庫'라고 한다. 어른들의 불량식품 가게 같은 곳이라고도 할 수 있다. 가쿠타 님은 '철도, 음식, 연극, 영화, 연예인, 술, 19금'이라

■  이 책의 원서 출판사.

고 장르를 골라냈는데, 그 외에 과자나 화장품 회사의 역사에 관한 책, 보건위생물이라 불러야 할지 애매한 모기나 파리에 관한 책도 있다.

가쿠타 님은 여기서도 훌륭한 쇼핑을 하셨다. 다나카 고미마사와 노사카 아키유키는 지금 헌책계에서 인기 있는 작가다. 『서서 읽으면 안 되는 책』은 신서판인데, 표지에 '최초 색채 표현/색채판'이라고 쓰여 있다. 뭐, 컬러판이라 해도 컷 군데군데에 칙칙한 빨강, 파랑, 오렌지색이 사용되었을 뿐이다. 이 무렵의 노사카는 아직 나오키상을 받기 전이며, 에이 로쿠스케 등과 함께 '매스컴의 기생충'이라고 비난받았다. 그렇게 말한 사람은 시바타 렌자부로다. 노사카는 검은 선글라스를 끼고 일부러 매우 수상한 분위기를 물씬 풍겼다. 교육상 좋지 않은 대표적 존재. 이 책의 표지에 실린 저자의 프로필 사진도 검은 테두리로 둘러싸여 있고, 캡션은 '조사弔辭'라고 되어 있다. 장난이 지나치지만 뭐, 그는 이런 존재였던 것이다. 위선이 아닌 위악. 노사카의 이러한 '위악'스러운 신서판은 숱하게 나와 있는데, 그중에서도 『플레이보이 입문』이 가장 인기가 좋아서 지금은 헌책 가격도 3000엔은 한다.

그나저나 가쿠타 님은 역시 작가라서 다르다. 이번에 구입하신 책은 전부 댄스가 좋구나. 아니, 센스다, 센스가 좋구나.(아나스케: "사부님, 그건 아재 개그 아닙니까?")

| 오카자키 | ♪ 호랑이 프로레슬러는 줄무늬 팬티. 입어도 입어도 금방 뺏기지~ |
| --- | --- |
| 야나스케 | 어라, 사부님이 이상한 노래를 부르신다. 또 옛날 방송 노래로군. 에헴, 가쿠타 님이 오셨습니다. |
| 오카자키 | 힘내야지~ 오, 그런가. 어디…… 오오, 잘 오셨네, 가쿠타 님. 오늘은 더스킨* 영업인가? |
| 가쿠타 | 아뇨, 다음 수행의 지령을 받으러 찾아뵀습니다. |
| 오카자키 | 그러한가. 뭐, 올라오시게. 마룻귀틀은 제대로 고쳐놔서 이제 괜찮…… 으악! 뭐야, 거미집 아닌가. 쯧, 야나스케 녀석이 청소를 게을리 했군. |

♪  이번 회의 노래는 〈핑퐁팡 체조〉.
   아쿠 유 작사 / 고바야시 아세이 작곡.


  자, 다음에는 다이칸야마와 시부야를 돌아보기로 하지. 이 지역에는 현재 헌책방의 미래형이라 할 수 있는 가장 급진적인 가게들이 모여 있다. 젊은이들이 보는 잡지라면 '에지edge 있다'라고 써야 할 대목이겠지만 나는 그런 단어는 쓰지 않는다. 그나저나 이번에 소개할 세 곳은 모두 취재 요청이 자주 들어와 언론 노출이 잦은, 주목받는 가게다.

■  청소용품 판매 및 하우스클리닝 서비스를 하는 회사.

다이칸야마의 '위트레흐트UTRECHT'(현재는 메구로 구 가미메구로로 이전.* 예약제)는 장르로 말하자면 건축, 미술, 그림책 등이지만, 사실 장르 구분은 의미가 없다. 헌책이라는 것에조차 구애받지 않으니까. 주인이 재미있는 물건을 모으다보니 이렇게 되었다는 가게다. '핵넷Hacknet'은 서양 비주얼 서적 전문점으로 헌책도 일부 취급하고 있다. 시부야의 '플라잉북스Flying Books'는 시부야 고서 센터渋谷古書センター 안에 있다. 원래 '고서 산에이古書サンエー'라는 가게였는데 인테리어를 비롯해 모든 것을 싹 다 바꾸었지. 카운터가 있어서 술도 마실 수 있는 카페이기도 하다. 공간을 이용한 낭독회 같은 행사도 활발히 열리는데, 헌책방을 정보 수집뿐만 아니라 정보 발신의 장소로도 만들고자 하는 의욕이 느껴진다.

이 세 가게에서 가쿠타 님이 꼭 보고 왔으면 하는 것은 책 진열법이다. 종래의 헌책방은 책장에 책을 꽂을 때 장르 구분에는 신경을 썼지만 손님에게 어떻게 보일지에 대해서는 거의 무신경했다. 남자는 외모가 아닌 성격으로 승부한다는 말과 비슷한 나쁜 보수주의가 만연해 있었다. 그래도 책이 팔린 시대였던 것이다. 주위 다른 업종의 가게들이 이토록 세련되게 외관에 신경을 쓰게 된 지금도 헌책방은 장삿속 없는 태도를 보이니 어떤 의미로는 대단하다고도 할 수 있다. 그러나

■  2014년에 시부야 구 진구마에로 다시 이전함.

이 세 가게의 주인은 모두 삼십대. 도쿄 올림픽도 오사카 만국박람회도 모르는 세대다. 그들은 종래의 헌책방 이미지를 새롭게 만들고, 책을 매력적으로 보여주는 방법을 실천하기 시작했다. 그러므로 이 세 가게에서는 '책 진열법'을 꼭 배워왔으면 한다.


》다음 지령《
헌책방의 미래형, 다이칸야마와 시부야에서 책 진열법을 배워라!

다이칸야마·시부야

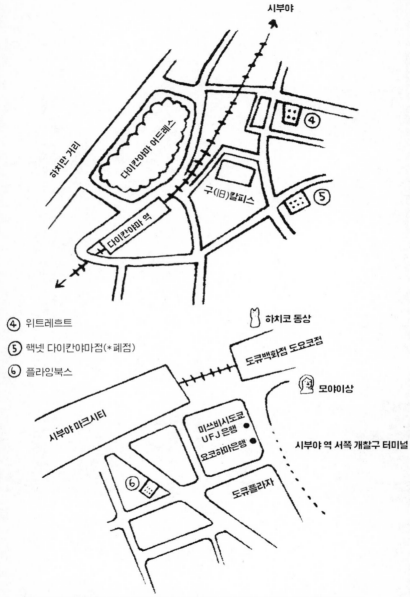

시부야

④ 위트레흐트

⑤ 핵넷 다이칸야마점(*폐점)

⑥ 플라잉북스

하치코 동상

도큐백화점 도요코점

모야이상

하치만 거리

다이칸야마 어드레스

구(旧)칼피스

다이칸야마 역

시부야 마크시티

미쓰비시도쿄
UFJ은행

요코하마은행

도큐플라자

시부야 역 서쪽 개찰구 터미널

④ 의 위트레흐트는 메구로 구 가미메구로로 이전, 2014년 시부야 구 진구마에로 한번 더 이전함.

아, 이 무슨 시련인가. 시부야는 내가 세상에서 가장 거북해하는 거리다. 시부야에 가라는 말보다 방콕의 팟퐁 지구에 가라는 말을 듣는 쪽이 훨씬 마음이 편하다. 하지만 지령은 딱 잘라 시부야와 그 주변. 마지못해 일어서서, 그러나 되도록 시부야에서 멀리 떨어진 에비스부터 수행 여행을 시작한다. 책을 찾으려고 에비스에서 내린 것은 처음이다.

나 같은 집순이의 관점에서 보자면 사람은 각자의 지역을 기점으로 한 소우주 속에서 살고 있다. 친구와 지인을 크게 나누면 '에비스파' '시부야파' '아오야마파' '신주쿠파' '기치조지파'처럼 번화가에 따라 구분된다. 나는 틀림없는 '주오센* 계열 집순이파'이며, 집을 기점으로 아주 좁은 소우주에서 살고 있다. 친구들 가운데 '에비스파'가 있어서, 내가 에비스에 오는 경우는 그들이 밥을 먹자고 할 때뿐이다. 이탈리아 요리를 먹으러 온 적은 있어도, 세련된 술집에 술을 마시러 온 적은 있어도, 토마토 어묵국을 먹으러 온 적은 있어도, 책을 찾으러 에비스에 온 적은 없다.

■　~센(線)은 전철 노선명.

역 앞 주변의 인파를 헤치며 목적지로 발걸음을 서두른다.


## 위트레흐트ㅗㅏㄴㅑ

3, 4분쯤 걷자 신기하게도 번화가의 소란스러움은 깨끗이 사라진다. 언덕이 많고 조용한 거리가 펼쳐져 있다. 비탈길을 몇 미터 올라가자 왼쪽에 낡은 맨션이 있다. 어디에나 있는 평범하고 낡은 맨션으로 보이지만, 헌책방 '위트레흐트'는 이 건물 1층에 있다. 몰랐다면 분명 지나쳐버렸을 것이다. 자세히 보니 1층 방 불투명 유리에 일러스트레이터 '100% ORANGE'의 일러스트가 그려져 있다.

가게 안으로 발을 들여놓자마자 생각한다. 사부님, 지령이 틀렸어요. 여기는 헌책방이 아니라 세련된 잡화점이잖아요.

들어가면 곧바로 눈에 띄는 것은 선반에 기대 세워둔 커다란 포스터와 책장에 늘어선 장난감, 매우 귀여운 손뜨개 인형, 세련된 양철 장난감들. 커다란 테이블 위에 진열해놓은 책은 모두 표지가 아름다워서 내가 생각하는 헌책의 이미지와 상당히 다르다. 하지만 그다지 넓지 않은 가게 안을 돌아다니다 보면, 벽을 따라 놓인 책장에는 확실히 책이 잔뜩 꽂혀 있다는 것을 알 수 있다.

국내외 그림책, 일반 서적, 전문서. 낡은 책도 새 책도 있다. 책장에 꽂힌 그림책의 책등을 보다보니 영어책이 적고 (아마도) 독일어나 프랑스어책이 많다. 당연히 읽을 수 없으니 한 권씩 뽑아들고 그림만 살펴본다.

순식간에 빠져들었다. 그림체도 색조도 실로 다채롭다. '우와, 귀여워'뿐만 아니라 '이건 뭐야?'도, '괴상해!'도, '웃긴다!'도, '아름답구나'도, '진짜 이상하다'도 있다. 책장 앞에 웅크려앉아 그렇게 한 권씩 보다보면 시간 가는 걸 완벽히 잊어버린다. 이 가게의 분위기도 그에 한몫한다. 왠지 이상적인 아이 방에 있는 듯한 기분이다. 살짝 어스레하고 적당히 좁으며 사방이 좋아하는 물건으로 가득차 있는 가공의 아이 방.

책장 한구석에서 노미야마 교지의 책을 발견했다. 화가 노미야마 교지는 최근에 에세이를 읽고 팬이 되었다. 지금까지 그를 몰랐던 게 아쉬울 정도로 오래전부터 그림을 그리고 글을 써온 사람이다. 항상 생각하지만 그림을 그리는 사람의 문장은 정말로 재미있다. 눈과 손이 곧바로 연결되어 있는 듯한 문장이랄까. 노미야마 씨의 문장도 그렇다. 눈으로 보는 것처럼 거침없는 문장을 쓴다. 그리고 그 시야는 놀라울 정도로 넓다.

이곳에서는 책 두 권을 샀다. 에세이집 『사백 자의 데생』(1500엔)과 짤막한 문장들도 들어간 흑백 화집 『셀피시selfish』

(1835엔). 기쁘다!

그나저나 위트레흐트는 무슨 뜻일까? 서점 직원에게 물어보니 네덜란드의 마을 이름이라고 한다. 딕 브루나*가 나고 자란 마을 이름이 그대로 가게 이름이 된 것이다. 확실히 브루나의 그림이 잘 어울리는 헌책방이었다.


## 핵넷ハックネット

위트레흐트에서 나와 다이칸야마 쪽으로 더 걸어가서 '핵넷'에 도착했다. 통유리로 된 가게를 멀리서 발견하고는 '하핫, 사부님, 지령이 또 틀렸군요. 저긴 아무리 봐도 카페나 그런 유의……'라고 속으로 중얼거리며 가게로 다가간 뒤, 유리 건너편에 진열되어 있는 것이 책, 책, 책이라는 사실을 깨닫고 깜짝 놀랐다. 여기가 서점이라니!

가령 헌책방이라는 이미지가 된장절임이라면, 핵넷은 세련된 상표가 붙은 유리병에 담긴 피클이다. 천장까지 닿는 책장에 질서정연하게 책이 꽂혀 있다. 이렇게까지 아름다우면 책이 책으로 보이지 않는다. 헌책 자체는 그다지 많지 않고, 해외의 사진집이나 디자인책이 많다. 공업디자인, 간판, 선전 포

■ 　토끼 캐릭터 미피를 탄생시킨 디자이너.

스터, 일러스트레이션, 사진집 등 분야별로 책장이 분류되어 있으며, 가게 전체에 예술이 넘쳐흐른다.

책장을 하나씩 차례차례 보던 나는 갑자기 세계가 넓다는 생각에 사로잡혔다. 이를테면 사진집. 영국 바다만 찍은 사진들이 담긴 책, 얼굴이 그려진 종이봉투를 뒤집어쓴 사람이 끝없이 이어지는 책, 흐릿한 폴라로이드 사진만 실린 책 등 일반적인 '사진집'의 이미지를 뛰어넘은 책이 정말로 많다. 어느 아티스트가 만든 선전 포스터를 모아놓은 책도 가슴이 두근거릴 정도로 멋지다.

어린이를 위한 '상상의 식사' 책도 있었다. 왼쪽 페이지에 여러 나라의 다양한 요리가 화사한 사진으로 실려 있다. 오른쪽 페이지에는 새하얀 종이에 접시 그림만. 아이가 접시 위에 좋아하는 요리를 그려넣도록 되어 있다. 굉장한 아이디어다.

일상적인 생활 속에서는 '내'가 사물의 기준이 되어 '나'와 비슷한 것만 눈에 들어오지만, 여기에는 '나'를 훌쩍 뛰어넘는 것이 득시글거린다.

처음 중국에 갔을 때 남의 발치에 가래를 뱉는 사람들의 행동이나 문이 없고 바닥에 홈만 패어 있는 화장실에 깜짝 놀라 세계는 넓다고 생각한 것과 마찬가지로, '이 사람은 어째서 이걸 주제로 사진집을 만들려 했을까……' 생각하며 사람의 머릿속 세계의 광대함에 놀란다.

여기서는 책을 사지 않았다. 사실대로 말하자면 매우 갖고 싶은 책은 있었다. 1970, 80년대 미국의 중산층 가정을 주제로 삼은 대형 사진집이다. 바다에 가거나 피크닉을 하거나 외식을 하는, 특별한 점이 없기에 오히려 어딘가 몽환적인 느낌이 나는 사진집인데 가격이 1만 6000엔이었다. 크고 묵직한 그 책을 손에 들고 나는 얼마간 망설였다.

이 책이 만약 셔츠였다면, 프라이팬이었다면, 구두였다면, 손목시계였다면…… 하고 이모저모 생각해보았지만, 역시 1만 6000엔은 충동구매하기에는 비싼 금액이다. 용돈을 모아서 다시 오기로 했다.

가게에서 나와 다이칸야마 역으로 향한다. 다이칸야마는 십대 시절 가끔 놀러갔던 곳인데, 20년 전에는 아무것도 없었다. 힐사이드 테라스와 할리우드 랜치 마켓 정도밖에 없었다. 아무것도 없다는 점이 좋아서 갔지만 지금은 껑충한 빌딩들이 들어섰고, 가는 곳마다 옷가게와 잡화점이 즐비하며 젊은이들로 붐비고 있다. 거리는 시간과 함께 변한다.

시부야로 향하는 전철 속에서 나는 헌책방에 대해 생각했다. 아까 말한 것처럼 소우주까지는 아니지만, 사람은 자신의 체험으로 세계를 만든다. 헌책방은커녕 책을 제대로 갖다놓지도 않는 서점 딱 한 군데밖에 없었던 시골 마을에서 태어나(그 마을의 서점에서 파는 물건은 학용품과 주간지였다) 대학에 올라가서 처음으로 헌책 거리를 보고, 그대로 주오센 근처로 이사해서 주오센 부근의 노포 헌책방밖에 본 적 없는 내게 헌책방의 이미지란 너무도 확고하게 된장절임이었다. 어수선하게 늘어놓은 책, 빛바랜 얇은 종이로 싸놓은 책, 형광등의 흰 불빛, 책이 겹겹이 쌓인 좁은 통로, 먼지와 종이가 뒤섞인 냄새, 고요히 흐르는 정적, 안경을 낀 무뚝뚝한 초로의 가게 주인.

그러나 방금 둘러본 두 가게는 나의 바깥쪽 세계에 있었다. 세계가 갑자기 넓어진 느낌이다.

만약 내가 시부야 구에 살아서 그런 헌책방밖에 몰랐다면, 진보초나 주오센 근처의 노포 헌책방을 보았을 때 같은 충격을 받았을 것이다. 걷지 않으면 세계는 넓어지지 않는구나. 도요코센 전철 속에서 그런 생각을 했다. 이렇게 소우주에서 뛰어나가보는 것도 상당히 좋은 경험이다.


## 플라잉북스 フライング・ブックス

젊은이로 붐비는 시부야 역에서 내려 남쪽 개찰구로 나와 도큐플라자 뒷골목을 걸으면 낯익은 모습의 헌책방이 나타난다. 책이 어수선하게 진열되어 있고 형광등이 가게 안을 비추는, 내가 잘 아는 종류의 가게다. 이런 곳에 헌책방이 있었다니. 전혀 몰랐다.

지령을 받은 가게는 1층의 시부야 고서 센터가 아닌 2층이다. 계단을 올라가서 또다시 놀랐다. 낯익은 모습의 시부야 고서 센터 2층은 '플라잉북스'라는, 역시 아주 세련된 헌책방이다. 책장과 바닥이 짙은 갈색으로 통일되어 있으며, 가게 구석에는 바 같은 카운터가 있고, 형광등이 아닌 백열등이 질서정연하게 진열된 책을 비춘다. 가게 안에서는 나지막이 재즈가 흐른다.

가게 주인 야마지 씨가 직접 책장 설명을 해주신다. 가장 안쪽 왼편에 진열된 책은 1960, 70년대의 미국문학. 잭 케루악, 앨런 긴즈버그, 찰스 부코스키 등의 책이 꽂혀 있다. 거기서부터가 재미있다. 비트제너레이션[■]→마약→서브컬처→오컬트의 순으로 뇌 속을 여행하는 책을 거쳐, 여행기, 산 관련 책 등 육체적 여행 계통으로 바뀐 다음 여행→세계의 종교→시집으로 이어진다. 이 가게에는 아무래도 하나의 세계관이 있는 모양이다.

본인이 좋아하는 책만 두고 싶고, 실제로 좋아하는 책만 둔다는 가게 주인의 말처럼 책장은 서로 연관성을 띠며 이어져 있다. 중앙의 책장에는 1960년대 해외 잡지와 그림책이 꽂혀

[■]  1950년대 중반 샌프란시스코와 뉴욕을 중심으로 대두된 보헤미안적인 문학가·예술가 그룹. 앨런 긴즈버그의 장시 「울부짖음」과 잭 케루악의 장편소설 『길 위에서』가 발표된 이후 이 말이 처음 사용되었다.

있는데, 이것도 종이 질과 색조를 까다롭게 따져 납득이 가는 물건만 둔다고 한다.

비트제너레이션과 서브컬처에 흥미를 가졌고, 마약 관련 책을 읽었으며, 오컬트물에 빠졌고, 게다가 여행을 좋아하고 종교에 대해 호기심을 지닌 채 이십대를 보낸 내게 친숙한 책이나 그리운 책의 책등이 즐비하게 늘어서 있다.

서점이든 헌책방이든, 가끔 내 책장을 보는 듯한 착각이 드는 가게가 있다. 내게는 니시오기쿠보에 있는 작은 서점 '신아이 서점信愛書店'이 바로 그런 느낌인데, 이곳 플라잉북스도 그 느낌에 상당히 가깝다. 물론 내 책장은 이렇게 거대하지 않지만, 구석구석에 낯익은 책이 있고 낯선 책은 죄다 읽고 싶어지며 이곳이 가게라는 사실을 잊어버린다. 플라잉북스는 카운터에서 차를 마실 수 있다. 여기서 마음에 드는 책을 느긋하게 읽어도 되는 모양이다. 그래요? 다음에 도시락 들고 와도 되나요? 무심결에 이런 말이 튀어나오려 한다.

이 가게에서 산 책은 다음과 같다.

『그레이엄 그린 선집 9(제3의 사나이·떨어진 우상·패자가 모두 가진다)』(500엔). 마루야 사이이치가 번역에 참여했길래 무심코 샀다.

콜린 윌슨의 『현대살인백과』(1000엔). 미국의 유명한 범죄 일람이 실린 이 책은 바로 얼마 전까지만 해도 어느 서점에서

건 눈에 띄었는데, 요즘은 콜린 윌슨의 다른 '백과' 종류와 함께 자취를 감추어버렸다. 이 책을 줄곧 찾아다녔지만 도서관에서는 내내 누군가가 빌려간 상태였고, 그 누군가가 미워지기 시작했던 차라 여기서 발견한 게 행운이었다. 누군가 씨, 이제 미워하지 않을 테니 느긋하게 읽으세요.

이토 히로미와 우에노 지즈코가 함께 쓴 『노로와 사니와』 (500엔). 이 책은 1991년에 출간되어 오래되진 않았지만 본 적 없는 책이라서 나도 모르게 집어들었다. 나는 이토 히로미의 문체를 좋아한다. 이 책에서 이토 히로미는 시를, 우에노 지즈코는 산문을 썼다. 만듦새도 무척 예쁜 책이다.


### 로고스갤러리 ロゴスギャラリー

플라잉북스에서 나오자 해가 완전히 저물어 있었다.

책으로 가득찬 짐을 껴안고 시부야 파르코로 향했다. 파르코 지하의 로고스갤러리에서는 〈도쿄·고지대·쇼와 3대─무라카미가寨의 물건으로 보는 쇼와사〉라는 전시를 하고 있다.

20여 년 만에 시부야109 앞을 가로질러 18여 년 만에 스페인 언덕을 올라갔다. 그러나 양팔로 책을 껴안고 시부야를 걷는 건 태어나서 처음이었다. 스페인 언덕은 한국 제일의 번화가 명동과 똑같은 모습으로 변해 있어서 깜짝 놀랐다. 어느 가게든 상품을 과하게 진열해두고 큰 소리로 음악을 튼다. 색과 소리가 뒤섞인 혼돈에서 빠져나와 겨우 파르코에 도착했다.

로고스갤러리에서는 가끔 헌책 관련 전시를 한다. 이날의 전시 〈도쿄·고지대·쇼와 3대〉에는 쇼와 초기부터 도쿄의 고지대 주택 지구에 살았던 무라카미가 사람들이 오랜 세월 사용한 옷과 식기, 가구와 전자제품, 부엌 용품과 책 등이 즐비하게 진열되어 있었다.

복고풍 식기나 인형 종류를 구경하는 것도 즐겁지만, 역시 내가 이끌리는 물건은 고풍스러운 책장에 꽂힌 책이다. 쇼와 초기의 온천 안내서와 세계여행기, 읽지도 못할 듯한 프랑스어 책, 지금은 오히려 새롭게 느껴지는 여성복 스타일북……
'무라카미 씨'라는 소유자의 이름이 나와 있으니 책을 통해 그들의 생활을 선명하게 떠올릴 수 있다. 툇마루에서 팔랑팔랑 넘겨보는 잡지, 서늘한 다다미에 엎드려 되짚어보는 여행기. 책을 손에 쥘 때마다 독서가 사람에게 가져다주는 행복의 모습이 서서히 느껴진다.

여기서는 다네무라 스에히로가 쓴 『사기꾼 칼리오스트로의 대모험』(1500엔)을 산다. 다네무라 스에히로가 소설을 썼나 해서 샀는데 소설이 아니었다. 지금은 없어진 문예지 『바다』

에 연재한 평전이다. 사기꾼의 평전. 재미없을 리가 없다. 식기도 상당히 끌렸지만 짐이 너무 무겁다. 이 책들과 함께 식기를 들고 갈 용기가 없어서 어쩔 수 없이 포기했다.

이번 수행에서 인상적이었던 부분은, 세 군데 서점 모두 내가 책장을 구경하는 동안 젊은 손님들이 끊임없이 들어왔다는 점이다. 지역의 특성도 있겠지만 역시 젊은이들이 발걸음을 하는 데는 그 가게들의 세련된 분위기도 한몫할 것이다. 세 곳 다 헌책과 별로 친하지 않은 사람이라도 가벼운 마음으로 들를 수 있는 매력이 있다.

처음에는 어째서 시부야나 다이칸야마에 헌책방이……라고 의아해했다. 하지만 세련된 곳이라기보다 '가게 주인의 기호와 센스가 보다 선명히 드러난 곳'이라고 구분짓는 편이 좋을 듯한 이번의 세 가게(플러스 전시 한 건)는, 그 입지가 지니는 의미도 포함하여 실로 커다란 역할을 수행하고 있다는 것을 실감했다.

이것으로 시부야가 좋아졌느냐 하면 그렇지는 않지만, 헌책을 껴안고 헌책방을 향해 걷는 시부야는 세상에서 가장 거북한 거리와는 조금 다른 모습이었다. 에비스, 다이칸야마, 시부야는 책을 통해 나의 소우주 안으로 쏙 들어왔다.

……그나저나 오카자키 사부님, 책은 정말로 무겁군요!

요즘 텔레비전을 보다보면 '이케멘'* 이라는 말이 자주 들린다. 나는 처음에는 '라멘' '소멘' '쓰케멘' 같은 면 종류인 줄 알았지 뭐가. '이케멘'이라는 말을 듣고 오사카 사람이 떠올리는 것은 딱 한 사람, 요시모토신키게키** 의 고양이 연기자 이케노 메다카!

……으음, 무슨 이야기 중이었더라. (야나스케: "사부님, 이케멘요, 이케멘.") 에헴, 알고 있느니라. 잠깐 익살을 부려본 것뿐이다. 이번 회는 헌책에도 '이케멘'이 있다는 이야기다. 헌책방 점포도, 가게 주인도, 진열되어 있는 책도 '이케멘'이 많아졌단 말이지. 이건 헌책 역사에서는 프라하의 '벨벳혁명'이나 마찬가지다. 모르는 사람은 역사 선생님께 물어보도록. 이 사실은 이번 회에 가쿠타 님이 돌아본 다이칸야마와 시부야 지역의 헌책방을 보면 알 수 있을 것이다.

한편 시부야로 말할 것 같으면, 가쿠타 님은 "내가 세상에서 가장 거북해하는 거리"라고 적었

---

■  근사한 남자를 뜻하는 신조어.

■■ 연예 기획사 요시모토 크리에이티브 에이전시에 소속된 개그맨들이 무대에서 연기하는 희극 및 그 극단의 명칭.

다. 진심으로 동감한다. 가끔 취재를 하거나 볼일을 보려고 시부야에 가면, 나도 일이 끝나는 즉시 되돌아온다. 시부야라는 지역은 그만큼 피곤한 곳이다. 매일매일이 축제 분위기인데다 혼잡한 인파는 그야말로 폭동 수준이다, 폭동. 고질라조차 발 디딜 틈도 없다며 오지 않을 것이다.

그런데 옆 동네인 에비스에 가면 분위기가 달라진다. 게다가 가쿠타 님이 쓰신 대로, 외길을 따라 안쪽으로 들어가면 고양이가 유유히 걸어다닐 듯한 한산한 지역이 나타난다. 에비스에서 다이칸야마는 엎어지면 코 닿을 거리. 굳이 시부야까지 나와서 도요코센으로 갈아탈 필요는 없다. 에비스에서 걸어가면 되니까. '위트레흐트'는 비탈길 위에 있는데 위치가 좋다. 비탈길의 헌책방이라 하면 오카다 나나의 노래 〈청춘의 비탈길〉이 떠오른다. 누가 뭐라 해도 떠오른다. 뭐라고? 아무도 뭐라 하지 않았다고? 나도 안다.

비탈길에 있는 헌책방이란 의외로 드물다. 예전에 시부야에는 미야마스자카에 '쇼신도正進堂', 도겐자카에 '분키도 서점文紀堂書店'이라는 비탈길 헌책방이 있었는데 둘 다 최근 이전해서 사라져버렸다. 전국의 '비탈길 헌책방'을 아시는 분은 제게 알려주시길. 정보를 주시는 분께는 하늘을 향해 "ㅇㅇ씨, 고마워요!"라고 감사의 인사를 할 테니까요.(야나스케: "뭐야, 고작 그것뿐이에요?") 그것뿐이냐니, 마음이 중요한 법이다.

위트레흐트가 있는 맨션은 1960년대 초반에 지은 모양이다. 당시에는 최첨단 건물이었는데 40년 정도 지나자 딱 적당히 낡았다. 나 같은 사람은 곧바로 1960년대 말에서 1970년 중반에 방영된 〈플레이걸〉이라는 텔레비전 드라마를 떠올린다. 섹시한 분위기를 짙게 풍기는 야한 드라마였는데, 지금 다시 보니 만듦새가 아주 세련됐다. 특히 드라마에 등장하는 인테리어나 집이 요즘 젊은이들이 정신없이 따라하는 미드센추리 스타일이다. 위트레흐트가 있는 맨션에는 그런 분위기가 남아 있다. 다이칸야마 특유의 '운치'다.

헌책방 순례의 목적은 그저 책을 사러 가는 것이 다가 아니다. 가게에 이르기까지 풍경 구경도 재미있고, 기분도 즐겁다. 책을 읽듯 거리를 읽는다. 헌책방을 향해 낯선 거리를 걸어가는 기분은 좋아하는 작가의 학수고대하던 신작을 펼치는 느낌과 비슷하다. 살며시 가슴이 두근거리는 것이다.

한편 다음 가게인 '핵넷'도 마찬가지인데, 요즘은 해외에서 책을 매입하는 가게가 늘었다. 위트레흐트도 그림책이나 사진집 등 비주얼 서적은 북유럽, 중유럽, 동유럽, 미국의 헌책방으로 종종 사러 가는 모양이다. 그와 동시에 야나기하라 료헤이나 사노 시게지로가 디자인한 책도 가져다두는 등, 어쨌거나 좋다고 여겨지는 책은 신간, 헌책의 구분 없이 무엇이든 둔다. 그러므로 얼마간 이 가게에서 책을 뒤적이기만 해도 안목이 훨씬 높아지는 기분이 들 것이다. 책 진열에도 일가견이 있어서, 원래는 욕실이었던 공간을 갤러리로 바꾸는 등 상상을 뛰어넘는 발상을 아무렇지도 않게 실현시키는 점이 굉장하다. 주인의 뛰어난 센스가 강하게 느껴지는 가게다.

그런 점에서 가쿠타 님이 서양책을 보고 "그림체도 색조도 실로 다채롭다. '우와, 귀여워'뿐만 아니라 '이건 뭐야?'도, '괴상해!'도, '웃긴다!'도, '아름답구나'도, '진짜 이상하다'도 있다"라고 평가한 대목은 실로 훌륭하게 위트레흐트의 색깔을 표현한 것이다.

여기서 산 책이 노미야마 교지라니, 이 또한 정취 있다. 지난번에 '긴토토 문고'에서는 다나카 고미마사의 『야시의 여행』을 사셨지요, 가쿠타 님. 고미 씨의 부인은 노미야마의 여동생이랍니다. 다시 말해 그 둘은 동서지간이지요. 집도 담을 사이에 둔 이웃이었다. 그래서 고미 씨의 저서 중에는 노미야마가 디자인한 책이 많다. 『야시의 여행』도 분명 그랬던 것 같다. 그나저나 다나카 고미마사에서 노미야마 교지라니, 마치 끝말잇기처럼 지난 회와 이번 회가 멋지게 이어졌구나. 여기서 단번에 헌책도 실력이 일취월장한 느낌이다.

노미야마 교지의 문장은 나도 좋아한다. 『사백 자의 데생』은 예전에 가와데문고 시리즈에도 들어 있었다. 파리 시절 오가와 구니오의 경악할 만한 이야기도 나온다. 또, 파리 시절을 그런 『파리·퀴리 병원』도 좋다. 나는 놀랍게도 북오프*에서 100엔에 낚아채왔답니다. 북오프도 참 만만한 곳이란 말이죠. 노미야마에 관해서라면 우사미 쇼의 『이케부쿠로 몽파르나스』를 읽으면 좋다. 쇼와 초기부터 이케부쿠로 주변에 가난한 예술가들이 모여들던 동네가 있었다. 그곳을 시인 오구마 히데오가 파리에 빗대어 '이케부쿠로 몽파르나스'라고 이름 붙였다. 데라다 마사아키(배우 데라다 미노리의 아버지), 아이미쓰, 마쓰모토 슌스케 등과 함께 노미야마도 그곳에 아틀리에를 마련했다. 훗날 마찬가지로 이케부쿠로에 있는 시이나마치의 도키와장#이라는 아파트에 만화가들이 모여든다. 어쩐지 이케부쿠로 땅의 기운이 느껴진다.

옛날의 기시다 류세이, 가부라키 기요카타, 기무라 쇼하치, 오카모토 잇페이 등에서 현대의 오카모토 타로(잇페이의 아들), 이케다 마스오, 요코오 다다노리, 와다 마코토 등에 이르기까지, 그림을 그리는 사람 중에는 글솜씨도 뛰어난 사람이 많다. 나카가와 가즈마사의 글도 좋다. 화가와 문장의 관계는 조금 더 생각해보고 싶은 주제다.

다음 가게인 핵넷이 다이칸야마에 생긴 것은 2003년. 원래는 오사카에서 문을 연 서양 서적 전문점인데 도쿄로 진출했다. 오사카에서도 미나미센바는 요즘이야 트렌디한 장소로

---

■   중고 서적과 CD를 사고파는 체인점.

주목받고 있지만, 1997년에 갑자기 핵넷이 오픈했을 때는 손님을 끌어모으는 힘이 없는 지역이라 여겨졌던 모양이다. 도쿄점도 다이칸야마라고는 해도 역에서 다소 떨어져 있다. 종래의 상식으로 말하자면 무모한 개업이다.

하지만 지금은 잡지를 중심으로 매스컴에 엄청나게 등장하는 인기 가게가 되었다. 핵넷은 가게 천장 높이부터 놀랍다. 도로측 벽면은 통유리인데, 이웃에 부티크가 입점해 있던가. 그런 서점은 본 적도 없다. 여하튼 드라마 〈프라이드〉에서 핵넷 건물 위에 기무라 다쿠야가 산다는 설정이었다고 하니까. 그래서 일부러 보러 오는 팬도 있었다지……라니 왠지 여성 주간지의 문장 같아져서 징그럽다. 그만두자.

핵넷은 서양 서적이라고는 해도 사진집이나 화집, 디자인 관련 책이 많다. 그래서 가로쓰기에 익숙지 않아도 충분히 즐길 수 있다. 진보초의 '겐키도 서점源喜堂書店' 같은 가게에도 역시 비주얼 서적이 많아서 가끔 들르고 싶어진다. 핵넷에는 미국의 고속도로만 찍은 사진집이나 파도 수면만 찍은 사진집 등 흥미로운 책이 잔뜩 있다. 나도 브라사이나 앙드레 케르테스의 파리 사진집, 자크앙리 라르티그의 사진집 등 여러 권 가지고 있다.

야나스케    미야자와 리에의 누드 사진집도 있었지요.

오카자키      이 녀석, 어느 틈에!


　헌책방에서 사진집을, 게다가 서양 책을 사는 기분은 조금 특별하다. 아무리 시간을 들여 보더라도 한 시간이 채 걸리지 않는다. 즐기는 시간으로 보자면 글씨가 빼곡히 차 있는 일반 책에 비해 손해다. 게다가 가격도 상당하다. 그래서 사진집은 사치품이다. 하지만 약간의 사치를 부리는 기분이야말로 사진집을 사는 이유다. 사진집을 이것저것 들춰본다, 살까 말까 망설인다, 산다, 돈을 낸다, 가게를 나와 곧바로 어딘가에서 펼쳐보고 싶어진다. 사진집의 무게를 느끼며 카페나 레스토랑을 찾는다, 창가 자리에서 음료를 주문한 뒤, 느긋한 기분으로 사진집을 펼친다…… 그 일련의 동작과 시간에 대해 조금 호기를 부려 돈을 지불한다. 그 기분이 썩 나쁘지 않다는 점을 가쿠타 님이라면 아실 것이다.

　이를테면 어느 날, 나는 독서하는 사람의 모습만 찍은 앙드레 케르테스의 『온 리딩』이라는 사진집을 무슨 수를 써서라도 갖고 싶어졌다. 예전에 매거진하우스에서 나왔지만 지금은 절판되었다는 소식을 접하고 인터넷에서 검색한 결과, 나가노 현 지노 시의 '헌책방 피플古本屋ピープル'에 있다는 사실을 알게 되었다.

　곧바로 주문을 넣었더니 운좋게도 다른 구매자는 없었다.

평소라면 우편으로 받았을 테지만 이때만큼은 그 시간을 기다릴 수 없었다. 에라이! 하며 차를 달려 도쿄 서쪽 교외에서 지노 시까지 책을 가지러 갔다. 여행을 겸해서 가족을 데리고 갔는데, 『온 리딩』이라는 사진집을 신슈의 잉글리시 가든 벤치에서 넋을 잃고 본 시간을 아직까지도 잊지 못한다. 사진집에 집중할수록 방문객의 말소리가 멀어져갔다. 때때로 등에가 둔한 소리를 내며 귓가를 스치고, 하늘은 한없이 푸르고 높았다. 풀과 꽃의 향기가 세차게 코를 간질였다. 그리고 눈앞에는 사진집. '생生'을 이토록 강렬하게 실감한 적은 없었다.

야나스케     사부님, 멋있어요!
오카자키     뭐, 일단은.

사진집에 대해 소설가 겸 사진작가인 가타오카 요시오가 이런 문장을 썼다.
"사진집 속에 든 몇 장의 사진, 그리고 이미 몇 권이나 있는지도 모를 수많은 사진집은 보다 다양한 시점으로 세계를 바라보고, 보다 올바르고 깊게 세계를 이해하려는 무한에 가까운 시도다."
평소에는 작은 뇌와 두 개밖에 없는 눈으로만 세상을 본다. 그 좁은 시야를 사진집이 넓혀준다. 그러므로 나는 사진집을 산다.

오카자키    ♪ 어릴 적 동경했던 그 이름 귀여운 새색시, 귓
           가에 입을 대고 달콤하게 오늘도 속삭이지~

야나스케    흠흠, 사부님, 가쿠타 님이 오셨습니다.

오카자키    ♪ 모르는 걸 가르쳐줘, 잘못했을 땐 혼내줘……
           어흠, 그러냐. 오늘밤은 달이 밝겠구나. 자, 가쿠타
           님. 자아, 이쪽으로. 차라도 한잔하시겠는가? 양갱
           은 안 나온다네. 집에 가서 본인 것을 드시게.

야나스케    우리 사부님, 또 시작이에요. 머리가 어떻게 되신
           걸까요.

가쿠타    사부님, 이번에는 헌책방이라 부를 수 없을 것 같
           은 가게도 섞여 있었는데 다음 수련은 어떤가요?
           실은 제가 여행을 자주 갑니다만 뭔가 여행과 관
           련된 지령을 주시면……

오카자키    건방진 녀석이로다. 이름을 밝혀라!

가쿠타    가쿠타라니까요.

오카자키    오오, 그랬지. 그럼 다음 지령이다. 도쿄 역으로
           가시게.

가쿠타    아니, 여행을 간다 하더라도 헌책방이 주제인데
           도쿄 역은 이상하지 않나요?

오카자키    바로 그걸세, 가쿠타 님. '거기가 어디예요?'라며
방석 아래를 들춰보다니 유쾌한 분이로구나. 도쿄
역의 야에스 지하상가에 헌책방이 있지. 놀라셨
나? 의외로 사람들이 잘 모르니까. 의외로 사람들
이 잘 모른다는 점에서는 긴자의 헌책방도 마찬
가지일세. 도쿄 역에서 긴자는 아주 가까우니까,
겸사겸사라고 말하긴 뭐하지만 긴자의 헌책방도
둘러보시게. 긴자에 간다고 해서 내 선물 같은 걸
살 필요는 없다네. '웨스트'의 롤케이크가 맛있긴
하네만.

♪   이번 회의 노래는 드라마 〈새색시〉의 주제가.
이와타니 도키코 작사 / 미야가와 히로시 작곡.


» 다음 지령 «

설마 했던 도쿄 역·긴자에서 헌책방을 만끽하라!

도쿄 역·긴자

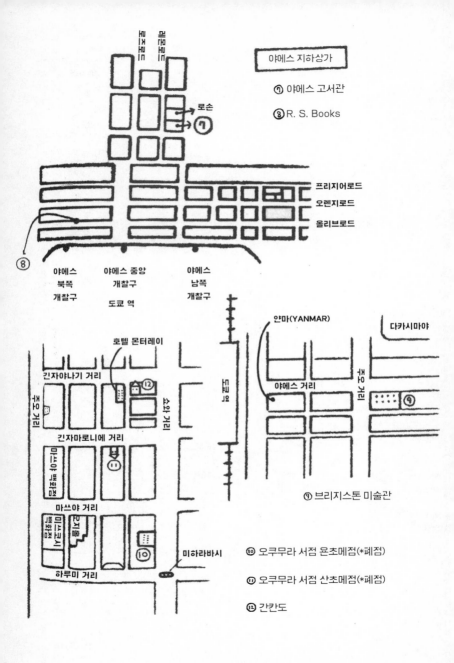

야에스 지하상가

⑦ 야에스 고서관

⑧ R. S. Books

프리지어로드
오렌지로드
올리브로드

⑧

야에스
북쪽
개찰구

야에스 중앙
개찰구

도쿄 역

야에스
남쪽
개찰구

모리코토
메론코토

로손
⑦

호텔 몬터레이

긴자야나기 거리

⑫

쇼와 거리

긴자마로니에 거리

마쓰야 백화점

마쓰야 거리

마쓰자카야 백화점

지지 빌

하루미 거리

⑩

미하라바시

주오 거리

도쿄 요

안마(YANMAR)

다카시마야

주오 거리

야에스 거리

⑨

⑨ 브리지스톤 미술관

⑩ 오쿠무라 서점 욘초메점(*폐점)

⑪ 오쿠무라 서점 산초메점(*폐점)

⑫ 간칸도

이날 바로 전까지 일 때문에 뉴질랜드에 가 있었다. 뉴질랜드에서도 헌책방을 몇 군데 발견했는데, 머나먼 이국에서 무의식중에 오카자키 사부를 떠올렸다. "사부님, 이런 곳에도 헌책방이 있어요!"라고 외치고 싶은, 어쩐지 기분좋은 발견이었다.

뉴질랜드 북섬의 오클랜드에서 배로 10분 정도 거리에 데번포트라는 마을이 있다. 옛 유럽의 건축양식이 아직도 남아 있는 고급 주택가다. 그곳의 페리 선착장과 인접한 건물에 헌책방이 있었다. 페리를 기다리는 동안 무심코 구경했다. 앞쪽에 책을 죽 진열한 그 가게의 가장 눈에 띄는 부분을 뉴에이지 계열의 서적이 차지하고 있어서 좀 놀랐다. 지금은 그리운 이름인 셜리 매클레인의 『아웃 온 어 림Out on a Limb』을 비롯하여 풍수책, 우주책, 신비에 관한 책이 즐비했다. 깜짝 놀랐지만 한편으로는 충분히 납득이 갔다.

뉴질랜드에 발을 들여놓은 뒤, 결코 부정적인 의미에선 아니지만, 왠지 뉴에이지스럽다고 어렴풋이 생각했기 때문이다. 자연을 소중히 여기는 자세나 매우 일상적으로 유기농 음식을 먹는 태도 등이 어제오늘의 유행이 아니라 훨씬 예전부터 확고하게 뿌리내리고 있다는 점은, 고작 며칠을 지낸 것만으로도 피부로 희미하게 느껴졌다. 뉴질랜드에서 오래 산 현지 코디네이터 여성에게 물어봤더니 확실히 뉴에이지 사상은 아주 일상적으로 받아들여지고 있다고 한다. 오클랜드에서는 미확인 비행물체가 자주 보인다고도 하고, 온 마을에 히피가 득시글댄 적도 있는 모양이다. 히피들은 부모가 되었고, 지금은 자신들의 신념을 생활에서 실천하고 있다. 그런 면은 확실히 있는 나라였다.

그래서 생각했다. 헌책방의 진열장에는 그 마을, 조금 더 과장해서 말하자면 그 나라의 삶의 양식이 아주 자연스럽게 섞여 있는 게 아닐까.


## 야에스 고서관八重洲古書館

이번 회의 지령을 받고 우선 향한 곳은 도쿄 역인데, 여기서도 나는 언뜻 같은 생각을 했다. 도쿄 역에 헌책방이 있다니, 생각지 못했다. 역 아래로 내려가면 거대한 미로 같은 야에스 지하상가에 '야에스 고서관'이 있다. 뭐랄까, 이 가게는 내가 도쿄 역에 대해 품고 있는 이미지와 아주 잘 맞아떨어졌다.

도쿄 역에서 내가 처음 생각한 것은 사람들의 템포가 몹시 제각각이라는 점이다. 광대한 역 안은 언제나 사람들로 붐비는데 다들 제멋대로의 속도로 걸어간다. 회사원, 도쿄에서 다른 지방으로 가는 여행자, 다른 지방에서 도쿄로 온 여행자, 행락객, 무엇을 하고 있는지 알 수 없는 사람, 모여드는 사람들의 목적도 향하는 곳도 지나치게 뒤섞여 있다. 신주쿠 같은 곳은 사람들의 걷는 속도가 일정하지만 도쿄 역은 그렇지 않아서 급할 때면 조금 초조해진다.

야에스 고서관에는 저마다 다른 이 느낌이 매우 잘 드러나 있다. 가게 앞에 나와 있는 책장에는 바로 얼마 전에 출간된 신간 서적이 이미 헌책으로 진열되어 있고, 만화와 실용서도 많을뿐더러 일본문학과 미국문학 등 내가 좋아하는 분야의 책도 제대로 갖춰져 있다. 시부사와 다쓰히코의 책이 꽤 많이 눈에 띈다는 점도 흥미롭다. 안쪽으로 들어가자 영화와 음악, 연극, 다카라즈카* 관련 책도 수두룩하다.

하야카와 포켓 미스터리와 할리퀸 로맨스가 알차게 구비되어 있는가 하면, 고지도와 라쿠고** 관련 책도 갖추었다. 연대도 최근 물건부터 옛날 물건까지 실로 다양하다. 도쿄 역 구내를 걷는 어떤 사람이 이곳에 와도, 모두 자신이 흥미를 느

* 전부 여성으로 이루어진 가극단.
** 유머러스한 이야기로 청중을 즐겁게 하는 일본의 전통 예능극.

끼는 분야의 책을 뭐라도 찾아낼 수 있지 않을까? 다른 목적, 다른 행선지, 다른 템포의 책이 위화감 없이 진열되어 있는 점이 역시 도쿄 역답다.

나는 이 가게에서 책 세 권을 샀다. 팀 오브라이언은 내가 좋아하는 작가인데, 좋아한다고 말하는 것치고는 저작을 전부 체크하고 있지는 않아서 여기서 산 『실종』은 처음 봤다. 이 책은 정가가 2700엔이지만 여기서는 500엔. 기쁘다!

그리고 홋타 요시에의 『다리 위의 환상』, 이 책은 제목이 좋았고, 또 책 속에 끼워져 있던 소책자에 실린 홋타 요시에와 야스오카 쇼타로의 대담도 흥미로워서 골랐다. 500엔.

무라마쓰 쇼후라는 사람의 『여경女經』, 1958년에 출간된 이 책은 이른바 그 시대의 연애 에세이인 듯하다. 목차에 마음을 빼앗겼다. '제1화, 원만한 여자가 반드시 행복한 것은 아니다. 제2화, 여자에게 생활과 사랑 중 어느 쪽이 무거운가? 제3화, 옛날의 중국에는 이런 여자가 있었는데 지금은 없다.' ……재미없을 리가 없다! 목차만으로 가슴이 뛴다. 장정이 아름답다 했더니 판화가 무나카타 시코의 작품이었다.

내가 책 쇼핑을 하는 사이에 백발에 은테 안경을 낀 할아버지가 유리 케이스에 진열되어 있던 『노라쿠로』전권을 사들였다. 이야, 굉장한 구매 방식이다. 곁눈으로 관찰했더니 아멕스 골드 카드로 책값을 지불했다. 나도 나이를 먹으면 『유리가면』전권이나『더 파이팅』전권을 무 사듯 사야겠다고 생각했다.

야에스 고서관에서 나와 야에스 지하상가를 조금 더 걸어가면 자매점인 'R. S. Books'가 있다. 이곳은 내부가 매우 세련돼 지난달 방문했던 다이칸야마나 시부야에 불쑥 서 있어도 어색하지 않을 듯한 느낌이다. 책장 위에는 비틀즈의 레코드가 진열되어 있다. 집어든 책을 앉아서 읽을 수 있는 테이블도 있다. 진열된 책도 젊은 여성이 관심을 가질 만한 물건이 많아 보인다. 미술서나 사진집이 상당히 많다. 가게 앞에 쇼와 시대가 주제인 책을 즐비하게 늘어놓았는데 전부 갖고 싶어졌다. 나는 쇼와라는 시대를 몹시 좋아한다.

평소에는 시집을 그다지 읽지 않지만, 이 가지런하고 아름다운 가게에서 어쩐지 소녀가 된 듯한 기분이 든 나는 시집두 권을 샀다.

기시다 리오의『롱 굿바이』에는 조금 무서울 것 같은 환상적인 시가 망막한 분위기의 그림과 함께 실려 있다. 마지막 시인「셋이서 생각한 질문 코너」가 특히 마음에 들었다. 600엔.

구사카베 엔타의『정말로 사랑했다면』도 같은 시리즈의 시집이다. 이건 정말로 성실한 연애시다. 후기가 매우 좋다. 저자는 사랑에 사는 시인이다.

1970년대는 이런 시집이 유행했던 것일까? 귀여운 사이즈

에 귀여운 디자인이니 분명 젊은 사람들이 시를 읽었겠지. 시
가 유행한 시대라니 몹시 부러운 기분이 든다.


## 브리지스톤 미술관 ブリヂストン美術館

야에스 지하상가를 나와 다음 지령 현장으로 향한다. '브리
지스톤 미술관'이라고 되어 있다. 브리지스톤 미술관에 헌책
방이 있나 생각하며 관내로 들어가 입장권을 사서 2층으로
간다. 그러자 눈앞에 펼쳐진 건 지극히 평범한 미술관이다.
사부의 지령은 대체……? 의아한 마음으로 상설전을 보며 걷
는다.

미술관에는 사람이 거의 없다. 아주 조용하다. 내 신발 소리
만 울려퍼진다. 미술관이란 이래야지. 마티스의 그림을 바라
보며 생각한다. 그림을 마주할 때 필요한 것은 지식도 심미안
도 아닌 바로 이 고요함이다.

이 상설전은 전시된 그림이 제각각이라는 인상이지만(이 또
한 도쿄 역과의 공통점이다), 그래도 느긋하게 보고 있으니 마음
이 잔잔해진다. 아는 사람의 유명한 그림, 모르는 사람의 아름
다운 그림, 아는 사람의 본 적 없는 그림. 하나하나 보는데 퍼
뜩 떠올랐다. 그런데 헌책방은 어디에 있담?

오카자키 사부가 지정한 건 1층의 선물 가게였나 싶어 미술관을 한 바퀴 빙 돌아 계단을 내려간다. 상품 매장 한구석에 미술서도 조금 놓여 있다. '해석하는' '이렇게 보는' 유의 책(그림을 보기 위한 노하우 책)에 대해 마음속으로 트집을 잡던 중 『악마의 댄스』라는 책에 흥미를 느껴 집어들었다. 고야와 뭉크, 엘 그레코, 그 외 수많은 지옥 그림과 종교화를 예로 들며 회화에 묘사된 악마성을 만화로 해설했다. 만화 『데빌맨』이나 『악마군』도 인용되어 있어 재미있다. 헌책은 아니지만 사기로 했다. 1750엔.

헌책방 순례 도중 미술관에 들르다니 꽤나 우아한 시간 활용이다. 브리지스톤 미술관 자체가 이번 지령에 포함되었던 것인지 아닌지는 모르겠지만, 이런 일이 없다면 이 고요한 미술관에 발을 들여놓을 기회는 어지간해서는 없었으리라. 그림을 보러 온 게 아닌데 보게 된 하루는 왠지 횡재한 기분이 든다. 사부에게 감사하며 긴자로 향한다.


## 오쿠무라 서점 산초메점 奧村書店3丁目店


그나저나 긴자. 헤매고, 헤매고, 헤맸다. 외국에서처럼 헤맸다.

먼저 '오쿠무라 서점'을 찾았지만 보이지 않아서 길을 가던 샐러리맨을 붙잡아 어디인지 물어봤는데, 지극히 평범한 중년 남성이었는데도 의외로 "이 앞으로 가다가 저 모퉁이에서 오른쪽으로 돈 다음 몇십 미터 걸어가면 있어요"라고 무척 자세히 알려주었다.

그래서 그 가게에 갔다가 "당신들이 찾는 곳은 여기가 아니에요"라는 말을 서점 주인에게 들었다. "여기도 오쿠무라 서점이지만 찾으시는 가게는 산초메점입니다. 형이 하고 있어요." 자못 헌책방 주인 같은 초로의 남성이 장소를 설명해준다.

그 가게를 나와 들은 대로 걸었지만 이미 헤매고 있다. 긴자는 몇 번씩이나 와봤는데도 지금 걷는 장소에 대한 기억이 전혀 없다.

여기서 나는 방향치라는 것에 대해 잠시 생각했다. 나는 방향치다. 그래서 도쿄에서도 다른 나라에서도 남에게 신세를 진다. 길을 가르쳐주는 사람은 대부분 "이 길을 쭉 따라가다 저 교차점에서 오른쪽으로 꺾고, 거기서부터 다시 걸어서……" 하며 손짓 몸짓을 섞어 설명해준다. 나는 상대의 얼굴을 바라보며 '교차점에서 오른쪽, 다시 걸어서……'라고 마음속으로 복창한다. 그러면서 발을 내딛는다. 발을 내딛는 순간 기억나는 건 상대의 얼굴뿐이라는 사실을 깨닫는다.

말로 배운 지리를 기억하지 못한다는 점도 방향치의 치명적인 약점이 아닐까. 이것은 새로운 발견이었다. 방향치는 길을 물을 때 메모를 해야 한다.

　이리로 갔다가 저리로 갔다가, 회사원들 틈에 섞여 우왕좌왕 걷다가 겨우 목적지인 오쿠무라 서점에 이르렀다. 정면의 폭이 좁은 그 가게는 '헌책방'이라는 말을 들으면 누구나 상상할 법한 규모였다. 가로로 쌓여 있는 책에는 전부 손으로 쓴 띠지가 둘려 있었다. 이 띠지가 이루 말할 수 없이 근사하다.

　긴자 산초메에 있는 이 가게에는 "취미 관련 책밖에 없어요"라는 서점 주인의 말대로 다도, 영화, 연극, 라쿠고, 하이쿠 등에 대한 책이 많다. 가게 안은 그다지 넓지 않아서 차분하게 볼 수 있다. 허리를 구부려 책을 보고 있자니 활짝 열린 입구 너머로 젊은 아가씨와 젊지 않은 아가씨 둘이 가게 앞 진열대에 멈춰 서서 "어머! 이거 300엔이래. 싸지 않아?" "사갈까?" "사야 돼, 이젠 어디에도 없잖아" "하지만 산다면 전부 사야……" "전부 사면 무거워서 들 수가 없겠네" "그래도 갖고 싶어! 어쩌지?" "그치, 갖고 싶어" 하며 엄청나게 소란을 피우고 있다.

　헌책, 아니 어떤 책과도 그다지 친숙해 보이지 않는 두 사람이 대체 무슨 책에 흥분했는지 신경이 쓰여서 신경이 쓰여서

신경이 쓰여서 견딜 수 없어, 결국 아무것도 사지 않은 채 두 사람이 떠난 뒤 가게 밖으로 달려나가 확인해봤지만 무엇이 목표물이었는지 전혀 알 수가 없었다. 진열대에 놓인 물건은 요리책과 일본화책, 다도책 등이었다.

여기서 나는 스다 사카에의 『전후 풍속 천일야화』를 샀다.

1945년부터 1955년까지의 서민 생활이 매우 짧은 문장으로 항목별(이를테면 월부, 단팥죽, 생활비, 골프 등등)로 묘사되어 있다. 문장으로 읽는 〈사자에 씨〉* 같은 느낌이 마음에 들어 샀다. 1000엔.


## 오쿠무라 서점 욘초메점 奧村書店4丁目店

오쿠무라 서점 산초메점을 나와 '오쿠무라 서점 욘초메점'으로 향했지만 다시 헤맨다.

헌책을 찾으며 헤매는 긴자란 밥을 먹으러 온 긴자나 옷을 사러 온 긴자, 데이트하러 와본 긴자와 전혀 다르다. 왠지 더 불안하면서도 자부심이 강해지는 기분이 든다.

대학생 때 나는 연극 서클에 소속되어 있어서 거의 언제나 트레이닝복 차림으로 수업을 들었다. 당시의 트레이닝복은

■  일본의 국민 만화. 애니메이션으로 만들어져 40년 넘게 방영되었다.

지금처럼 시민권을 얻지 못해서 촌스럽고 더럽다는 이미지만 풍겼다. 내가 다닌 학부는 여학생이 많아 매우 화사했는데, 그 사이를 진흙이나 풀이 묻은 트레이닝복 차림으로 활보하면 정말로 스스로가 한심해지면서 마음도 불안했지만, 내게는 푹 빠질 수 있는 대상이 있다는 감미로운 착각 또한 확실하게 품고 있었다. 헌책방을 찾아 헤매는 긴자는 트레이닝복으로 활보하는 화사한 교정과 조금 닮았다.

거리 끝에서 오쿠무라 서점의 간판을 발견했을 때 주위의 풍경이 낯익다는 사실을 알아차렸다. 욘초메점은 출판사 매거진하우스 바로 근처였으며, 심지어 나는 이 거리를 2주 전에 걸은 터였다. 시간을 보내려고 꽤나 걸었는데도 헌책방이 있다는 사실은 전혀 몰랐다. 시선이 바뀌면 긴자도 상당히 다르게 보이는구나.

욘초메점은 가부키 전용 극장인 가부키자 바로 근처에 있어서인지 연극과 가부키 관련 책이 놀랍도록 잘 갖춰져 있다. 가부키 극작가인 지카마쓰나 모쿠아미 등 그야말로 대학 수업 때 접한 이름이 책장에 빼곡하다. 가부키, 분라쿠*, 노**는 전혀 모르는 세계이기도 하고 그다지 흥미도 없어서 아무 책도 집어들지 않고 그저 바라보기만 했지만, 그래도 소소하게

■   일본의 전통 인형극.
■■  일본의 전통 가면극.

즐겁다.

가게 안쪽에 100년 전부터 이어진 가부키의 팸플릿과 연극 관련 잡지가 놓여 있어서 연극이 오락으로서 얼마나 사람들의 생활과 밀접했는지를 알 수 있다. 나의 돌아가신 할머니(메이지 시대 출생)는 하세가와 가즈오의 대단한 팬이어서 그의 공연이 있으면 집안일도 아이들도 내팽개치고 나가버렸다고 엄마가 자주 푸념했지만, '사생팬'이나 '미하'▪라는 말이 생기기 전의 연예계는 지금보다 훨씬 더 친근했을지도 모른다.

이 가게에서는 표지가 아름다운 잡지 『연예화보』(1942년 간행)와 도쿄 극장의 예술제 팸플릿(1950년 간행)을 샀다. 각각 200엔, 300엔. 팸플릿에는 나가이 다쓰오가 에세이를 실었는데, 그 글을 읽으면 연극이 사람들에게 등불 같은 존재였다는 점을 이해할 수 있다. 그 무렵 가부키자가 개축된 모양이다.

비교적 최근 책 가운데 『천국의 키스 플루메리아의 전설』이라는 책을 찾았다. 마쓰다 세이코와 나카이 기이치가 출연한 영화를 바탕으로 한 책인데, 소설화되었나 했더니 만화였다. 게다가 모든 칸이 사진이다. 굉장한데. 키스신이 좌우 2페이지로 이어진다. 으음, 굉장하군. 감탄하고 있었더니 동행한 편집자 K씨가 사주었다. 고마워요, K씨.

이 욘초메점의 계산대 주변은 반드시 봐야 한다. 엄청나게

▪ 주체성 없이 유행에 휩쓸리는 사람이라는 뜻.

오래된 배우의 브로마이드부터 연극의 줄거리를 회화로 그린 포스터풍의 물건, 스모 순위표를 흉내내어 만든 배우표 등이 즐비하게 붙어 있는데 연대를 보면 눈을 의심하게 된다. 페리가 내항한 해* 의 물건마저 있다.

## 간칸도閑々堂

어떤 면에서 일본의 전통을 맛본 기분으로 욘초메점을 나선다. '간칸도'로 향하려다 다시 헤맨다. 가는 방법을 욘초메점 직원에게 물어봤는데도 치명적 방향치인 나는 가게에서 나오자마자 정반대로 발을 내딛고는 성큼성큼 걸어갔던 것이다.

결국 터무니없는 곳까지 가버려서 포기하고 택시를 탔다. 택시로 헌책방까지 가다니, 태어나서 처음이다. 앞으로도 평생 없을 일이겠지.

간칸도는 이름처럼 빌딩과 빌딩 사이에 살그머니 서 있다. 주로 미술 관련 책을 다루는 헌책방이다. 인터넷 판매가 많은 모양으로, 가게 안은 책으로 가득찬 헌책방이라기보다 가지런한 창고 같다. 이 창고를 느긋하게 구경하면 여간해서는 질리지 않는다. 회화전의 카탈로그, 화집, 판화집…… 미술관에

■　1853년에 미국의 제독 페리가 함선을 이끌고 일본에 내항했다.

서 그림을 보는 것도 좋지만, 이런 장소에서 시간을 들여 인쇄된 그림을 구경하고 좋아하는 화가를 찾아내는 것도 재미있다.

엄청난 물건을 발견했다. 구사마 야요이의 소설이다. 『신주사쿠라가쓰카』. 소설을 썼다니 몰랐다. 아티스트 구사마 야요이가 딱히 좋은 건 아니지만 예술인이 쓰는 언어는 아주 좋아한다. ……그나저나 이 사람, '야생시대 신인문학상'을 받았구나. 수상작인 『크리스토퍼 남창굴』도 책으로 나왔다. 읽고 싶지만 이 책은 없었다. 『신주사쿠라가쓰카』를 1500엔에 산다.

그리고 또 한 권, 1989년에 열린 프리다 칼로전의 카탈로그도 산다. 2000엔. 이 가슴을 쥐어뜯는 듯한 색채, 화폭을 떠도는 강렬한 향기. 올해 말쯤에 멕시코 여행을 계획하고 있어서 예습을 할 작정으로 샀다. 이국적인 장소와 이런 회화가 발산하는 냄새나 색채에는 반드시 공통점이 있다. 그리고 그 공통점은 뒷골목이나 호텔 로비, 찻집 앞에서 눈앞에 확 펼쳐진다. 멕시코행의 즐거움이 하나 더 늘었다.

이번에 걸었던 도쿄 역과 긴자는 독특한 역사와 풍속이 있어서 무척 흥미로웠다. 이들 거리에 있는 헌책방은, 헌책방이면서 동시에 도쿄라는 곳을 내내 지켜본 시대의 목격자이자 증인이다. 그들은 이 나라의 한 면을 진열장에 몰래 조용히 섞어두고 있다. 우리가 태어난 것보다 훨씬 전에 이 나라, 이

거리에 살았던 사람들의 즐거움과 숨결이 현재로 살그머니
이어져 헌책방 여기저기에 가로누워 있는 것이다. 그것을 느
끼는 것은 몹시 자극적인 일이었다.

# 밤의 파라다이스여, 꽃의 도쿄여

## 오카자키 다케시

잊을 만하면 한 번씩 반복해서 꾸는 꿈이 있다.

여행지의 인적 없는 플랫폼에 내린 나. 선로 곁에는 스위트피가 피어 있다(이것이 빨간색이라면 마쓰다 세이코의 노래 〈붉은 스위트피〉겠지만 꿈에는 색깔이 없다). 황량한 로컬선의 역인데 역사는 목조다. 열차는 하루에 몇 대뿐. 개찰구에도 사람의 모습은 보이지 않고, 표를 파는 창구에는 작업복을 입은 할머니가 앉아 있다. 임시 직원인 걸까. 대합실에는 낡은 나무 벤치. 그리고 놀랍게도 벽 한 면이 헌책이 꽂힌 책장으로 가득차 있다. 역 대합실이 헌책방인 것이다.

생각지도 못한 장소에서 생각지도 못한 좋아하는 물건을 발견했다. 왠지 가슴이 두근두근 뛴다. 하지만 어차피 이런 로컬선의 쇠락한 역에 있는 엉터리 헌책방에 기대할 만한 책은 없겠지. 기껏해야 한 번 읽고 버린 소설책이나 이미 한물간 베스트셀러겠거니 한다.

그런데 얕잡아본 내가 멍청이였다. 이게 어찌된 일인가. 거기에는 메이지, 다이쇼 시대의 문학서 초판본부터 쇼와 초기의 풍속을 묘사한 모더니즘 문헌, 게다가 내가 수집하고 있는 유머문학

중 가장 좋은 물건들이 더할 나위 없는 형태로 갖춰져 있다. 팔딱팔딱 요동치는 심장을 진정시키며 몇 개의 가격을 확인했더니 5엔이거나 10엔, 비싸도 20엔이거나 30엔. 가치를 모르나보다. 바보로구나, 바보야! 하하하하하하하…… 아차, 웃음소리가 들려서 의심을 사면 곤란하다. 이걸 죄다 사들여도 1만 엔으로 잔돈까지 받을 수 있지 않을까? 바보로구나, 바보야! 하하하하하하하…… 안 돼, 안 돼, 웃으면 안 돼.

재빨리 지갑을 꺼냈는데…… 크, 큰일났다. 아까 표를 사면서 현금을 다 써버렸다. 이를 어쩌나. 카드를 쓸 수 있는지 창구의 할머니에게 물어보자 말이 전혀 통하지 않는다. 아니, 말이 통하지 않는다기보다 아무래도 시대는 쇼와 초기인 듯하다. 집기류나 붙어 있는 포스터의 화풍이 그야말로 복고풍이다. 그래서 가격이 쌌구나. 그러면 10엔 따위로 붙어 있는 가격은 엔이 아니라 센銭* 인가. 어쩌면 좋지. 이런 보물을 눈앞에 두고. 어쩌나, 어쩌나. ……이 대목에서 항상 눈을 뜬다. 디테일은 좀 다르지만 상황은 대부분 같다. 요즘은 별로 꾸지 않지만, 어떤 땐 1년에 네댓 번은 같은 꿈을 꾸었다.

뭐, 참 평화로운 남자지요. 짐작컨대 이건 제 소원이겠지요. 여행을 가서 역에서 전차를 기다리는 동안(지방의 경우 상당히 오랫동안 기다리는 때도 있음), 여기에 헌책방이라도 있으면

■ 일본의 옛날 화폐단위로 엔의 백 분의 일.

좋겠다~라고 자주 생각한답니다. 그것이 꿈에서까지 나타난다. 그래서다. 이번에는 도쿄 역에서 비를 맞지 않고 갈 수 있는 지하상가의 '야에스 고서관'으로. 정말 의외로 다들 모른단 말이지. 도쿄 역 바로 근처에 이렇게 큰 헌책방(40평)이 있다는 걸. 이 가게는 1994년 8월에 문을 열었다(현재는 같은 지하상가의 레몬로드로 이전). 올해(2004년)가 딱 10주년이다. 장서수는 5만 권으로 풍부한데다 문고본과 일반서를 비롯하여 미술이나 취미 관련 책까지 충실하게 갖추고 있다. "도쿄 역 구내를 걷는 어떤 사람이 이곳에 와도, 모두 자신이 흥미를 느끼는 분야의 책을 뭐라도 찾아낼 수 있지 않을까? 다른 목적, 다른 행선지, 다른 템포의 책이 위화감 없이 진열되어 있는 점이 역시 도쿄 역답다"라는 가쿠타 님의 코멘트는 언제나처럼 훌륭한 표현이다.

그도 그럴 것이 이 가게는 메지로에 있는 '가나이 서점金井書店'의 지점이다. 가나이 서점이라 하면 1929년에 창업한 노포다. 메지로 거리에 있는, 외관이 유리로 된 맵시 있는 건물이 우선 눈길을 끌고, 초심자가 가게에 훌쩍 들어서면 조금 압도될 듯한 양서와 진귀한 책이 줄지어 있다. 이치카와 준 감독의 영화 〈도쿄 남매〉에서 주연을 맡은 오가타 나오토가 일하는 헌책방으로 나온 곳이 바로 이 가게다.

그러므로 야에스 고서관을 그저 도쿄 역을 이용하는 샐러

리맨이나 출장 또는 여행으로 신칸센을 타는 사람들에게 가벼운 읽을거리를 제공하는 헌책방이라 한다면 당연히 틀린 말이다. 나는 도쿄 역에 볼일이 있을 때면 '야에스 북센터八重洲ブックセンター'와 야에스 고서관에는 반드시 들른다. 아, 그리고 시간이 있으면 브리지스톤 미술관에도 가고 싶다. 여기는 도쿄 도내 미술관 가운데 숨겨진 명소다. 사람이 적어서 느긋하게 볼 수 있다는 점이 좋고, 소장품도 엄선한 명작들이다. 여기서 아오키 시게루의 〈바다의 선물〉을 보고 감동했다. 고이데 나라시게의 〈모자를 쓴 자화상〉도 이곳에 진품이 있다는 것도 몰랐다.

미술관에서 그림을 보면 밖으로 나왔을 때 풍경이 달리 보인다. 얼마 동안은 눈에 미적 필터가 씌어 있다. 정화된 기분이 드는 것이다. 그 느긋한 기분으로 헌책방에 들르면 평소와는 다른 구매가 가능해지기도 한다. 브리지스톤 미술관을 추천한 건 그런 어버이 같은 마음에서였다네, 가쿠타 님(사실은 지금 생각났다).

가쿠타 님이 야에스 고서관에서 구입하신 팀 오브라이언은 무라카미 하루키가 『뉴클리어 에이지』와 『세계의 모든 7월July, July』을 열심히 번역, 소개해 알고 있었는데, 『실종』이라는 작품은 몰랐다. 저런, 사부님도 모르는 게 있나요……라는 야나스케. 항상 절묘한 대목에서 튀어나오는구나. 이 부분은 명

예를 위해 삭제할까.

무라마쓰 쇼후의 『여경』은 헌책방에서 참으로 자주 보는 책이다. 어지간히 팔린 모양이다. 무나카타 시코의 표지가 눈에 띈다. 무나카타는 다이쇼에서 쇼와 시대 전반쯤까지 활약한 그 시대의 인기 화가로, 작가 무라마쓰 도모미의 할아버지다. 무라마쓰 도모미는 어려서 부모님을 잃고 할아버지 쇼후의 집에서 자랐다. 그러나 어머니는 사실 살아 있었다. 쇼후가 첩의 집에 죽치고 들어앉아서 할머니와 도모미는 시즈오카의 집에서 적적하게 지낸다…… 이런 이야기가 무라마쓰 도모미의 『가마쿠라의 아줌마』에 자세히 묘사되어 있다. 이 책은 걸작이랍니다.

그나저나 역 바로 근처에 있는 헌책방에 관해 들려주고 싶은 이야기가 있다. 도덴아라카와센 가지와라 역에는 헌책방 '가지와라 서점'이 플랫폼에 찰싹 달라붙은 것처럼 있다. 역에서 도보 0분. 처음 봤을 때 깜짝 놀랐다. 도덴아라카와센은 무인역이 많은데 이곳에는 담장조차 없다. 역과 거의 한몸이된 헌책방으로 아마 전 일본을 뒤져봐도 이보다 역과 가까운 곳이 없을 터.

'의외성이 있는 헌책방'이라고도 할 수 있다.

의외라는 점에서 긴자의 헌책방도 그렇다. 긴자의 백화점 지하 식료품 매장 가운데 사람들이 줄을 서는 가게 베스트5를 아는 사람은 많지만, 긴자에 헌책방이 있다는 사실을 아는 사람은 적다. 그도 그럴 것이, 긴자라 하면 버블 시기에 땅값이 평당 최고 1억 엔까지 뛰어올랐던 곳이다. '흙 한 되에 금 한 되'라 일컬어졌던 토지의 최고급 브랜드다. 그곳에서 헌책을 판다는 게 우선 상상이 안 된다.

가쿠타 님은 헌책방을 찾아 긴자의 거리를 꽤나 헤맨 모양인데, 바로 그 점이 좋다. 최단 거리로 헤매지 않고 도착하기를 요구하는 것은 비즈니스의 세계. 원래 헌책방 순례는 자본주의 원리와도 경제 효율과도 관계없으니까. 헌책방 순례는 잘 안다고 생각했던 거리를 미로로 바꾸어버린다. 이것이야말로 헌책의 힘이다.(야나스케: "가끔은 괜찮은 말도 하시네요.") 뭐, 일단은 그렇지. 그런데 '가끔은'은 굳이 필요 없었다.

한편 예전에 헌책방이 긴자 거리에 노점을 낸 적이 있었다. 전쟁 전의 일이다. 시인 이와사 도이치로가 해질녘이 되면 긴자 거리 동쪽 보도의 잇초메1丁目에서 핫초메8丁目까지 야시장의 진열대가 즐비하게 늘어섰다고 회상했다. 참으로 부러운 이야기다.

"몇십 개의 노점 가운데 헌책방도 몇 군데 있었다. 그중에서도 긴자마쓰자카야 앞에는 '야마자키세이분도山崎誠文堂'가 가게를 냈고, 오와리초*의 현재 지하철 입구 부근에는 '오쿠

■　1930년까지 존재했던 거리의 이름으로 지금은 긴자의 일부다.

무라 서점', 미쓰코시의 조금 앞은 좃키혼 책방, 또 나나초메 근처는 서양 서적 전문 헌책방, 잇초메의 비어홀 앞에는 니시키에*와 일본식으로 장정한 책을 파는 가게, 산초메의 산쿄제약 부근에도 귀가 약간 어두운 영감님이 헌책방을 냈으며, 그 외에 아주머니가 가게를 보던 곳이 '교분칸敎文館' 건너편에 몇 군데 더 있었던 것 같다."(이와사 도이치로, 『쇼치한다 이키書痴半代記』)

'좃키혼'이란 출판사에서 판매를 포기하고 염가에 내놓은 책이다. 헌책 노점은 전쟁 전 진보초에서 역시 볼 수 있었던 모양이다. 밤바람을 맞으며 술을 깨려고 길거리의 헌책 진열대를 눈요기하며 걷는다. 이 또한 각별한 기분이었으리라. 어떻게든 되살아나면 좋겠다.

앞의 문장 중 "오와리초의 현재 지하철 입구 부근에는 오쿠무라 서점"이라는 부분이 있는데, 이번에 가쿠타 님이 방문하신 산초메의 '오쿠무라 서점'(현재는 산초메점과 욘초메점 모두 폐점)의 전신이다. 에세이스트 사카자키 시게모리 씨도 아사히신문 석간 연재 「Tokyo 오래된 가게·오래된 마을·산책」의 '히가시긴자' 편에서 "이 헌책방은 예사로운 헌책방이 아니다. 가부키와 연극 관련 자료의 보고다. 나는 오쿠무라 서점의 책장을 바라보고 싶다는 일념만으로 히가시긴자에 올 때가 있

■  풍속화를 컬러 인쇄한 목판화.

다"라고 쓰셨다. 연극평론가 도이타 야스지 등도 자주 다녔던 모양이다. 연예계 사람이 남몰래 책장 앞에 서 있는 모습도 볼 수 있었다고 한다. 가부키자, 신바시엔부조, 니혼게키조 등의 극장이 있는 긴자는 연극의 거리이기도 하니까.

가쿠타 님이 산초메점에서 사신 『전후 풍속 천일야화』는 좋은 구매였다. 나도 이런 책을 무척 좋아한다. "문장으로 읽는 〈사자에 씨〉"라니 가히 훌륭한 표현이다. 저자인 스다 사카에는 신문기자 겸 칼럼니스트로 라쿠고 문헌에도 이름이 나온다. NHK의 라디오 방송 〈재치 교실〉 등에도 나오지 않았는가. 도도이쓰* 연구가이기도 하니 이런 서민의 생활사 같은 책을 쓰는 데는 안성맞춤이다.

산초메 바로 근처에 '오쿠무라 서점'이 한 군데 더 있었다. 가쿠타 님이 길을 물은 분은 놀랍게도 이 가게의 주인, 산초메점 주인의 남동생이었다. 산초메점의 위치를 묻는 데 이보다 더 적절한 사람은 없다. 굉장한 우연에 깜짝 놀랐다. 이곳은 미술서와 문학서 중심의 일반인 대상 서점이다. 작은 가게인데도 구성이 좋고 가격도 저렴해서 나도 자주 다녔다.

'오쿠무라 서점 욘초메점'은 산초메점에서 수행한 청년이 지점으로 맡은 가게다. 가부키자, 게다가 가쿠타 님이 쓰신 것처럼 매거진하우스에서도 엎어지면 코 닿을 거리다.

■    7·7·7·5의 음수율로 이루어진 구어 정형시.

'간칸도'는 사실 아직 가본 적이 없다. 그렇지만 인터넷에서 미술서를 검색하다보면 거의 반드시 이 가게로 연결된다. 나일 강의 원류 같은 가게다. 재고가 상당하다고 추측된다. 그래서 계속 신경이 쓰였다. 가쿠타 님의 보고를 읽고 오히려 가보고 싶어졌다.

가쿠타 님은 내가 준비한 테마를 "시선이 바뀌면 긴자도 상당히 다르게 보이는구나"라고 훌륭하게 해독했는데, 순식간에 실력이 늘어난 그 모습에 완전히 감탄했다.

오카자키    ♪ 아무리 시대가 바뀌어도, 아무리 시대가 변해도~ 사람의 마음은 변하지 않는 슬픔에 기쁨에 오늘도 다들 살아가고 있어~ (흑흑 흐느끼며 운다)

야나스케    이런, 사부가 노래하면서 우는구나. 어쩔 수 없지. (에헴) 사부님, 가쿠타 님이 오셨습니다.

오카자키    ♪ 그래도 그래도 이것만은 말할 수 있어~ 인생이란 좋은 거야 좋은 거야(흑흑흑) ……어이쿠, 이것참 실례했다. 아직 더운데 용케 오셨군. 자아, 가쿠타 님. 더 시원한 쪽으로, 시원한 쪽으로. (우당탕 털썩!) 저런, 가쿠타 님, 지나치게 시원한 쪽으로 가다가 툇마루에서 떨어지셨구나.

가쿠타    으아, 아파라. 지난번에는 덕분에 도쿄 역과 긴자

같은 의외의 장소에서 헌책방을 방문할 수 있었습니다. 늘 오가는 익숙한 장소에 정말로 헌책방이 있더군요.

오카자키　흠흠, 헌책도의 깊은 뜻을 어지간히 파악하셨군. 감탄스럽다. 고향은 멀리 있어 그리워하는 것, 가깝고도 먼 것은 타인 사이, 신주쿠니시구치 역 근처……라 했다네.

가쿠타　무슨 말씀을 하시는 건지 잘 모르겠습니다만.

오카자키　칭찬한 다음에 곧바로 그렇게 나오면 곤란하네. 뭐, 좋다. 다음은 와세다의 헌책 거리다. 와세다 대학 출신인 가쿠타 님께는 앞마당 같은 곳이려나. 하지만 요즘 와세다의 헌책 거리도 변하고 있으니까. 그 부분을 자세히 조사해 오시게나.

♪　이번 회의 노래는 드라마 〈일곱 명의 손자〉의 주제가 〈인생 찬가〉. 모리시게 히사야 작사 / 야마모토 나오즈미 작곡.

»다음 지령«
와세다 헌책 거리에서 청춘 시절의 책을 찾아라!

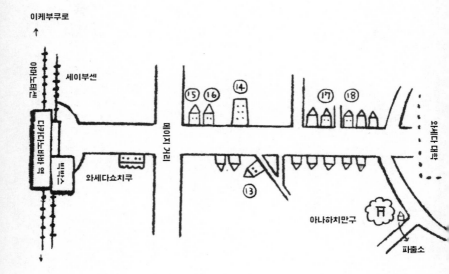

⑬ 고서 겐세이

⑭ 이가라시 서점

⑮ 히라노 서점

⑯ 산라쿠 책방

⑰ 안도 서점

⑱ 분에이도 서점

생각해보니 놀랍게도, 학창 시절은 이미 20년 가까이 지났다. 학생이었던 때가 바로 얼마 전처럼 느껴지는데.

대학생이 되었다는 건 내게는 여러 의미로 개국 같은 일이었다. 그야말로 문명개화 그 자체였다. 초등학교부터 고등학교까지 같은 곳을 같은 사람들과 다녔기에 당연히 세계가 좁았다. 들어오는 정보도 한정되어 있었고, 가치관이나 사고방식 같은 것도 한 종류밖에 몰랐다. 여학교에 다녀서 동갑 남자아이라는 존재도 가까이서 본 적은 없었다. 그런 식이었기 때문에 개국 후 흘러들어온 갖가지 일들은, 동갑 남자아이를 포함하여 하나하나가 눈이 번쩍 뜨일 정도로 신선했다.

대학 시절에 처음 만난 것은 많았다. 남자인 친구도, 소고기덮밥집도, 회전초밥집도, 야키니쿠도, 학교 친구가 하숙하는 작은 아파트도, 아르바이트도, 술도, 밤새 보는 심야영화도 갓 개국한 내게로 우르르 몰려들었다.

헌책방이라는 것과도 대학에 들어가서 처음 만났다.

내가 살던 마을은 시골이어서 서점이 한 군데

있긴 했으나 시골에 흔히 있는 책을 팔지 않는 서점(그러면 무엇을 파는가 하면 주간지와 문구류, 만화잡지)이었고, 학교가 있는 동네는 도회지였지만 그곳의 서점은 '유린도有隣堂'* 였다.

와세다에서 다카다노바바로 이어지는 와세다 거리의 도로변에는 빼곡하지는 않아도 상당수의 헌책방이 있다. 이런 광경도 처음 보는 것이었다. 나는 학교에서 JR 전철역이 있는 다카다노바바까지 20분 정도의 거리를 대부분 걸어다녔다. 버스 요금을 아끼려는 의도도 있었지만 헌책방이 늘어선 와세다 거리를 걷는 게 좋았다.

이번 회의 지령은 바로 그 와세다 거리다. 다카다노바바나 와세다에는 볼일이 있어 몇 번이나 왔지만 이 거리를 걷는 것은 정말로 오랜만이다.

### 고서 겐세이 古書現世

이번 회는 안내인과 게스트가 있어서 매우 든든하다.

안내를 맡아준 사람은 '고서 겐세이'의 무카이 도시 씨. 헌책방집 아들로 태어나서 아직 젊지만 가게를 책임지고 있다. 그리고 같은 시기에 나와 같은 학부를 다닌 가와카미 스스무

■    서적뿐만 아니라 문구와 잡화도 파는 서점 체인.

씨가 게스트다. 헌책과 세상의 우습고 재미있으며 무익한 것을 더없이 사랑하는 가와카미 씨는 '난다로 아야시게'* 라는 기발한 필명으로 책도 썼고 수상한 활동도 많이 한다.

약속 장소인 고서 겐세이에 갔더니 가와카미 씨는 벌써 책을 사고 있다. 나도 얼른 가게 안을 둘러본다. 연극, 영화, 철학, 문예 등으로 장르가 구분된 책을 바라보는데 무언가 정체를 알 수 없는 기분이 모락모락 솟아올라 나를 주춤거리게 한다. 뭐야, 이 느낌…… 하지만 무엇인지 모르겠다. 기묘한 두근거림을 억누르며 책장을 눈으로 훑다가, 아아앗! 굉장한 물건을 발견했다.

가이코 다케시의 『베트남 전기』 사인본. 발행일을 보니 1965년. 베트남전쟁에 관한 르포르타주 소설 『빛나는 어둠』을 쓰기 몇 해 전에 쓴 책이다. 아키모토 게이이치의 사진도 잔뜩 실려 있다. 게다가 표지 뒷면의 저자 프로필에는 아주 유명한 사진 한 장이 실려 있다.

르포르타주를 쓴 가이코 다케시는 미군의 최전선에 가담하던 중 전투에 휩쓸렸다. 베트남군의 격렬한 공격을 받다가 대대마저 놓쳐버렸다. 그는 죽음을 각오하고 카메라맨 아키모토 게이이치와 서로의 사진을 찍었다.

이때 가이코 다케시의 표정이 실로 엄청나다. 동공이 뻐끔

■　'난다로'는 '무엇일까', '아야시게'는 '수상한'이라는 뜻.

히 열려 있다. 포기도 아니고 절망도 아닌 진짜 공허가 얼굴에 깊고 뚜렷하게 드러나 있다. 이 전투에서 살아남은 사람은 이백 명 가운데 단 열일곱 명이었다. 사진에서 가이코 다케시가 쓰고 있는 헬멧에는 그후 격전의 날짜인 "FEB. 14′ 65"와 "REMEMBER D-ZONE ▪"이라는 문자가 새겨진다.

내가 가이코 다케시의 작품을 처음 접한 것은 1998년, 베트남을 여행할 때였다. 『빛나는 어둠』을 한 권 들고 북쪽에서 남쪽까지 한 달 동안 여행했다. "냄새를 쓰고 싶다"라고 작가가 말한 그 책에서 피어오르는 강렬한 냄새는, 베트남전이 끝나고 30여 년이 지난 그때 필사적으로 전진하려는 활기로 가득 찬 베트남에서도 확실히 떠돌고 있었다. 그뒤로 나는 가이코 다케시를 진심으로 경애한다. 『베트남 전기』는 처음 봤다. 게다가 사인본. 당장 뽑아서 부둥켜안았다. 이 흥분은 헌책 수행에서 처음 맛보는 것이다. 2500엔.

그리고 요시다 겐이치의 『기묘한 이야기』를 샀다. 1000엔. 사실 나는 요시다 겐이치를 읽은 적이 없다. 언제나 읽고 싶다고 생각했지만. 제목에 이끌려 이 책을 골랐다.

계산대에는 엄청나게 사람을 잘 따르는 고양이가 있다. 가게의 얼굴마담이라고 무카이 씨가 알려준다. 이름은 노라. 노라라 해도 소설가 우치다 햣켄의 애묘 이름에서 따온 것이 아

▪ 비무장지대(Demilitarized Zone).

니라 '노라네코'■의 노라인 모양이다. 강아지처럼 붙임성이 좋다. 계산도 한다. 잔돈도 준다. 이건 농담입니다만.


## 히라노 서점 平野書店

무카이 씨, 가와카미 씨와 함께 어슬렁어슬렁 '히라노 서점' 으로 향한다. 한창 장마철인데도 마치 한여름 같은 날씨다. 히라노 서점은 모든 책이 파라핀지로 포장되어 있다. 가게에 들어섰다가 곧바로 '앗' 하고 놀랐다. 잊고 있던 일이 떠올랐다.

열여덟 살의 나는 이 가게를 보고 '헌책방은 왠지 무서워' 라고 생각했다. 파라핀지에 싸여 가지런히 진열된 책은 굉장히 비싸 보여서 만지는 것을 거부하는 느낌이 들었다. 그러나 사실 헌책방을 친근하게 여기기 시작한 계기가 된 장소도 이곳, 히라노 서점이었다.

가게에 들어서자마자 왼쪽에 있는 책장에 최근 나온 책이 꽂혀 있다. 바로 얼마 전까지 신간이었던 책도 있다. 가격은 전혀 비싸지 않다. 안쪽으로 들어가면 남성 작가와 여성 작가로 구분된 소설책이 빼곡하게 이어진다. 오가와 구니오, 쓰지 구니오, 후루이 요시키치, 아베 고보, 시부사와 다쓰히코, 마

■　들고양이.

루아마 겐지…… 강경파 소설이 줄지어 있다. 책장을 빙 돌면 철학서와 시집이 나온다.

아까 고서 겐세이에서 느낀 '정체를 알 수 없는 기분'의 실체가 '말라르메'라는 시인의 이름을 본 순간 구석구석까지 이해되었다. 와세다 근처 헌책방의 책장 앞에 서면 나는 자동적으로 몹시 초조한 기분이 드는 것 같다. 20년 전과 완전히 똑같이.

지금도 무지하지만 열여덟 살의 나는 정말로 정말로 무지했다. 모르는 것투성이였다. 열여덟 살이 될 때까지 수험과 무관해서 공부다운 공부를 거의 하지 않았다. 열여덟 살 때 도쿠시마 출신의 친구 앞에 섬이 세 개밖에 없는 일본 지도*를 그려놓고는 "도쿠시마는 어디쯤이야?"라고 물은 적도 있다. 그녀는 무시당했다고 생각한 듯 언짢은 표정이었지만, 일본 지도에는 섬이 세 개 있는 게 맞다고 생각했던 나는 그녀가 어째서 기분이 상했는지 그후로도 한동안 몰랐다.

잘도 대학에 들어갔구나, 라는 말을 당시 정말로 많은 사람에게 들었지만 일본 지도를 그리라는 문제 같은 건 입시에는 나오지 않는다. 일본 지도 같은 대부분의 것, 즉 기초가 모조리 빠진 상태로 대학생이 된 나는 거의 모든 수업을 따라갈

---

■  일본은 네 개의 큰 섬으로 이루어져 있는데, 저자는 도쿠시마가 있는 시코쿠라는
    섬을 빼놓고 지도를 그렸다.

수 없었다.

나는 문예학과에 가고 싶어서 그 대학에 들어갔다. 문예학과에 가고자 한 이유는 소설가가 되고 싶었기 때문이다. 말하자면 나는 대학을 소설가가 되기 위한 직업훈련소로밖에 여기지 않았다. 그러나 학과별로 나뉘는 것은 2학년부터로, 1학년은 배우고 싶지도 않은 일반교양을 배워야 했다. 직업훈련소에서 생물이니 철학이니 어학이니 역사니 억지로 배우리라고는 생각지 못했다.

그러니 정말로 울고 싶을 정도로, 나는 아무것도 몰랐던 것이다. 소설도 마찬가지였다. 열여덟 살의 나는 나카가미 겐지도 마루야마 겐지도 다케다 다이준도 아무것도 몰랐다. 우메자키 하루오도 오사키 미도리도 나가이 다쓰오도 알게 된 것은 훨씬 훗날로, 그때까지는 교과서에 나오는 작가 정도밖에 읽은 것이 없었다.

내 무지가 가장 심각한 수준이라는 사실을 알아차린 열여덟 살의 나는 아연실색했다. 학교 친구는 문화인같이 박식했다. 다케다가 말이야, 데루가 있지, 오에가 있잖아, 오오카가 말이지, 라며 술을 마시며 떠들었다(데루란 미야모토 데루로 이상하게 이 시기에 학생들 사이에서 매우 인기가 있었다).

나는 문화적 발언을 모조리 그만두었다. 문화적 발언이 난무하는 술자리는 피했다. 문화적 발언을 하지 않는 친구를 골라 떠들썩하게 놀기만 했다. 그런 와중에 남몰래 결심했다.

생물이니 수학이니 역사니 프랑스어니 이제 그런 건 무리다. 하지만 적어도, 적어도, 적어도 소설만큼은 남들만큼 읽자. 소설가가 되고 싶으니까, 라고.

그럴 때 자주 왔던 곳이 파라핀지가 있는 이 가게였다. 일반 서점보다 책이 쌌으며, 진열된 책들이 밑바닥에서 도약하고 싶었던 여자아이에게는 안성맞춤이었다.

말라르메란 당시 내가 선택한 수업에서 줄곧 등장한 이름이었다. 나는 말라르메가 누구인지 몰랐다. 말라르메가 누구인지 모르는 채 시치미를 떼고 1학년을 끝마쳤다. 사실대로 말하자면 아직도 잘 모른다.

'말라르메'라는 이름이 내게 환기하는 것은 가장 심각한 수준의 무지를 견디던 그 무렵의 초조함이다. 헌책방의 책장 앞에서 열여덟 살의 나는 불안에 떨고 있었다. 세상에는 이렇게 책이 많다. 언제쯤이면 다 읽을 수 있을까. 그것은 두꺼운 지식의 벽이었다.

20여 년의 세월이 지난 지금도, 파라핀지에 싸인 책 앞에 서니 이곳이 정말 좋은 서점이라는 생각이 든다. 읽어야 할 책이 제대로 진열되어 있다. 특정한 시기에 턱없이 많이 팔리고 그 이후로는 흔적도 없이 사라지는 베스트셀러나, 뇌와 감각을 쓰지 않고 눈만으로 읽을 수 있는 안이한 소설은 미련

없이 들여놓지 않는다. 무슨 책을 읽으면 좋을지 모르겠다는 말을 자주 듣는데, 그럴 때는 이 가게에 오면 된다. 책장이 가만히 가르쳐준다. 책장 끝부터 한 권씩 읽어나가면 된다.

여기서 산 책.

하야시 후미코의 『삼등 여행기』, 1000엔. 하야시 후미코의 여행기는 읽고 싶어서 내내 찾아다녔다.

단 가즈오의 『풍랑의 여행』, 1000엔. 표지에 본문이 발췌되어 있다.

"아무래도 나는 천성적으로 집이나 가정 같은 것에 완전히 섞여들지 못하는 성품인 모양이다. 얼핏 보기에는 그럴싸하게 부엌칼을 쥐거나 고기를 부글부글 조리는 등 마누라의 몫까지 일가를 책임지는 것처럼 느껴진다. 하지만 사실은 정말로 집에 있는 것인지, 가출을 준비하는 중인지, 혹은 어딘가에서 가출해서 지금 자신의 집을 못 찾고 있는 것인지 나조차도 의심스럽게 여겨질 때가 종종 있다."

이 인용문이 너무도 매력적이어서 샀다.

그리고 고보리 진지의 『요괴를 보았다』. 띠지가 굉장하다. "헤어진 남편이 엮은 모 여류 작가와의 모든 생활."

모 여류 작가란 히라바야시 다이코라 한다. 헤어진 아내에 관해 책을 썼는데 그 제목이 『요괴를 보았다』. 정말 굉장하다. 2500엔. 두근두근하며 산다. 히라바야시 다이코가 헤어진 남편에 대해 쓴 소설도 있다고 가와카미 씨가 알려준다. 오늘의 헌책방 순례에서 발견하면 좋겠다.

책장 아래쪽에 산더미처럼 쌓여 있는 문예지를 뒤적이다 보니 내가 쓴 「꾸벅거리는微睡む 밤의 UFO」가 실린 문예지 『가이엔海燕』이 나왔다. 이때는 '꾸벅거리는まどろむ'을 한자로 썼다. 찾아보면 분명 데뷔작이 실린 호도 나오지 않을까. 그리고 열아홉 살 때 응모했는데 최종 심사에 오른 내 글에 대해 "이런 건 만화다"라고 한 심사위원의 심사평이 실린 모 문예지도 나오지 않을까. 찾아보고 싶지만 하루가 끝날 것 같아서 포기한다.

그 대신 1954년의 잡지 『분게이文藝』를 500엔에 샀다. 엄청나구나. 표지 사진을 찍은 사람은 도몬 겐. 게재된 소설은 미시마 유키오, 시이나 린조, 다케다 다이준, 쓰보이 사카에, 간바야시 아카쓰키. 우메자키 하루오의 「야마부시헤이초山伏兵長」도 실려 있다. 제2회 전국 학생 소설 콩쿠르의 당선작이 발표되어 있는데 사다 이네코와 가와바타 야스나리 등의 심사위원에게 뽑힌 사람은 이와하시 구니에. 열아홉 살 때다.

## 산라쿠 책방三楽書房

히라노 서점을 나와 '산라쿠 책방'으로 향한다. 아주 젊은 사람이 계산대에 앉아 있다.

이 가게는 주인이 병에 걸려 휴업중이었는데, 안도 서점의 아들이 간다에서 수행을 마치고 재개점했다고 무카이 씨가 알려주었다. 무카이 씨도 산라쿠 책방의 도련님도 나보다 훨씬 어려서, 두 사람이 대화를 나누는 모습은 아무래도 놀 계획을 세우는 것으로밖에 보이지 않는데 한 가게를 책임지고 있다니 훌륭하다.

책장에는 헤겔, 푸코, 바타유, 프롬, 하이데거 등의 이름이 늘어서 있다. 나왔다, 나왔어! 그리운 지식의 벽. 정신적 타임슬립으로 인해 나는 점점 초조해진다. 철학서나 평론집도 많고, 다른 책장에는 미술 관련 책이 진열되어 있다.

여기서 가와카미 씨가 책 두 권을 뽑아들고 "이거 어때?"라며 나에게 건넸다. 둘 다 다나카 고미마사의 책이다. 내가 고미 씨를 좋아한다는 것을 알기 때문이다.

참고로 가와카미 씨는 한여름 같은 이 무더운 날에 정수리만 가려지는 둥근 털모자를 쓰고 있었다. 이 모자는 놀랍게도 고미 씨의 것으로, 고미마사 부부에게서 받았다고 한다. 으음, 부러운데. 그가 책에 몰두하는 동안 몰래 훔칠 궁리를 해보았지만, 고미 씨의 책을 찾아주었으니 그런 못된 짓은 관두기로 한다.

가와카미 씨가 내민 두 권 중 다나카 고미마사의 『간음문답』(좋은 제목이로구나)을 산다. 1500엔.

한스 헤니 얀의 『열세 가지 으스스한 이야기』는 제목에 이끌려 산다. 800엔. 나는 으스스한 장르를 아주 좋아한다. 이 분야에는 대학생 때 눈을 떴다.

산라쿠 책방의 젊은 주인이 안쪽에서 책을 들고 가와카미 씨에게 간다. 잘은 모르겠지만 가와카미 씨가 예전부터 갖고 싶어했던 책인 모양이다. 이런 장면, 헌책 수행을 시작한 이래로 내내 보고 싶었다. "아, ○○씨, 쭉 찾으셨던 ××가 요전에 들어왔어요"라며 점장이 안쪽에서 책을 꺼내는 광경. 처음 봤다.

가와카미 씨는 무언가 엄청나게 비싼 책을 샀다.


## 이가라시 서점 五十嵐書店 · 분에이도 서점 文英堂書店

산라쿠 책방을 나와 '이가라시 서점'으로 향한다.

어? 이가라시 서점이 보이자 고개가 갸우뚱 기울어졌다. 상당히 세련된 서점이다. 노출 콘크리트에 유리벽. 물론 내가 이

곳을 자주 거닐던 1980년대 후반에는 이런 가게가 없었다.

이 가게도 책임자가 젊은 아드님이었다. 2년 전에 개장했다고 한다. 1층과 지하가 있는데 1층에는 미술, 건축, 예술 관련 책, 시집, 철학서가 진열되어 있다. 지하로 내려가면 연갈색이 눈에 확 들어온다. 전부 책등이다. 지하층은 일문학이나 역사 전문서가 많다. 지식의 벽이 지나치게 두꺼워서 제목만 봐서는 뭐가 뭔지 전혀 모르겠다.

"졸업논문을 쓸 때 예전 가게의 이 코너에 꽤나 자주 왔지"라는 일문학 전공자 가와카미 씨는 왠지 꽤 훌륭한 사람처럼 보인다. 대단한데. 내 졸업논문은 소설이어서 전문서와는 인연이 없었다.

1층의 유리 케이스에 아주 귀여운 책이 전시되어 있다. 메이지 시대의 일본 가이드북이다. 몇 권 있는데 세트로 25만 엔. 젊은 점장이 유리 케이스를 열어서 보여줬다. 손에 들고 팔랑팔랑 책장을 넘기긴 했지만 가격이 머릿속에서 빙글빙글 맴돌아 제대로 볼 수 없었다.

이가라시 서점에서 나오는 길에 젊은 점장의 아버님과 딱 마주쳤다. 이 아버님은 몹시 쾌활한 분이었는데 근처에 있는 창고를 보여주겠다고 한다. 헌책방의 창고! 첫 체험이다.

지하 창고로 안내받자 말문이 막혔다. 넓은 바닥의 네 귀퉁이에는 이동식 책장이 있고, 바닥 대부분에는 천장 가까이까지 책이 산더미처럼 쌓여 있다. 지식의 벽은커녕 지식의 거암이다.

뭐가 어디에 있는지 아시냐고 물었더니 그렇다고 한다. 컴퓨터보다 그의 머릿속이 정교하다는 것이다.

실제로 책과 책 사이로 이리저리 난 길을 척척 걸어가며 "족자 한번 보겠소?"라며 족자를 펼쳐 보여주기도 하고, 또 정글을 걷듯 길 없는 길을 헤쳐들어가 "이건 탁본"이라며 문학비의 탁본을 보여주기도 한다. 해외의 대학에 보낼 책도 대량으로 꾸려져 있다.

헌책방의 규모란 가게가 아닌 창고라는 사실을 아버님께 배웠다. 이를테면 매우 작은 가게가 거대한 창고를 가지고 있는 경우도 있다. 가게를 휙 둘러보고는 찾는 책이 여기에 없다며 포기하는 건 경솔한 행동이고, 서점 주인과 대화를 나누는 편이 좋은 모양이다. 산라쿠 책방에서의 가와카미 씨처럼.

"가와카미 씨의 꿈은 이런 창고 같은 방을 만드는 거야?"라고 물었더니 "아니, 저렇게 되고 싶어서 된다기보다 그냥 저렇게 되어버리는 거야"란다. 가와카미 씨의 방은 이미 책으로 뒤덮여 있어서 손님이 오면 한 사람씩 좁다랗고 구불구불한 길을 걸어야 하는 모양이다.

감사의 인사를 하고 창고를 나온다. 창고 앞부터 이어지는 골목을 언뜻 본다. 보자마자 학창 시절의 기억이 몹시 선명하게 흘러넘쳐서 깜짝 놀랐다. 이 골목은 대학 구내로 연결되는 샛길인데 개그맨 다카기 부의 집과 튀김이 싸고 맛있는 가게 등이 있다. 지금까지 쭉 잊고 있었지만 나는 언제나 이 샛길을 걸었다.

바보 같은 사랑을 했었지. 실연당해서 세상이 끝난 것처럼 풀죽어 있었지. 그런 일만 줄줄 떠오른다. 연애와 관련된 고민을 껴안고 있을 때 자주 걸었던 길이겠지. 연애 관련 문제는 샛길에서…… 왠지 점점 더 바보 같다.

멋대로 흘러넘치는 추억은 접어두고, 다시 한번 와세다 거리로 돌아와 '분에이도 서점'으로 향한다.

책이 발치부터 천장까지 빼곡하게 차 있다. 시, 소설, 철학 외에 법률 관련 책도 많다. 법률서 책장 뒤에 환상소설 코너가 있는 점도 왠지 재미있다. 하쿠스이샤에서 나온 시부사와 다쓰히코의 '비블리오테카' 시리즈가 충실하게 갖춰져 있다. 시부사와 다쓰히코. 이 사람도 학생 때 알았다. 뭐랄까, 가장 심각한 수준의 무지가 바라는 지식욕에 이 사람은 안성맞춤이라 생각한다. 지금도 분명 시부사와 다쓰히코에 흠뻑 빠진 학생이 있겠지. 있으면 좋겠다.

이 가게에는 옛날 영화 잡지 『키네마 준포』가 잔뜩 있다. 표지도 잘 보존되어 있고, 팔랑팔랑 넘겼더니 평론가 우에쿠사 진이치의 대담 같은 것이 실려 있다.

헌책방의 문은 활짝 열려 있고, 책장 앞에서 거리를 흘끗 내다봤더니 햇살이 밖을 눈부시게 비추고 있다. 그 빛 속을 학생으로 보이는 젊은이들이 대화에 열중하거나 웃으며 지나간다. 이 느낌, 내가 생각하는 '헌책방'의 이미지 그대로다. 아니, 나는 이 거리에서 처음으로 헌책방과 만났으니 오히려 이 가게들이 그 이미지를 만든 것일 테다.

가게 안은 약간 어두컴컴하고 낡은 책이 가만히 소리를 흡수하듯 벽을 만들며, 시간이 묘하게 가라앉고 있다. 활짝 열린 문 건너편에 일정한 속도로 나아가는 눈부신 현실이 있다. 대학을 나온 뒤 여러 거리에서 헌책방을 봤지만, 어안이 벙벙할 정도로 어디에나 이 이미지대로의 가게가 있었다. 네팔에도 있었고, 아일랜드에도, 몽골에도, 이탈리아에도 있었다.

현실과의 미묘한 엇갈림. 그것이 헌책방의 매력 아닐까? 새삼 그런 생각을 하며 『엘리엇 시집』을 800엔에 산다.


## 안도 서점 安藤書店

와세다 거리를 조금 되돌아가 '안도 서점'으로 간다. 안도 서점의 주인은 산라쿠 서점 주인의 아버지다. 그렇구나, 아들이 대를 이은 게 아니라 다른 가게를 열었구나. 두 세대가 같은 거리에서 헌책방을 운영하고 있다.

바깥 진열대에 신서판 책이 놓여 있다. 길을 지나가던 학생이 멈춰 서서 진열대를 들여다본다. 좋아, 자네, 지식을 갈망하게나, 라며 노파심으로 젊은이를 응원한다.

문학이 많다. 이 가게의 책들 역시 히라노 서점처럼 강경파 책들이다. 나쓰메 소세키, 미시마 유키오, 야스오카 쇼타로, 후카자와 시치로, 마루야마 겐지…… 게다가 책등에 '초판본' 띠지가 둘려 있다!

사실 나는 초판본의 가치를 잘 모르지만, 이 수행을 시작하고부터 왠지 좋은 것이라는 느낌을 받았다. 레스토랑에서 버터맛 따위 판별할 수 없으면서도, "이건 프랑스의 에쉬레 버터예요"라는 말을 들으면 어쩐지 좋은 것 같아서 먹고 싶지도 않은 빵에 버터를 듬뿍 발라 먹는 느낌과 꼭 닮았다. …… 그런데 그건 단지 가난뱅이 근성일까?(여담이지만 히라노 서점에 졸저 『꾸벅거리는 밤의 UFO』 단행본이 있었는데, '초판본' 도장이 찍혀 있어서 매우 기뻤으나 이 책은 중쇄를 찍지 않아서 초판본밖에 존재하지 않는다. 왠지 몹시 죄송했다.)

거참, 어쨌거나 초판본이 잔뜩 있다. 게다가 자세히 보니 저자 사인본도 있다. 그런데도 가격이 그다지 비싸지 않다.

이런 곳에서 좋아하는 작가의 '초판본·사인본·심지어 염가'인 책을 보면, 피가 역류한다고 하면 과장이지만 확실히 아드레날린이 솟구쳐서 물욕이 회오리친다(헌책 수행을 시작하기 전에는 이런 적이 없었다. 백화점에서는 자주 있었지만).

후카자와 시치로 세트, 가이코 다케시, 시가 나오야, 음, 사고 싶다, 사고 싶어. 이것저것에 눈길이 쏠리다가 '모 아니면 도'의 경지에 이른다. 전부 살 수 없다면 아무것도 필요 없다는 기분이 든다.

그런 텅 빈 마음으로 고른 두 권(결국 샀습니다). 가이코 다케시의 『시부이シブイ*』, 2000엔. 이 책은 발행 연도가 1990년으로 비교적 최근에 출간되었는데, 그간 본 적이 없었고 본문 디자인도 아름다워서 사기로 했다. 구로다 세이타로의 이상야릇한 삽화가 실려 있다. 표지 그림은 나카가와 가즈마사. 케이스에 들어 있는데 그 케이스가 새까맣다. 새까만 케이스에 '시부이'라는 새까만 글자가 새겨져 있다.

내가 처음 책을 낸 해는 1991년이었는데, 이 무렵 편집자가 "검은 책은 안 팔려요"라고 말했던 기억이 난다. 실제로 나의 데뷔작은 하얀 표지였다. 그런 시대에 이렇게 새까만 책을 내다니 멋있다.

출판사는 TBS브리태니커. 야마구치 히토미의 『단골집』이라는 책을, 역시 아름다운 디자인에 이끌려 꽤 오래전에 샀는데 그것도 TBS브리태니커에서 나왔다. 이렇게 아름다운 책을

■ 떫다, 수수하다, 은근한 멋이 있다 등의 뜻.

많이 만들었구나.

나머지 한 권은 『대화록·현대 만화 비가』, 1000엔. 1970년에 출간된 이 책의 표지는 사사키 마키가 그렸는데 실로 1970년 대스럽다. 본문은 대화집. 미즈키 시게루와 쓰루미 슌스케, 하야시 세이이치와 스즈키 세이준, 쓰게 요시하루와 스즈키 시로야스 등 흥미로운 조합의 대담이다.

편집부가 쓴 후기에 대담의 비하인드 스토리가 실려 있는데 이 부분이 정말 재미있다. 병석에서 일어난 지 얼마 안된 쓰게 요시하루가 대담 때문에 지나치게 긴장해서, 전날부터 이 책의 출판사인 세이린도 근처에 있는 여관에서 묵었다……라든가. 쓰게의 집에서 열린 만화가끼리의 좌담회 풍경도 어쩐지 좋다.

계산대에서 계산을 하고 있자 무카이 씨가 "이 가게에는 나가시마 신지 씨의 그림이 걸려 있어"라고 알려준다. 계산대 주변의 액자를 봤더니 정말이다. 나가시마 신지의 그림.

게다가 "이 가게의 포장지도 나가시마 신지야. 이 일대의 헌책방이 쓰는 비닐봉투에도 나가시마 신지의 그림이 그려져 있지"라고도 하기에 다시 봤더니 포장지에도 비닐봉투에도 매우 귀여운 그림이 있다.

나는 만화가 나가시마 신지를 활동 당시에는 알지 못했는데, 바로 얼마 전에 '퓨전 프로덕트'라는 곳에서 재출간된 『만화가 잔혹 이야기』를 읽고 이제 막 알게 되었다. 그리고 싶은 것과 팔리는 것 사이의 영원한 딜레마에 대해 몇 번이나 쓴 이 만화가의 그림. 왠지 깊은 감동을 받았다.

가게를 나오자 이미 해가 저물고 있다. 가게로 돌아간다는 무카이 씨, 책을 조금 더 보고 가겠다는 가와카미 씨와 헤어져 다카다노바바까지 터벅터벅 걷는다.

이번에는 헌책 거리에서 자란 무카이 씨가 함께해준 덕분에 와세다 헌책 거리의 다른 면을 엿본 느낌이다. 어느 가게에 들어가도 모두 화기애애하게 말을 걸어주었다. 헌책 패밀리랄까, 친척 모임 같은 온화한 분위기여서 나까지 기분이 따스해졌다.

와세다 거리의 헌책방은 몇 곳씩 뭉쳐서 빅박스 앞 광장이나 아나하치만 신사 안에서 자주 헌책 시장을 연다. 학창 시절 나도 몇 번이나 갔지만, 물론 당시에는 이런 화기애애한 팀이 나와 있다는 사실을 몰랐다. 다음에는 축제에 참가하는 기분으로 찾아가볼까 한다.

평소에는 산 책의 무게에 질려버리지만 이날은 책이 무겁다는 생각조차 들지 않았다. 그러고 보니 이 길을 걸을 때는 언제나 짐이 한가득이었다는 게 떠오른다. 고등학교와 달리 대학에는 전용 책상이나 사물함이 없어서 사전과 교과서를 일일이 들고 다녀야 했고, 또 동아리용 트레이닝복이나 소도

구도 들어 날랐다. 내가 속한 동아리는 남녀평등 분위기가 강해 아무리 무거워도 남학생이 여학생의 짐을 들어주는 일은 없었다. 갖고 싶었던 책이 가득 든 봉투의 무게 따위는 그 짐에 비하면 아무것도 아니다.

다카다노바바로 향하며 오늘 하루 구경한 가게 앞을 지나간다. 어느 곳이나 문이 활짝 열려 있고, 현실과 미묘하게 엇갈린 정적의 시간이 그 건너편에 펼쳐져 있다. 스무 살의 청춘이 지나가 오늘도 슬프고 내일도 슬프다, 나뭇잎 사이로 비치는 햇살이여, 나를 숨겨다오, 라며 아까 산 시집의 한 구절을 읊조려본다.

앞으로 몇 년이 지나도 가장 심각한 수준의 무지를 자각한 학생이나 졸업논문을 준비하는 학생, 그후 헌책 마니아가 될 학생들이 이들 서점에 훌쩍 들르면 좋겠다. 그리하여 물건이 금방 흘러넘쳤다 사라지는 피상적인 현실과는 달리, 시간이 침전하는 신기하게 고요한 공간을, 그 매력을 알고 어른이 되어가면 좋겠다고, 수행중인 몸이지만 진심으로 그런 생각을 한다.

**와세다 헌책 거리에서 청춘을 회상하며**

**오카자키 다케시**

1972년에 크게 유행한 〈학생가의 찻집〉이라는 노래가 있다.

"그대와 자주 이 가게에 왔지/ 이유도 없이 차를 마시고 이야기했어/ 학생으로 북적이는 이 가게의/ 한구석에서 들었던 밥 딜런."

아무래도 1960년의 안보 투쟁을 회상한 노래인 것 같다. 밥 딜런이 나오고, "그때의 노래는 들리지 않아/ 사람들의 모습도 변했어/ 시간은 흘렀지"라고 하니까.

좋은 노래라고 생각하지만, 한 가지 불만은 이 학생가에 '헌책방'이 등장하지 않는다는 점이다. 그건 안 되지. '학생가'라 하면 커피숍, 백반집, 그리고 헌책방 아닌가?

나는 교토에서 학창 시절을 보내서 교토의 헌책방은 여기저기 돌아다녔다. 모조리 돌아봤다고 할 수 있다. 그러나 헌책방 거리라 부를 만한 곳이 교토에는 없었다. 유일한 헌책방 밀집 지역은 교토대 근처의 햐쿠만벤 교차로 주변과 거기서부터 이마데가와 거리까지로, 도로변을 따라 헌책방이 열 군데 정도 있었다. 다른 헌책방은 시내에 드문드문 있어서 헌책방 순례를 하기에는 효율이

나빴다.

그 점에서 와세다대는 부럽다. 다카다노바바에서 와세다대로 가는 길, 와세다 거리의 양쪽으로 헌책방이 서른 군데 남짓 모여 있다. 열매가 가득 열린 느낌이랄까. 혼고에 있는 도쿄대 앞에도 스무 군데 정도 있지만, 어쨌거나 이쪽은 의학서 외에도 진보초 이상으로 분야가 전문화되어 있는 헌책방 거리. 기가 살짝 죽는다.

와세다의 헌책방 거리는 진보초에 비해 가격도 대체로 싸다는 말을 자주 듣는다. 한 겹이나 두 겹 껍질을 벗긴 느낌. 문학서가 메인인 가게가 많다는 점도 특징일까. 그래서 나는 와세다대 학생이 너무너무 부러웠다. 나라면 매일 헌책방을 둘러본 다음 학교에 갈 테니 도저히 수업 시간에 맞출 수 없었을 것이다. 그런데 요즘 와세다대 학생은 학교에서 다카다노바바까지 버스나 지하철로 다녀서, 헌책방 거리까지 일부러 가지 않는 모양이다. 손에 쥔 보물을 썩히는 셈이다.

이런 추억을 쓰기 시작하면 끝이 없다. 가쿠타 님은 이번에 청춘을 보낸 곳인 와세다에서 근사한 헌책방 순례를 했다. 가이드를 맡은 가와카미 스스무 씨, 필명 난다로 아야시게 씨는 나의 지인이기도 하다. 우리는 함께 『sumus』라는 헌책 마니아 대상의 잡지를 만들고 있다. 그는 해외의 헌책방에도 몇 번인가 갔는데, 그 박력에는 나조차 쭈뼛거리게 된다. 대단한 동창을 두었군요, 가쿠타 님.

가쿠타 님은 '고서 겐세이'에서 가이코 다케시의 『베트남 전기』 사인본을 사며 "헌책 수행에서 처음 맛보는" 흥분이라 적었는데, 이 책 때문에 나도 헌책 수행을 시작한 이래 가쿠타 님을 처음으로 질투했다. 당했구나, 가이코의 사인본은 나한테도 없다. 게다가 『베트남 전기』라니. 이거야 원, 한 방 먹었습니다. 사인본을 찾는 것도 헌책 사냥의 묘미 중 하나.

내게는 야마모토 요시유키라는 친구가 있다. '가난뱅이류' 사범인 헌책남인데, 이 녀석이 사인본 골라내기 명인이다. 나와 함께 헌책방에 가도 어느샌가 그가 사인본을 들고 있다. 사람들은 그를 '신의 손'이라 부른다.

나의 이십대…… 가장 과감하게, 정신과 육체에 파고들 듯이 영향을 준 사람이 가이코 다케시였다. 이 사람은 굉장했다. 절친한 친구이자 헌책도의 라이벌이기도 한 야마모토 요시유키와 교토의 지저분한 하숙집을 서로 오가면서 "가이코가" "다니자와가" "아키모토가"라며, 그 이름을 입에 담는 것이 특권인 양 열성적으로 떠들곤 했다. 참고로 '다니자와'는 젊은 시절부터 가이코의 동지이자 동반자였던 평론가 다니자와 에이이치. '아키모토'는 가쿠타 님도 썼듯 가이코와 함께 베트남 전쟁의 전화에서 빠져나와 서로를 '거장' '카파ᆞ'라고 불렀던

■  미국에서 활동한 헝가리 출신의 사진작가로 훌륭한 보도사진을 많이 남겼다.

아사히신문의 카메라맨 아키모토 게이이치다. 두 사람이 함께 쓴 책인 낚시 문학의 명작 『피시 온』도 잊을 수 없는 작품이다.

가쿠타 님의 글에도 나왔지만, 두 사람은 아사히신문의 특파 저널리스트 자격으로 전쟁중인 베트남으로 향했다. 그리고 1965년 2월 14일. 그들이 몸을 맡겼던 미군 제1대대는 총격전을 치렀고, 이백 명 중 단 열일곱 명만 살아남았다. 생존자 열일곱 명 중에는 두 사람이 들어 있었다. 한때는 가이코 사망설이 나돌았을 정도다. 이후 '거장'과 '카파'는 도쿄로 돌아온 뒤로도 매년 2월 14일이 되면 만사를 제쳐두고 단둘이서 밤새워 술을 마셨다. 그것은 결코 깨지지 않는 불문율이 되었다.

그러나 1978년 2월 14일부터 갑자기 그 관례가 중단되었다. 이듬해 6월 27일, 아키모토 게이이치가 암으로 죽었기 때문이다. 입원하기 전해가 두 사람의 마지막 밸런타인데이가 되었다. 나는 아키모토의 죽음을 추도한 가이코의 글 「두 번 죽은 남자, 나의 벗 아키모토 게이이치」가 실린 『주간 아사히』 1978년 7월 13일호를 사서 책장을 펼쳤지만, 손이 떨리고 눈앞이 흐려져서 끝까지 읽지 못했다. 그런 동요는 이전에도 이후에도 없었다. 두꺼운 얼음을 칼끝으로 베어 가르는 듯한 명문이었다.

아, 안 된다, 안 돼. 이런 걸 쓸 때가 아니다. 하지만 '가이코 다케시'라는 버튼을 눌렀더니 팔이 멋대로 움직여서 멈춰지지 않았다. 뭐, 그런 뜨거운 문학 체험이 있었다는 얘기다.

하야시 후미코의 『삼등 여행기』도 좋은 구매였다. 단, 가쿠타 님이 산 책은 전후판戰後版이다. 전전판戰前版은 1933년에 가이조샤에서 나왔는데, 나는 이걸 가지고 있답니다. 헌책 가격은 4000엔에서 5000엔. 자랑은 아니에요. 하지만 표지에 증기기관차 사진이 들어 있어서 근사하지.(사부님, 제대로 자랑하고 계시네요. _야나스케로부터)

하야시 후미코는 1930년에 『방랑기』가 베스트셀러가 되어 그 돈으로 중국에 간다. 이듬해, 이번에는 열차를 갈아타며 육로로 유럽으로 건너간다. 그 과정을 쓴 책이 『삼등 여행기』다. 도쿄에서 베를린까지가 약 2주간. 당시 해외로 건너갈 때 일반적인 방법이었던 배편보다 더 빨랐던 모양이다. 현재 이 『삼등 여행기』의 일부는 『하야시 후미코 기행집, 나막신 신고 걸은 파리』에 수록되어 있으니 흥미 있는 사람은 찾아보기 바란다.

쇼와 초기, 육로로 유럽까지 가려면 우선 도쿄 역에서 시모노세키행 급행열차 '후지'를 탄 다음, 시모노세키에서 부산까지 연락선을 탄다. 열차로 하얼빈을 경유하여 만저우리까지 간 뒤 시베리아 철도로 갈아타면 모스크바에서 곧장 동유럼, 베를린 그리고 파리로 이어진다. "시모노세키에서 파리까지 합계 약 379엔 25센. ― 베를린에서 파리까지 침대 없는 삼등칸이다. 2주 동안의 기차 여행, 의외로 마음이 편했다"라고 『삼등 여행기』에 기록되어 있다. 정말로 '삼등'석이었던 것이다. 심지어 "의외로 마음이 편했다"라니, 하야시 후미코의 활력이 감탄스럽다.

놀랍게도 전쟁 전에는 도쿄 역에서 '베를린행' 표를 살 수 있었다. 후미코보다 먼저, 같은 여정으로 유럽으로 건너간 사람이 소설가 다니 조지다.

야나스케　　다니 조지! 옛날 영화배우처럼 근사한 이름이네요.

오카자키　　필명이지만 말이다. 본명은 하세가와 가이타로다. 그 외에 마키 이쓰마, 하야시 후보라는 이름을 구분해서 쓰며 쇼와 초기에 크게 활약한 작가지. 시대소설 『단게사젠』을 탄생시킨 사람이야. 남동생은 작가 하세가와 시로다.

그는 기행문 『춤추는 지평선』에서 "오후 9시 15분, 도쿄 역에서 출발하는 시모노세키행 급행은 유럽과 아시아를 잇는 국제 열차인 만큼, 다소 점잔을 빼는 듯한 위엄과 장중함 가운데 차바퀴 회전을 시작했다"라고 썼다. 또, "'도쿄 - 모스크바'라고 붉은 선이 들어간 노란 표"라는 부분도 있다. 가이조샤판 『삼등 여행기』의 표지에 세로로 들어가 있는 굵고 붉은 선도 당시의 표를 본뜬 것이리라.

후미코의 대단한 점은, 외국어는 영어도 프랑스어도 인사 정도밖에 못했을 텐데 홀로 여행을 떠났다는 것이다. 『삼등 여행기』가 대표작은 아니지만, 그 가벼운 몸은 그녀가 천성적인 '방랑자'였다는 점을 알 수 있게 한다. 가쿠타 님도 홀로 떠나는 해외여행을 좋아하시는 모양이니 『삼등 여행기』의 후미코와 틀림없이 마음이 잘 맞을 것이다.

가네코 미쓰하루의 『해골잔』『잠들라, 파리여』『말레이·난인蘭印* 기행』 등도 그렇지만, 다이쇼부터 쇼와 초기까지 일본인이 쓴 해외 여행기는 전부 재미있다. 나는 파리 여행기를 중심으로 옛날 여행기를 책장 한 개 분량 정도 모았다. 해외여행 자체가 높은 사회적 지위를 나타내던 시대여서, 서양을 여행하고 돌아오면 다들 여행기를 썼다. 게다가 부자가 자비로 출판하기도 하여, 사진이 잔뜩 실려 있는 등 근사한 책이 많다. 이런 책은 모으기 시작하면 끝이 없을 정도다. 가쿠타 님도 수집품에 추가해보면 어떤가?

■　네덜란드령 인도.

오카자키   ♪ 어째서 혼자 가는 거야. 불타는 뺨 적시며 발
          걸음을 떼자. 안녕의 저편으로~ 마리 짜―앙, 켄
          짜―앙.

야나스케   어라, 우리 사부가 이번에는 혼자 연극을 하네. 진
          짜 싫다니까. 에헴, 흠흠, 사부님!

오카자키   ……앗, 야나스케냐. 달력상으로는 가을이라 해도
          아직까지 푹푹 찌는구나.

야나스케   사부님, 아까 부르신 노래는 드라마 〈시간 됐어
          요〉의 주제가인 〈눈물에서 내일로〉, 작사는 고타
          니 나쓰, 즉 연출가 구제 데루히코 씨가 필명으로
          만든 노래지요?

오카자키   으음, 야나스케야, 예리하구나.

야나스케   일단은요. 가쿠타 님이 오셨습니다. 해외로 취재
          여행을 떠날 예정이라 바쁘신 모양이에요.

가쿠타    하이! 오랜만…… 아얏, 혀 깨물었어. 어쨌거나,
          하이!

오카자키   하이라니…… 아직 젊은지고. 청춘 시절 추억의
          땅, 와세다에서 회춘했는가? 다음 지령 말인데, 이
          번에는 '세련된 거리에 있는 의외의 헌책방'이라
          는 주제는 어떤가. 처음 갈 곳은 아오야마의 '고서
          니치게쓰도古書日月堂'다. 예전에 미나미아오야마의

아오야마산초메 길모퉁이라는 엄청난 장소에 '사사키 서점佐々木書店'이라는 헌책방이 있었는데, 일러스트레이터 안자이 미즈마루 씨가 자주 가는 가게라고 에세이에 썼으나 최근 폐업했다. 그 대신이라 말하긴 뭐하지만, 고서 니치게쓰도가 '네즈 미술관' 앞으로 이전했다. 열성적인 여성 주인이 파리의 길모퉁이에 있는 헌책방 느낌의 가게를 만들어냈지. 빨간 책장도 그렇고, 좀 놀라운 면이 있는 가게다. '긴레이도銀鈴堂'라는 이웃 가게는 골동품점이니 한번 들여다보면 좋을 것이라네. 시간이 되면 네즈 미술관에도 가보기 바라고. 여기에는 도심이라 여겨지지 않을 정도로 깊은 숲 같은 정원이 있지.

가쿠타   미술관 기린 그림은 긴 기린 그림인가요, 안 긴 기린 그림인가요?

오카자키   뭐라고 했나?

가쿠타   아뇨, 딱히…… 그냥 말해보고 싶었습니다.

오카자키   젊구나. 와세다에서 무슨 좋은 일이 있었는가? 그다음은 덴엔초후다. 일본 최고의 고급 주택가에 헌책방이 있다는 사실을 여간해서 믿지 못하는 사람이 있는 모양인데, 실제로 있다. 게다가 값이 싼

것으로 유명하지. 정말로 좋은 책을 갖추고 있다
네. 지나치게 많이 사게 돼 곤란할 정도야. 여기서
는 가능하면 뭐라도 좋으니 쇼와 초기의 책을 찾
기 바란다. 구제 데루히코 씨의 단골집이라지. 그
러면 나는 우동이라도 먹고 한숨 잘까. 어이, 야나
스케야.


»다음 지령«
세련된 거리 아오야마와 일본 최고의 고급 주택가 덴엔초
후에서 쇼와 초기의 책을 찾아라!

# 아오야마·덴엔초후

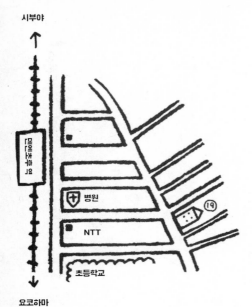

시부야

덴엔추후요

병원

NTT

초등학교

요코하마

⑲ 덴엔리브라리아
⑳ 고서 니치게쓰도

아오야마
공동묘지

파출소

이오야베 거리

세이나 초등학교

인도

꼼데가르송

요쿠모쿠

시부야

니치게쓰도

오카자키 사부를 알게 된 다음부터긴 하지만, 여행을 가면 그 지역에서 헌책방을 찾는 버릇이 생겼다. 나 스스로도 발전하려는 마음이 넘치는 제자라고 생각한다.

7월에는 취재차 쿠바에 갔다. 쿠바에 헌책방 같은 게 있을까 하고 별 기대를 하지 않았는데 웬걸, 마을 한가운데에 있었다. 굳이 찾으려 하지 않아도 관광하다보면 반드시 눈에 띄는 장소다.

구시가 광장 일대에서는 야외 헌책 시장이 열렸다. 게다가 매일. 직사각형 공원의 바깥쪽을 빙 둘러싸듯, 헌책방이 네모꼴로 죽 늘어서 있다. 장관이었다. 파는 건 가이드북, 소설, 요리책, 체 게바라 전기(이상하게 많다), 초등학교 교과서, 역사책, 그림책 등 도쿄의 헌책방과 별반 차이가 없었다. 우표와 포스터, 옛날 지폐도 팔았다.

스페인어는 못 읽지만, 옛날 책은 색채가 예뻐서 구경하다보면 시간이 저절로 갔다. 한 가게의 주인 할머니가 손짓으로 불러서 가봤더니 '우표장'을 보여주었다.

클리어 폴더에 가지런히 우표가 정리되어 있었다. 흥분되는 아름다움. 체 게바라 우표뿐이었다. 대지에 우표가 일곱 장 정도 붙어 있는 것을 샀다. 체 게바라의 팬이라 여겼는지, 할머니가 체 게바라의 흑백 사진과 체 게바라가 새겨진 동전을 덤으로 주었다.

이웃 가게에 가자 자초지종을 지켜본 듯한 할아버지가 또 손짓으로 나를 불렀다. 가로로 긴 그림책을 자랑하듯 팔랑팔랑 넘겼다. 엄청나게 신기한 그림책. 만화처럼 칸이 나뉘어 있었고, 그 칸 속에 성냥갑 크기의 종잇조각이 붙어 있었다. 칸에는 번호가 매겨져 있었는데, 번호순으로 읽으면 혁명에 관한 그림책이라는 점을 알 수 있었다. 체 게바라가 어떻게 카스트로와 만나 혁명을 일으켜나갔는지가 만화로 되어 있는 것이었다.

할아버지는 성냥갑 크기의 종잇조각을 가리키며 "이건 사탕 상자"라고 설명했다.

예전에 유행한 과자의 덤인 모양이었다. 상자의 여러 그림 가운데 끌리는 것을 골라 사탕을 산 다음, 대지가 될 빈칸만 있는 그림책을 산다. 사탕을 사서 상자의 그림을 잘라내고 번호 순으로 붙여나가면 그림책이 완성되는 것. 20여 년 전의 그림책이라고 했다.

그것 역시 색채며 일러스트가 매우 근사하고 예뻤다. 게다가 20여 년 전, 어딘가의 아이가 그림책을 완성하고픈 마음에 사탕 상자의 그림을 하나하나 확인해가며 산 다음, 상자를 잘라 공들여 붙어나갔다니 로맨틱하지 않은가.

얼마예요, 라고 묻자 40달러, 라고 했다. 40달러라면 결코 터무니없이 비싼 가격은 아니지만, 로스트포크에 감자와 밥을 곁들인 식사에 3달러를 내는 나날을 보내던 나는 15만 엔이라는 말을 들은 듯한 착각에 휩싸여 결국 사지 않았다.

샀으면 좋았을걸, 하고 돌아와서야 생각했다. 오카자키 사부의 입문 주의 사항을 쓸쓸하게 떠올린다. 사고 싶을 때 안 사면 다음은 없다. 사고 싶을 때 쿠바는 멀다.


## 고서 니치게쓰도 古書日月堂

그나저나 흥미로운 부분은 전 세계 헌책방 동맹 같은 것이 있을 리 없는데도(없지요, 사부님?), 세계의 헌책방이 서로 닮았다는 점이다.

이를테면 헌책과 함께 책이 아닌 물건도 파는 가게는 전 세계에 정말로 많다. 이 경우 책이 아닌 물건이란 옛날 우표나 지폐, 팸플릿이나 빛바랜 그림엽서, 포스터나 상표 딱지다. '오래된 종이'라는 공통점으로 한데 묶인 것일까? 눈에 익은 풍경이라 무심히 지나쳤지만, 잘 생각해보면 신기한 일이다.

이번 지령에 따라 아오야마의 '고서 니치게쓰도'로 향하며,

나는 쿠바의 헌책 시장을 떠올렸다.

오모테산도에서 5분 정도 걸으면 나오는 맨션의 2층에 고서 니치게쓰도가 있다. 작지만 빨간색으로 통일된 아름다운 가게 안은 헌책과 함께 그림엽서와 포스터가 진열되어 있고, 카운터 선반에는 예전에 파리에서 선전용으로 배포되었다는 쥘부채와 옛날 영화 팸플릿이 가지런히 장식되어 있다.

서점 주인 사토 마사고 씨는 우리를 위해 연달아 보물을 가져와 바닥에 늘어놓았다. 실로 다양한 물건이 있다. 쇼와 초기에 사용되었다는 목판화판. '대大' '하下' 같은 한자, '키き' '나な' 같은 히라가나, 가문家紋처럼 보이는 무늬에 하트 모양 목판까지 있다. 작은 도장처럼 생긴 목판이 상자에 빼곡히 들어 있다. 그리고 역시 쇼와 초기에 사용되었을 갖가지 종이. 세뱃돈 봉투, 젓가락 봉투, 포장지, 편지 봉투, 용도를 알 수 없는 봉투 모양의 물건. 도미와 정어리, 연꽃과 꽃이 실로 키치한 터치로 그려져 있고, 이루 말할 수 없이 부드러운 색이 얹혀 있다. 역시 쇼와 초기의, 종이 견본이나 인쇄술이 한 권으로 집약된 책도 구경했다.

사토 씨의 말에 따르면 전쟁 전에 이미 고도의 인쇄술이 완성되어 있었다고 한다. 재미있는 점은 세계 여러 나라들이 동시에 같은 수준의 기술을 갖게 되었다는 것이다. 아까 본 인쇄술 견본은 일본 것이나 서양 것이나 정말로 별 차이가 없어 보였다.

사토 씨는 책뿐만 아니라 종이에도 흥미를 가지고 있다. 듣고 보니 종이에는 실로 다양한 우리 생활사가 인쇄되어 있다. 단 한 장의 포장지, 혹은 팸플릿, 전단지, 그런 물건에서 당시의 기술이나 유행의 변천, 그것을 사용한 사람들의 숨결이 어슴푸레 느껴진다.

사토 씨의 이야기를 듣다보면, (책도 포함하여) 종이란 정말로 재미있구나, 하고 납득이 간다. 꽤 오래전부터 머지않아 종이책이 없어질 거란 말이 들렸다. 책은 컴퓨터로 볼 수 있으며, 살 수도 있다. 그런 극단적인 미래 이야기를 접할 때마다 어쩐지 슬퍼졌지만(종이책이라는 형태를 좋아하니까), 사토 씨의 말을 들으니 종이가 없어지는 날 따위는 절대 올 리 없다는 든든한 기분이 든다. 이토록 기나긴 세월 동안 우리는 종이와 함께 살아왔다.

쇼와 초기의 키치한 색채의 인쇄물을 구경했더니 진화한 지금의 전단지나 포스터가 왠지 지루하게 느껴지지만, 이 또한 50년, 60년이 지난 후에는 분위기 있는 좋은 인쇄물로 보이겠지.

입구 근처에 여러 가지 팸플릿이 든 상자가 있다. 전부 곱게 투명 포장이 되어 있다. 별생각 없이 보기 시작했는데 멈출 수가 없어졌다. 멍하니 한 장 한 장 보게 된다. 아주 오래전 마드리드의 지도, 거리 안내 책자, 레스토랑 벽에 붙어 있었을 프랑스어 메뉴, 영국 호텔 팸플릿, 유람선 안내서. 음, 재미있다! 게다가 모두 귀엽거나 예뻐서 내 마음속에 잠든 소녀의 영혼이 몹시 자극된다.

그림엽서 코너도 종류가 다양해서 아무리 봐도 싫증이 나지 않는다. 전쟁중 군인이 가족에게 보낸 엽서까지 있다. 보낸 사람의 주소는 다롄. 낭만적이구나.

여기서 내가 산 것.

글자 '메〆'와 가문 같은 무늬가 새겨진 목판. '메〆'자 목판은 '마감シメキリ' 마크 삼아 달력에 찍을 생각이다.

그리고 묘하게 귀여운 포장지. 모로코를 연상시키는 마을에서, 여자아이를 태운 당나귀를 다른 여자아이 하나가 끌어당기고 있는 그림이다. 자세히 살펴보면 18색 크레용의 포장지라는 걸 알 수 있다. 색깔도 선명해서 굉장히 예쁘다. 1300엔.

귀여운 삽화를 곁들인 메뉴. 몽파르나스의 가게 같다. 달걀 요리, 생선 요리, 전채, 그릴 요리, 가니시로 구분된 메뉴가 자세히 적혀 있다. 프랑스어 사전을 오랜만에 펼쳐들고 열중했다. 뒷면은 와인 리스트인데, 보르도, 부르고뉴로 분류된 와인의 생산 연도는 가장 최근 것이 1926년, 가장 오래된 것이 1915년…… 휴우, 이렇게 재미있는 물건이 300엔이다.

100엔짜리 그림엽서도 몇 장 샀다. 옛날 미국의 풍경화인가 싶었는데, 그중 한 장은 다른 엽서와 거의 똑같은 분위기인데도 필리핀이라고 쓰여 있었다.

책도 샀다. 가이아나의 신흥종교 집단 자살 사건을 그린 두꺼운 르포르타주 『인민사원*』, 4800엔. 나는 이런 서브컬처 사건(이라 말해도 좋을지 모르겠지만)을 몹시 좋아해서, 인민사원에 관해서도 조금 더 알고 싶다고 예전부터 쭉 생각했다. 이 사건에 관한 르포르타주가 적어서 거의 잊고 있었는데, 실은 바로 어제 레이먼드 카버의 책을 읽던 중 인민사원이 등장했다. 부모와 떨어져 공동체 생활을 하는 딸이 가이아나 사건에 휘말린 게 아닌가 하고 주인공 부부가 걱정하는 대목이 있었다. 그래서 어제 그 대목을 읽고 오늘 이 책을 발견한 것은 나에게는 엄청난 우연이다. 카버를 읽기 전날이었다면 책장에 이 책이 꽂혀 있어도 보이지 않았을지도 모른다.

헌책방이란 이런 식으로 우연이 우연을 부르고, 거기서 또다시 우연으로 이어지는 불가사의한 현상이 다른 곳보다 빈번하게 일어나는 곳 같은데, 사부님은 어떻게 생각하시나요?

사부의 지령에 따라 헌책방을 순례하면, 나의 엄청나게 개인적인 취향과 관심사가 잇따라 연결된다. 지나치게 개인적인 이야기라 구체적으로 쓰지는 않겠지만, 불가사의라고밖에

■  Peoples Temple. 미국의 기독교계 신흥종교. 1978년 11월 18일 남아메리카 가이아나의 정글에서 교주를 포함한 914명이 집단 자살한 사건으로 널리 알려졌다.

표현할 수 없는 무언가가 헌책방 주변에 있다는 생각이 들기
시작한다.

돌아오는 길에 사토 씨가 세뱃돈 봉투를 줬다. 도미와 남천
나무 열매가 그려진 알록달록하고 화려한 봉투다. 아, 또다시
마음속에 잠든 소녀의 영혼이 자극된다……

니치게쓰도. 이 작은 가게에는 사람들의 생활의 단면이 가
득차 있다. 쿠바의 야외 헌책 시장에서 작은 아이가 사탕 상
자를 오리는 광경을 상상했던 것처럼, 팸플릿을 보거나 지도
를 펼치거나 그림엽서를 썼을, 만난 적 없는 누군가를 떠올리
며 오모테산도로 향한다.


## 덴엔리브라리아田園りぶらりあ

덴엔초후로 이동.

덴엔초후에는 한 번밖에 가본 적이 없다. 그때의 인상은 집
밖에 없다는 것이었다. 취재차 한나절 정도 걸었는데 정말로
가게다운 가게가 눈에 띄지 않았다. 채소 가게나 빵집, 슈퍼마
켓은 물론 편의점조차 없다. 게다가 걸어다니는 사람도 없다.
이상한 동네였다.

하지만 '덴엔리브라리아'를 향해 역 오른쪽으로 나오자 드

문드문이긴 해도 상점이 늘어서 있었다. 아, 다행이다, 라고 생각했으나 역시 일반 상점가와는 분위기가 약간 다르다.

가게들이 조용조용 살그머니 숨을 쉬는 것 같다. 주오센 일대에 있는 이른 오후부터 문을 여는 친근한 닭꼬치집이라든가 유리벽이 번쩍번쩍하는 미용실, 활기찬 채소 가게 같은 곳은 하나도 없다. 화과자 가게나 빵집, 전통옷집이 마치 꾸벅꾸벅 조는 듯이 열려 있다. 이 거리도 행인이 적다. 그래서 길이 널찍하고 시간이 느긋하게 흐르는 것처럼 느껴진다.

도중에 거대한 딸기 모양 지붕을 발견하는 바람에 간 떨어질 뻔했다. 산리오[*] 직영점이었다.

덴엔리브라리아는 산리오에서 조금 더 걸어간 곳에 있다. 주택가에 헌책방이 있을까 싶었는데 정말로 있었다.

가게 입구를 빙 둘러싸듯 진열대가 놓여 있다. 요리책, 소설, 취미책, 사진집 등으로 전부 100엔이다. 안으로 들어가자 입구에는 문고본 책장이 있다. 언뜻 좁아 보이지만, 안쪽으로 들어가면 상당히 넓다는 사실을 알게 된다.

"거기에 쇼와 초기에 출간된 엔폰門本[**]을 한 권 꺼내두었어요."

서점 주인 시모 씨가 말을 건다. 오카자키 사부가 낸 '쇼와

[*]  헬로키티로 유명한 캐릭터 상품 회사.
[**]  쇼와 초기에 유행한 한 권에 1엔인 전집류의 속칭.

초기의 책을 찾아라'라는 숙제를 알고서 준비해주신 것이다. 바닥에 탑을 올리듯 쌓아둔 전집을 봤더니, 당시 1엔에 팔렸다는 게 거짓말 같은 물건들이다. 전부 갖고 싶어진다.

가게는 어린이책, 소설, 평론, 종교, 취미, 미술, 건축 등이 선반별로 구분되어 있다. 없는 게 없겠다 싶을 정도로 다양한 종류의 책이 있다.

지금까지 들른 헌책방은 내게 두 종류로 분류된다. '친숙한 책이 있는 헌책방'과 '전혀 인연이 없었던 책이 있는 헌책방'인데, 전자는 어쩐지 우리집 책장의 분위기를 풍겨서 내게 없는 책이라면 뭐든 다 갖고 싶어진다. 후자는 회화나 사진, 문학 중에서도 독일문학이나 프랑스문학 등 내 관심도가 낮은 책이 많아서 문화욕이 불끈불끈 솟구치지만 실제로 사고 싶다는 생각이 드는 물건은 적다.

그런데 이곳 덴엔리브라리아는 어느 쪽에도 속하지 않는다. 본 적 없는 책이 의외로 많긴 해도, 빈틈없이 정렬된 책들의 책등을 보다보면 '앗, 모르는 책이다. 읽어보고 싶어' 하고 구매욕, 지식욕, 소유욕이 자극된다.

그 기분에 박차를 가하는 것이 가격. 굉장히 싸다! 이건 2000엔 정도일까 싶어 가격을 확인하면 200엔이거나 하는 식이다.

또 이즈미 교카 전집이라든가 후쿠하라 린타로 저작집, 혹

142

은 해외문학 전집이라든가 근대문학 전집,『천일야화』전권 등 여하튼 대형 전집이 둘둘 묶여서 바닥에 덜렁 방치되어 있기도 하다. 시모 씨는 이것들이 대부분 쇼와 초기의 책이라 한다. 어느 전집 세트든 값이 싸다. 만 엔이 넘는 물건은 없지 않을까?

전쟁 전의 인쇄술에 대해 알려준 니치게쓰도의 사토 씨를 떠올린다.

쇼와 초기라고 하면 아무래도 가난하고 물자가 없는, 전쟁에 돌입하는 어두운 시대를 상상하게 되지만, 이렇게 대형 문학 전집이 많이 출판되었다는 점을 생각하면 실은 풍요로운 시대였을지도 모른다. 이 풍요로움은 물론 물자가 있고 없고와는 관계가 없다.

대형 문학 전집은 왠지 문학이라는 것이 경시되지 않았던 시대의 산물처럼 여겨진다. 두껍고, 크고, 천으로 감싸인 아름다운 문학 전집이 책장을 점령했다. 소설을 읽는 것이 곧 재산이라는 점을 이 책들이 드러내는 느낌이다.

이곳은 아까 갔던 니치게쓰도와는 완전히 다른 가게지만, 사람들의 생활의 숨결이 떠돈다는 측면에서는 매우 닮았다.

그렇다. 가게 안을 걷다보면 누군가의 일상을 접하고 있는 듯한 착각이 든다. 이 수많은 책을 제각각 소유했던 사람들의, 책을 읽는 풍요로운 시간의 조각이 여기저기에 아로새겨져 있는 것 같다.

우선은 숙제, 쇼와 초기에 출간된 책을 보고 가야 한다. 쇼와 초기라 하면 셀 수 없이 많은데, 그중에서 흥미를 느낀 책을 뽑아들었다.

1933년에 출간된 도요시마 요시오의 『에밀리안의 여행』은 아동문학 시리즈 같다. 집시 소년이 여행을 하는 이야기다. 맨 처음 문장이 무척 매혹적이어서 사기로 했다. 삽화가 매우 인상적이다 했더니 이것도 무나카타 시코였다. 이 사람, 상당히 일을 많이 했구나. 그런데 이 책은 복각판이다. 500엔.

앙드레 지드가 쓰고 호리구치 다이가쿠가 옮긴 『여인들의 학교』. 1938년 발간.

이 책은 판권란이 굉장히 재미있다. 일본의 정가가 있는 한 구석에 '만주·조선·사할린 등 외지 정가'라는 게 있다. 엄청난 시대다.

몇 년에 몇 쇄가 나왔고 몇 부를 찍었는지도 판권란에 기재되어 있는데, 한 번에 천 부 정도밖에 중판하지 않았다니 적잖이 흥미롭다. 케이스는 너덜너덜하지만 내용물은 깨끗한 갈색 책이다.

'역자 소유권' 아래에 붙어 있는, 다이가쿠의 도장이 찍힌 작은 종잇조각이 신경쓰인다. 이게 검인이라는 것일까? 책을 내면 "검인 폐지의 어쩌고……"라고 적힌 종이가 종종 함께 날아와 '이건 뭐지?'라고 늘 생각했다. 여기에 붙어 있는 건 폐지되기 전의 검인일까? 이 책은 200엔.

기무라 모토모리의 『영혼이 고요한 때에』. 1950년 간행. 내가 전혀 모르는 사람인데 철학자 니시다 기타로의 제자인 모양이다. 이 책은 제자가 된 날부터의 일기다. 일기라는 점에 흥미가 동해 사기로 했다. 이 책도 200엔.

그리고 나의 취미 관련 책 두 권.

나는 영국에서 태어나 현재 뉴욕에 사는 인도인 작가 줌파 라히리(미인)를 좋아하는데, 그녀의 소설을 읽다보면 꼭 타고르라는 시인이 등장한다. 타고르가 노벨상을 받은 사람이라는 건 어렴풋이 알고 있었지만 읽은 적은 없다. 『타고르 시집』을 여기서 발견해 샀다. 200엔.

잡지 『테자뷰』의 「여행의 시선」 특집편. 가와데 책방에서 이런 잡지가 나왔다니 몰랐다. 1200엔.

가게 앞 진열대에서 오야 소이치의 『세계의 뒷길을 가다― 남북 아메리카편』을 발견했다. 1956년 간행. 여행기를 좋아해서 샀다. 100엔.

이번에 찾아간 아오야마와 덴엔초후는, '이런 곳에 헌책방이 있나?'라는 생각이 또다시 드는 장소였다. 아오야마와 덴엔초후. 단어의 울림만 들으면 왠지 모르게 비일상적인 이미지가 떠오른다. 아오야마는 패션피플과 사무실, 레스토랑이

우글거려서 사람들의 생활은 해가 갈수록 안쪽으로 밀려나는 느낌이고, 덴엔초후는 생활감이 완전히 씻겨나간 동네라 생각했다.

하지만 이번 두 가게에서 느낀 것은 신기하게도 사람의 생활, 그 부드러운 냄새였다. 생활이라 해도 '은행에 가야 하는데! 그전에 우체국에 가야지. 그러고 보니 빨래하는 걸 잊었네' 하는 식의 내가 보내는 흰 생쥐 같은 생활이 아니라 고요한 시간, 책을 읽거나 영화 팸플릿을 들여다보거나 편지를 부치기 위해 봉투를 고르는 것과 같은 느긋한 시간의 흐름이다.

세상이 얼마나 진보하든, 종이도 책도 없어지지 않는다. 우리의 생활에서 여유는 사라지지 않는다. 그런 든든한 기분으로 이번 취재를 마쳤다.

드디어 두 계급 특진!

오카자키 다케시

좁은 일본에서 뛰쳐나가 일상의 근심을 잊고 이국의 바람을 맞는다. 헬로, 봉주르, 구텐탁…… 기쁨이여 안녕, 하며 모처럼 외국에 발을 들여놓았는데, 그 마을에서 구태여 헌책을 찾는다. 이쯤 되면 이미 훌륭한 헌책병病이다. 가쿠타 님은 이번에 헌책 수행을 시작한 지 반년밖에 안 되었는데도, 벌써 쿠바에서 야외 헌책 시장을 구경하셨다. 병이로구나. 알코올의존증에 비유하자면, 가끔 대낮에 술집 앞을 지날 때 목구멍에서 꿀꺽 소리가 나는 정도의 증상일까. 이쯤에서 '발전하려는 마음이 넘치는 제자'에게 헌책도 두 계급 특진을 고하고자 한다.

그나저나 나는 쿠바라는 곳에 가본 적은 없지만, 해외의 헌책방에 관한 대표적인 책 『세계의 헌책방』(가와나리 요 편저) 제2권에서 나카이 요시노리 씨가 남긴 "길 위의 체 게바라―쿠바, 아바나"라는 한 문장이 떠오른다. 나카이 씨는 마이니치신문사의 전 멕시코 시 지국장이다. ……가만, 그 나카이 씨인가? 지금은 요일이 바뀌었는데, 내가 고정으로 출연하는 아침 라디오 방송에서 같은 요일의 패널로 몇 차례 함께 나간 적이 있다. 취미로 첼로를 연주한다고 하셨지. 온화하고 부드러운 분위기의 저널리스트였다. 예전에 이 문장을 읽었을 때는 면식이 없어서 아무 생각이 없었던 거로구나. 이건 가쿠타 님 덕분이다.

그 '첼로를 연주하는 나카이 씨'의 말에 따르면 "사회주의 국가인 쿠바에서는 서점도 국영이다. 아바나에서 가장 큰 서점은 구시가의 오비스포도리에 있는 '라 모데르나 포에시아(근대시)'일 것이다. 이 가게도 이제는 사실상 헌책방이 되어버렸다. 소련의 붕괴로 쿠바를 지탱하던 원조가 끊겼고, 경제 위기가 심각해져서 새로 출판되는 책이 거의 없기 때문이다"라고 한다.

비상시, 불황일 때야말로 헌책은 살아남는다.(이 대목은 굵은 글씨로 인쇄해서 이마에 붙여두어라, 야나스케야.)

가쿠타 님이 야외 헌책 시장에서 체 게바라의 전기가 이상하게 많다는 점에 놀라신 모양인데, 나카이 씨 역시 같은 내용을 썼다. "쿠바에서 체는 영웅이라서 『게바라 일기』는 몇 종류나 출판되었다"고 한다. 나카이 씨는 베다도 지구의 공터에서 열린 거리 시장에서 『체 게바라의 볼리비아 일기』를 샀다. 호화본이었지만 일본인이 체의 일기를 사는 풍경이 진기했던지, 일본 엔으로 200엔에 주었다고 한다.

| 야나스케 | 사부님, 체 게바라는 요즘 평전이 나오거나 영화 |
|---|---|
| | 로 만들어지는 등 다시 젊은이들 사이에서 인기가 |
| | 높아지고 있는 모양이에요. |
| 오카자키 | 그런가. "돌고 돌아요, 시대는 돌아요"* 로구나. |

이들 거리 시장은 "카스트로 정권이 1993년에 공인한 자영업"으로, 사회주의 국가인 쿠바에서는 원래 일을 국가가 독점하지만 117개 직종에 한해 자영업을 공인했다고 한다. 공부가 되는구나.

나카이 씨가 게바라 일기를 산 헌책방의 주인은 나무그늘에 주저앉은 배불뚝이 흑인 아저씨로, "땅바닥에 책을 백 권 정도 늘어놓고 있어서 책방 주인이라는 점을 알 수 있었다"라고 한다. 이것도 눈앞에 떠오르는 듯한 묘사다. 가쿠타 님의 보고서 중 "세계의 헌책방은 서로 닮았다"라는 부분이 있는데 이 또한 진리다. 나카이 씨도 흑인 아저씨를 평하며 "헌책방 주인 중 사근사근한 사람은 별로 없다. 몇 번인가 들른 뒤에야 대화를 나누게 되었다"라고 썼다. 정말이지 신기하다. 나도 벨기에와 파리의 센 강 근처에 있는 헌책방을 산책하다가, 가게 주인들이 인종은 달라도 일본의 헌책방 주인과 어딘가 닮았다는 점을 깨달았다. 전 세계 어디서든 수염 난 사람이나

■ 나카지마 미유키의 노래 〈시대〉의 가사.

새우등인 사람, 불쾌한 표정인 사람, 초연해 보이는 사람, 과묵한 사람이 헌책의 먼지를 툭툭 털어내고 있다.

영화제작사 닛카쓰의 황금기에 스크린에 등장했던 영화배우로 치자면 이시하라 유지로, 고바야시 아키라, 다카하시 히데키 같은 인물은 대체로 헌책방 주인 중에는 없답니다. 만약 있다면 미안합니다. 그럼 어떤 사람이 있는가 하면, 오자와 쇼이치, 기타무라 가즈오, 니시무라 고, 가토 다케시, 고마쓰 호세이처럼 인생의 괴로움과 쓰라림을 전부 맛본 것처럼 인상이 거친 사람이 카운터에 하루종일 앉아 있다. 나는 그쪽이 더 좋지만.

그나저나 가쿠타 님, 그래서야 안 되지 않는가. 사탕 상자를 잘라 붙인 그림책을 못 사다니! '고서 니치게쓰도'의 사토 씨였다면 틀림없이 곧바로 샀을 것이다. 해외에서 시판되어 일반적인 루트를 통해 유통된 책은 일본에서도 대부분 구할 수 있다. 하지만 가쿠타 님의 글로 보아 그 책은 원래 비매품인 것 같다. 과자 회사가 덤으로 만든 것이라면, 그런 물건은 일본에서는 찾을 수 없다. 초등학교 교과서를 사는 것도 좋은 선택이다. 아마 삽화도 실려 있겠지. 쿠바 초등학교의 '국어'나 '사회' '요리' 교과서라니 한번 보고 싶다. 역시 체 게바라의 전기가, 일본으로 치자면 노구치 히데요* 처럼 삽화와 함

---

■　일본의 슈바이처로 추앙받는 세균학자.

게 교과서에 실려 있을까? 사탕수수 수확부터 설탕을 정제하기까지의 과정이라든가.

그나저나 헌책도장 이번 회의 원뿌리는 "아니, 이런 곳에 헌책방이……"라는 의외성에 있다. 지난번 지령에서 썼으니 되풀이하지 않겠지만, 아오야마나 덴엔초후에 헌책방이 있다는 사실 자체를 모르는 사람이 많지 않을까?

고서 니치게쓰도는 이 연재중에 가쿠타 님을 꼭 보내고 싶은 서점 중 하나였다. 내가 지나치게 좋아해서 오히려 폐를 끼친다고 해야 할 정도로, 무슨 일이 있을 때마다 내 멋대로 여기저기에 입소문을 내는 가게다. 서점 주인인 사토 마사고 씨는 마른 체격이지만 내면에 엄청난 에너지를 지니고 있는 여성이다. 직장을 다니다 직업을 바꾼 분으로, 배수의 진을 치고 이 업계에 뛰어들었다. 처음에는 오오카야마에서 서점을 열었다가 나중에 현재의 미나미아오야마로 이전했다. 개업한 지 아직 10년밖에 되지 않았지만, 그 이름은 헌책 업계뿐만 아니라 주변 업계에까지 널리 알려졌다.

매년 파리의 헌책방이나 벼룩시장에 가서는 먹을 것도 먹지 않고 볼 것도 보지 않으며 그저 고아한 종이 유산만 모으고 있다. 그 종이 유산에 사토 씨의 독자적인 감성을 살짝 더해서, 미나미아오야마의 모던한 건물 2층에 있는 새빨간 책장과 진열장에 채워넣는 것이다. 그러면 즉시 니치게쓰도 상품으로서의 품격과 화사함을 내뿜는다.

또, 사토 씨는 각종 기획에도 프로듀서로 참여하고 있다. 가쿠타 님이 본 활판인쇄물은 2004년 9월에 〈인쇄 해체—20세기의 인쇄를 뒷받침한 물건들〉이라는 제목으로 시부야 파르코의 로고스갤러리에서 열린 전시회에서, 각종 활판인쇄에 쓰인 물건과 함께 전시, 판매되었다. 구체적으로는 글자판, 활판 활자, 목판화판으로 만든 상표 밑그림, 인쇄 연감, 종이 견본첩 등이다. 이 전시회는 사토 씨가 전면적으로 기획했다. 4월에는 〈도쿄·고지대·쇼와 3대—무라카미가의 물건으로 보는 쇼와사〉라는 제목으로, 도쿄의 고지대 주택 지구에서 쇼와 초기부터 3대에 걸쳐 살아온 일가가 사용했던 옷, 식기, 가전제품, 생활 잡화 등을 통째로 전시하고 판매하여 화제를 모았다.

야나스케      〈인쇄 해체〉랑 〈무라카미가〉 전시회에는 저도 다녀왔어요. 제가 태어나기 전의 시대인데도 왠지 그리운 느낌이 드는 전시회였죠.
오카자키      여어, 야나스케, 너도 여간내기가 아니구나.
야나스케      내기는 싫어하는데요.
오카자키      ……칭찬해주면 바로 이 모양이다.

〈무라카미가〉 전시회는 무라카미가가 헐리게 되어 책을 매입하러 간 사토 씨가 겸사겸사 가재도구 처분도 의뢰받았을 때 떠올린 기획이다. 쇼와의 냄새가 이토록 짙게 밴 물건들이 흩어져 없어지다니 아깝다, 기왕이면 모두에게 보여줘서 원하는 물건은 손님이 사게 하자…… 그렇게 생각했다. 사토 씨는 고서 니치게쓰도의 홈페이지에서 〈인쇄 해체〉 전시회를 공지할 때 이런 문장을 곁들였다.

"헌책방을 운영하며 드는 생각 중 하나가, 물건이나 사람의 소멸은 그 자체가 기억이나 기록의 소멸을 뜻한다는 것입니다. 적어도 물건만이라도 남아 있으면, 그에 관련된 '이야기'를 알고 싶어하고, 또 알기 위해 노력하는 사람이 나타날 가능성은 남지 않을까요."

헌책방은 그 '가능성'을 잇는, 이야기를 넘겨주는 중개자라는 뜻이다. 사토 씨의 활동을 보고 있노라면 헌책방은 헌책을 통해 자기표현을 하고 있다는 생각이 든다(하지 않는 가게도 매우 많다. 아니, 대부분은 자기표현을 하지 않는다. 하지만 그것은 그것대로 좋다). 그러므로 손님인 우리는 거기서 자극을 얻는 것이다.

가쿠타 님의 의식은 레이먼드 카버에서 『인민사원』으로 이어졌다. "우연이 우연을 부르고, 거기서 또다시 우연으로 이어지는" 불가사의를 고서 니치게쓰도에서 체험한 것이다. 이는 그야말로 헌책방이 무의식중에 방출한 수많은 이야기 가운데 몇 가지를 가쿠타 님이 정확하게 수신했다는 뜻이다. 한없이 필연에 가까운 우연이라 해도 좋다. 그 또한 헌책도의 비법 중 하나라 할 수 있다.

나 정도 되면 된장절임이 될 만큼 헌책방에 몸을 푹 담그고 있어서, 헌책방이 무의식중에 던진 공을 글러브로 받는 쾌감은 언제나 맛보고 있다. 말하자면 헌책 캐치볼이랄까.("이야, 멋있네요." 어이쿠, 깜짝이야. 야나스케, 아직도 거기 있었던 게냐. 있으려면 인기척을 내라.) 예를 들어 좀전에 전철에서 읽은 책 속에 등장한 작가나 책을, 헌책방에 들렀을 때 우연히 발견하는 건 일상다반사다. 이것 말고도 우연의 일치라 불러야 할 신비로운 체험을 숱하게 해왔다.

덴엔초후의 '덴엔리브라리아'도 무슨 일이 생길 듯한 헌책방이긴 하다. 나는 한때 가와사키 시 다마 구 슈쿠가와라에 살았는데, 가장 가까운 역이 난부센 슈쿠가와라 역이었다. 도심으로 가려면 노보리토를 경유해 오다큐센을 타는 것이 가장 편리하지만, 돌아올 때는 일부러 시부야에서 도요코센을 타고 도중에 덴엔초후 역에서 내려 덴엔리브라리아에 들른 다음, 무사시노코스기 역에서 난부센으로 갈아타는 우회로를 자주 이용했다. 그 정도로 들르는 것이 즐거운 가게였다. 해질녘, 아직 새로 짓기 전인 목조 덴엔초후 역에서 내려 "해가 들지 않는 비탈길"을 내려가 모퉁이를 돈 다음, 인적이 드문 덴엔리브라리아 앞길(멋대로 그렇게 불렀다)을 걸어 가게로 향해 가는 기분은, 다른 무엇과도 바꿀 수 없는 특별한 것이었다(이시자카 요지로의 『해가 드는 비탈길』은 덴엔초후 서쪽의 주택가가 무대다).

　덴엔초후는 이제 '슈퍼' 고급 주택가가 되었지만 처음에는 그렇지 않았다. 마스다 아키히사의 『근대화 유산을 걷다』 속 문장을 빌리자면, 덴엔초후는 실업가 시부사와 에이이치가 재계에서 은퇴한 뒤 영국 전원도시 운동의 영향을 받아 1918년에 "당시 새롭게 태어난 도시 생활자인 샐러리맨을 비롯한 중산계급 사람들이 싼값에 도시 생활을 즐기도록 하기 위해" 탄생시켰다고 한다. "역을 중간에 끼고 서쪽 오르막길은 주택지로 삼고, 동쪽 내리막길에는 상점가를 만들었다." 그 동쪽 상점가에 있는 것이 덴엔리브라리아다. '쇼와 초기의 책'이라는 나의 지령을 받고 가쿠타 님은 가이조샤에서 나온 '현대 일본문학 전집'(1912년 출간), 이른바 '엔폰'을 샀다. 드디어 올 것이 왔구나 싶어서 나도 모르게 하늘을 올려다봤지 뭔가. 자세한 설명은 생략하겠지만, 지금도 헌책방의 균일가 매대에서 굴러다니는 이 전집이야말로 출판 역사의 지표 같은 존재였다. 다시 말해 책은 그때까지 일부 지식인이나 지배계급만 가질 수 있는 고급품이었는데, 가이조샤가 '현대 일본문학 전집'을 한 권당 1엔에 팔면서 단번에 대중화에 성공했던 것이다.

　이 가이조샤의 전집은 날개 돋친 듯 팔렸고, 신초샤, 슌요도, 헤이본샤 등에서도 이를 따라 저렴한 전집을 출간해 일대 '엔폰' 붐을 일으켰다. 그 열기를 전달받은 일본 출판계에는 이때 거대한 지각변동이 일어났으며, 얼마간 버블이라 부를 만한 출판 경기가 찾아왔다. 그래서 쇼와 초기에 발행된 책은 디자인과 만듦새를 포함하여 지금 봐도 재미있는 책이 많다. 특히 쇼와 3, 4, 5, 6년(1928년~1931년)에 나온 책은 그때 출간되었다는 이유만으로도 살 가치가 있다. 이런 이유로 사카자키 시게모리 씨는 이 시대의 책을 '3456책三四五六本'이라 불렀다. 자, 모두 함께 따라해보세요. 야나스케, 너도 확실히 복창하는 거다. 하나, 둘, 셋, 시작. "3456책."(야나스케: "사부님, 이러면 뭐 좋은 일이라도 생기나요?")

도요시마 요시오의 『에밀리안의 여행』은 호루푸에서 나온 복각판이겠지. 나도 가지고 있다. 원본에 대해 구체적으로 쓰자면 슌요도에서 나온 '슌요도 소년 문고' 가운데 한 권이다. 문고본이라고는 해도 A6 용지 사이즈로, 지금의 문고본보다 키가 조금 더 큰데 약간의 차이지만 스마트하고 멋있게 보인다. 예전의 이와나미문고도 그랬다. 슌요도문고라 하면 지금은 시대소설과 에도가와 란포를 비롯한 추리소설 정도밖에 떠올리지 못할 것이다. 하지만 슌요도문고는 1931년에 창간된 이후 엄청난 문고 제국을 구축했다 해도 좋을 정도의 권세를 보였다. 야구치 신야의 『문고의 모든 것』에 따르면, 창

간한 해에는 10여 권 정도를 냈을 뿐이지만 이듬해인 1932년
에는 "1월에 일본소설 문고, 8월에 세계 명작 문고, 10월에는
순요도 소년 문고를 내며 연달아 자매 시리즈를 출간하기 시
작해서, 1932년에만 총 470권을 양산해냈다"고 한다.

예, 나왔습니다, 나왔어요. 순요도 소년 문고 말이죠. 내용
은 "오락물부터 만화까지, 게다가 과학물도 있었다"고 한다.
전부 160권 정도 나오고 완결되었다. 에리히 케스트너의 『에
밀과 탐정들』, 기타하라 하쿠슈의 『마더 구스』, 야마무라 보
초의 『성 프란체스코』 등이 수록되어 있었다. 헌책 가격은
2000엔에서 3000엔 정도일까. 일본소설 문고에는 재미있는
대중소설이나 추리소설이 들어 있어서 좀더 비싸다. 두 문고
모두 삽화가 잔뜩 실려 있어서 지금 봐도 좋은 느낌이 든다.

게다가 이번에 가쿠타 님은 다이이치쇼보의 책도 사셨다.
헌책방을 돌다보면 반드시 눈에 띄어 꼭 갖고 싶어지는 책 중
하나가 다이이치쇼보의 책이다. 다이이치쇼보는 1923년에
하세가와 미노키치가 창업한 문예출판사인데, 철저한 호화판
으로 시집을 내기도 했고 유럽의 문학을 번역해서 소개하기
도 했다. 눈부시게 빛나는 출판인, 눈부시게 빛나는 출판사였
다. 시인 하루야마 유키오가 편집한, 역시 눈부시게 빛나는(헌
책값도 눈부시게 빛난다) 『세르팡』이라는 잡지도 냈다. 『하기와
라 사쿠타로 시집』은 가죽 장정에 삼방금*, 케이스까지 있어

■    책의 위, 아래, 옆 책장에 금박을 입힌 것.

서 마치 가라앉지 않는 군함 같은 책인데, 그렇다, 헌책값은 10만 엔 아래로 떨어지지 않는다.

가쿠타 님이 산 『여인들의 학교』는 경장판軽裝版이라서 그렇게 비싸지는 않다. 그래도 200엔은 싸다. 검인에 흥미를 느낀 모양인데, 그 검인지 한 장에 200엔을 내어도 아깝지 않다. 다이이치쇼보의 검인지는 그만큼 존재감이 있다. 이 검인지에 대해 말을 꺼내면 또다시 얘기가 길어지겠지. 내가 2005년 1월에 낸 『헌책 생활 독본』에 자세히 쓰여 있으니 그 책을 읽어주면 좋겠다. 가끔 헌책을 사면 검인지만 잡아 뜯은 흔적이 남아 있는 경우가 있다. 다시 말해 검인지만 모으는 사람이 있는 것이다.

야나스케    우왓, 그런 사람이 다 있어요?

물론 있다. 책 뒤표지의 면지에 헌책방 스티커가 종종 붙어 있는데, 그것도 모으는 사람이 있다. 이 세상에 나온 물건이라면 무엇이든 모름지기 수집가가 존재한다고 생각하면 된다. 만화가 야쿠 미쓰루는 휴지 포장지, 가수 나기라 겐이치는 주택 광고 신문 전단지를 수집한다. 나는 구입한 헌책 사이에 끼여 있는 물건을 되도록 보관해두려 한다.

가쿠타 님도 책 그 자체가 아니라 검인지나 판권면에 적힌 글에까지 눈길을 주고 있다. 이 또한 헌책 세계에 눈이 익숙해졌다는 증거. "만주·조선·사할린 등 외지 정가"에 놀라신 모양인데, 외지뿐만이 아니다. 국내라도 옛날에는 '지방 정가'라 해서, 지방은 책 정가가 조금 비싼 시대가 있었다. 그런 세부 사항에까지 눈길이 가게 되면 점점 헌책 세계가 즐거워진다. 파도 파도 새로운 것이 나오는 세계니까.

그건 그렇다 쳐도 가쿠타 님은 무시무시한 속도로 헌책도에 매진하고 있다 해도 과언이 아니다. 역시 감성의 안테나가 높은 거겠지. 안테나가 낮은 사람은 무엇을 하든 언제까지나 아무것도 보지 못한다. 가르치는 보람이 있는 제자를 두었으니 나도 한층 더 큰 포부를 품고 안테나를 세워 정진해야겠다.


오카자키    ♪ 파란 것은 뭘까 하늘 하늘 하늘/ 노란 것은 뭘까 바나나 바나나 바나나/ 빨간 것은 뭘까 장미꽃/ 빨강 파랑 노랑 산요 컬러텔레비전 장미 장미 장미.

야나스케    이런, 사부가 욕조에 들어가서 또 괴상한 노래를 부르는구나. 나쁜 종교에라도 빠진 걸까? (목욕탕 문을 드르륵 열며) 흠흠, 사부님, 가쿠타 님이 오셨습니다.

| 오카자키 | ♪ 빨간 사랑은 나의 이 가슴에~ 그러냐. 지금 나가겠다. 뭐가 종교냐? 다 들렸다, 야나스케 녀석. 이 노래는 말이다, 컬러텔레비전이 갓 나왔을 무렵의 광고 삽입곡이다. 하마구치 구라노스케, 즉 하마구라 씨가 직접 작곡하고 부른 명곡이지. 가사만 읽으면 뇌가 썩을 것 같긴 하다만. |
|---|---|
| 야나스케 | 컬러텔레비전이 나온 것만으로 노래를 만드나요? 굉장한 시대로군요. |
| 오카자키 | 이것 말고 엔도 겐지가 부른 '어라, 예뻐서 자세히 봤더니 산요 컬러텔레비전'이라는 노래도 있었다. 컬러텔레비전이 있는 집은 엄청난 부자였지. 그런 시대가 있었다는 사실을 가쿠타 님은 모를 게야. |
| 가쿠타 | 사부님, 오랜만입니다. 쿠바에서 구워진 가쿠타예요. |
| 오카자키 | 그러고 보니 살짝 타셨군. 컬러텔레비전이 아닌 것이 유감일세. 그나저나 쿠바에서 구워졌다니 왠지 바비큐가 떠오르는데. |
| 가쿠타 | 그런데 사부님도 저도 같은 주오센 일대 주민이네요. 이쯤에서 우리 동네 공략을 해보는 건 어떤가요? |
| 오카자키 | 듣고 보니 그렇군. 쿠바에서 갈고닦은 솜씨를 주 |

오센에서 발휘해보기로 할까? 그러면 니시오기쿠
보가 좋겠지. 지금 가장 활기찬 헌책방이 줄지어
있는 지역이다. '오토와칸音羽館'의 균일가 매대는
책이 자주 바뀌니 노릴 만한 곳이야. 이번에는 꼭
오토와칸의 균일가 매대에서 이거다 싶은 물건을
구해왔으면 하네. 균일가를 비웃는 자는 균일가에
울기 마련. 우습게 봐서는 안 된다. 헌책의 길은
시련일세, 시련이야.


»다음 지령«
요즘 가장 활기찬 니시오기쿠보에서 균일가 매대를 노
려라!

니시오기쿠보

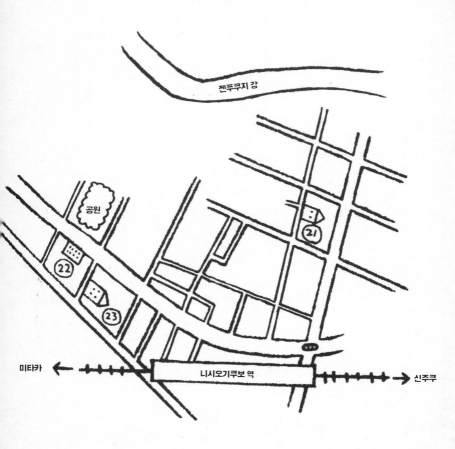

**미타카 ←** 〓〓〓〓 **니시오기쿠보 역** 〓〓〓〓 **→ 신주쿠**

젠푸쿠지 강

공원

㉑ 고고시마야(*폐점)

㉒ 하트랜드(*폐점)

㉓ 오토와칸

이번 지령은 니시오기쿠보? 사부님, 저희 집 앞
마당이에요, 앞마당.

스물여섯 살 때부터 서른네 살까지, 9년간 같은
동네에서 이사를 거듭하며 니시오기쿠보에서 살
았다. 이사를 좋아하는 내가 왜 니시오기쿠보에
그토록 오랫동안 눌러앉았는가 하면, 이 동네에
는 그 나이대의 내가 살아가는 데 필요한 요소가
모두 있었기 때문이다.

우선 싼 술집이 수두룩하다. 근처의 기치조지
나 오기쿠보, 아사가야 등지보다 훨씬 싸고 맛있
는 술집이 니시오기쿠보에는 많다.

그리고 상점가도 잘 갖추어져 있다. 생선 가게
에서 생선을 산다든가, 채소 가게에서 채소를 산
다든가, 반찬 가게에서 절임을 사는 것을 나는 이
동네에서 배웠다. 그 밖에 맛있는 빵집, 베이컨집,
아이스크림집, 커피콩집 등 전문점도 많다.

게다가 헌책방도 수두룩하다. 이 동네에는 일
반 서점보다 헌책방이 더 많은데, 가끔 헌책방이
일반 서점보다 신간을 포함해 책을 더 잘 갖추고
있을 때도 있다. 이 동네에 살던 시절에는 헌책방
을 일반 서점처럼 이용했다. 책을 찾고 싶을 때

먼저 가는 곳은 헌책방이었다.

동네에 상점가가 이처럼 잘 갖춰져 있으니 우선 전철을 탈 필요가 없어진다. 이 동네에 사는 동안 나는 정말로 동네 밖으로 나가지 않았다. 신주쿠가 거북해진 것도 이 시기이고, 다른 동네에 사는 사람들보다 지하철 환승 정보에 어두워진 것도 이 시기다.

니시오기쿠보에 대한 나의 인상은 '서브컬처가 갖춰진 시골'이다. 서브컬처와 시골은 정반대편에 있다. 편의점이 없는 동네에서 자란 나는 진심으로 그렇게 생각한다. 버스를 타고 큰 서점에 간들 우에쿠사 진이치의 책 같은 건 절대로 살 수 없다. 『소년 점프』는 살 수 있어도 쓰게 요시하루의 만화책은 절대로 살 수 없다. 서브컬처와 시골은 상반되는 무언가다. 그러나 니시오기쿠보에는 그 둘이 훌륭하게 융합되어 있다. 분명 그런 점이 마음에 들어 9년이나 살았던 것이다.


## 고고시마야興居島屋

아직 여름의 흔적이 떠도는 날, 니시오기쿠보 역 북쪽 개찰구에서 수행을 시작한다. 버스 길과 나란히 난 좁은 골목으로 들어선다. 이 골목길은 상당히 활기차다. 들어서서 곧바로 왼쪽에는 오후 4시부터 문을 여는 닭꼬치집 '에비스'가 있다. 동남아시아의 노점을 연상시키는 가게로, 닭꼬치는 물론이거니와 정어리 크로켓도 굉장히 맛있다. 서른두 살 때 무척 슬픈 일을 겪었는데, 그 시기의 나는 이 가게의 정어리 크로켓에 중독되었다. 정어리 크로켓이 아니면 목으로 넘기지 못했다. 그래서 매일 누군가를 불러내어 이 가게로 향했다(정어리 크로켓은 에비스 남쪽 개찰구점에는 없습니다).

동남아시아풍의 잡화점, 쇼윈도로 엄청나게 귀여운 강아지가 보이는 펫숍, 옛 모습 그대로인 전당포 등을 좌우로 구경하며 걸어가면 오른쪽에 나타나는 것이 '고고시마야'. 작은 가게인데 앞에는 그림책과 잡지 등이 진열되어 있다.

내가 살던 곳은 이 가게에서 걸어서 1분도 채 걸리지 않는 낡은 건물이었다. 1층은 현역 문인들이 자주 들락거리는 술집(나는 멋대로 니시오기 문단 술집이라 부르며 경원시했다). 그런 이유로 이 가게에도 자주 들렀다. 만화와 그림책이 잘 갖추어진 가게라는 인상이다.

좁고 긴 가게 안으로 들어간다. 어쩐지 유치원 교실이나 초등학교 저학년 교실이 떠오르는, 사랑스럽고 그리운 분위기가 감돈다. 책장이 전부 칠을 하지 않은 목재이기 때문일까?

들어가서 왼쪽은 그림책, 맞은편 책장에는 만화책이 많다. 오른쪽 책장에는 문학서, 맞은편 책장에는 문고본. 책장 아래쪽 진열대에는 잡지가 가로로 쌓여 있다. 『미즈에』『아사히 그래프』『록킹온』『카사 브루투스』.

안으로 성큼 들어가자 미술서, 영화 관련 책, 수입 그림책 등이 이어지고, 자질구레한 물건들도 책장에 늘어서 있다. 이를테면 장서표*라든지 오래된 그림엽서, 낡은 책갈피 같은 것들. 캔이나 패키지에 붙어 있던 상표도 검은 대지에 한 장씩 붙여서 판다. 영화의 한 장면을 담은 흑백사진과 오래된 팸플릿도 있다.

'자질구레한 물건'은 더욱 많다. 실을 감는 종이심이라든지 낡은 학생증(1953년), 오래된 진찰권, 옛날 약봉투 같은 것도 투명 비닐에 예쁘게 담아 판다. 자세히 보다보면 '우와, 이런 물건이!' 하고 발견하는 게 있어서, 막과자 가게 앞에 눌러앉은 어린아이의 기분으로 웅크려앉아 하나씩 손에 들고 보게 된다.

그건 그렇다 쳐도 실을 감는 심이 이렇게 귀여웠다니, 이 가게에서 보지 않았다면 알지 못했을 것이다.

계산대 주변 역시 이루 말할 수 없이 운치 있다. 계산대에는 광고가 들어간 엽서와 팸플릿, 전단지 등이 진열되어 있다. 전부 손으로 만든 것이다. 계산대 뒤의 창문에는 발이 걸려 있다. 발 윗부분에는 색채가 예쁜 포스터와 포렴이 붙어

---

■  소장자를 표시하기 위해 책에 붙이는 쪽지.

있다. 창문으로 바람이 들어온다. 아, 이 느낌, 그야말로 니시오기쿠보스럽다. 왠지 친구 집에 온 듯한 느낌이 드는 것이다. 취미가 맞는 느긋한 성격의 친구. 바람이 잘 통하는 그녀의 집.

계산대 오른쪽 옆의 책장을 보자 1970년대의 영화 잡지 『가로』가 즐비했다. 나는 또다시 웅크려앉아 『가로』를 한번 넘겨본다.

문예 관련 책장에서, 갖고 싶어서 찾아다니던 책을 곧바로 발견했다. 세토우치 하루미의 『다무라 도시코』(분게이순슈신샤). 분게이순슈'신샤'? 분게이순슈와 다른 걸까? 1961년 간행, 1000엔. 메이지 시대에 태어난 다무라 도시코는 진보적 결혼에 실패한 뒤 다른 남자를 쫓아 캐나다로 간 작가인데, 자유분방한 이미지가 따라다니는 사람인 것 같다. 그 정도밖에 모르지만 세토우치 하루미가 쓴 다무라 도시코의 전기가 있다는 사실을 알고 전부터 쭉 읽고 싶었다.

몇 개월 전 인터넷서점에서 검색 끝에 발견했지만, 재고가 없는데다 절판이었다. 아아, 절판이라는 시스템, 어떻게 좀 안 될까. 이런 생각을 했던 참이어서 책을 발견하고 몹시 기뻤다. 정말로 내게 니시오기쿠보의 헌책방은 일반 서점이나 인터넷서점보다 책이 더 많은 서점이다.

가브리엘 가르시아 마르케스의 『사랑과 다른 악마들』, 비교적 최근에 나온 책인데 읽고 싶어져서 산다. 800엔.

『록킹온』 1979년 10월호, 더 클래시의 인터뷰가 실려 있어서 산다. 800엔. 표지는 젊은 데이비드 보위.

그리고 '자질구레한 물건'. 근사하고 아름다운 750엔짜리 판화 장서표를 두 장 산다. 나도 내 책에 이런 장서표를 붙이고 싶다.

각각 300엔짜리 델리카트슨* 상표와 사과주스 상표도 산다. 색이 산뜻하니 콜라주해서 액자에 넣으면 넋을 잃고 바라볼 것 같다. 칠칠치 못한 내가 과연 콜라주를 하거나 액자를 고르러 갈지는 모르겠지만, 이 가게가 이처럼 창작 의욕을 불러일으킨다는 점은 사실이다.

아타미발 후지사와행 티켓도 100엔에 산다. 그렇다, 옛날에는 이런 딱딱한 종이 티켓이었다.

그런 다음 가게 밖에 놓여 있는 소책자를 챙긴다. 주오센 일대(오기쿠보, 니시오기쿠보, 기치조지)의 헌책방 지도가 실린 『오니키치 헌책 안내』와 미니 신문 같은 『니시오기노노 LIFE』. 이 『니시오기노노 LIFE』는 굉장하다. 여자 혼자서 만드는 사적인 신문이니까.

『오니키치 헌책 안내』를 펼치자 오카자키 사부의 연재와 가메와다 다케시 선생님의 에세이, 자세한 헌책방 지도 등이

■   육가공품과 샌드위치 등 간단한 조리식품을 파는 가게.

실려 있어서 읽을 맛이 난다. 공짜로 받아도 괜찮을까 싶다.

이곳 고고시마야의 전단지도 받아간다. 아주 예쁘네요.


## 하트랜드 ハートランド


가게에서 나온다. 하늘이 높다. 구름 윤곽이 선명하다. 여름 같은 날씨지만 하늘은 이미 가을이다.

앗, 고고시마야라는 이름의 유래를 묻는다는 것을 깜빡했다. 뭐, 괜찮아. 다시 들르면 되지.

샛길을 통해 '하트랜드'로 향한다. 외길을 벗어나기만 해도 갑자기 한적한 주택가가 나온다. 행인의 모습도 안 보이고, 햇살만이 길을 비춘다. 시간의 흐름이 갑자기 느릿느릿해진 느낌이다.

하트랜드는 놀랍게도 맥주를 마실 수 있는 헌책방이다. 니시오기쿠보에 살던 시절, "조시다이 거리에 맥주를 마실 수 있는 헌책방이 생겼어!"라며 친구들 사이에서 상당히 화제였다.

가게 모습도 왠지 유럽의 뒷골목에서 불쑥 튀어나온 것처럼 세련되었다. 이 가게도 안으로 들어가면 친구 집에 온 느낌이 든다. 주택가보다 시간이 더욱 느리게 간다. 가게 안쪽에는 카페 공간이 있다. 바 같은 카운터(라고는 해도 구석에 책이 쌓여 있다)와 테이블석이 있다. 술을 마실 수 있는 것은 당연하고, 커피나 홍차도 있다.

몇 년 전, 시부야 파르코에서 열린 헌책 축제 이벤트에서 나는 이 가게의 주인인 사이키 씨를 알게 되었다. 월급쟁이를 그만두고 헌책방을 시작했다는 사이키 씨는 여름이 되면 가게를 내팽개치고(이렇게 말하면 어폐가 있지만) 산으로 가버린다. 사이키 씨는 왠지 '인생을 살면서 좋아하는 일을 안 하면 손해'라는 사실을 세포 구석구석까지 알고 있는 유럽인을 방불케 한다.

그는 『포에트리 캘린더』라는 무료 책자를 발행하고 있다. 낭독회나 토크쇼 등의 이벤트를 망라한 책자다. 이달 호에는 소설가 다와다 요코 씨의 낭독에 대한 문장이 실려 있다. 이곳 하트랜드에서도 가끔 라이브 이벤트를 한다.

사이키 씨는 "숙제가 뭐야? 무슨 책 찾는데?"라며 연달아 소중한 책을 꺼내와 보여준다. 19세기 유럽의 인쇄술에 대한 책, 책에 관한 사전, 색다른 서체의 독일어 책, 삽화가 종교화 같아서 매우 예쁜 인쇄 관련 책…… 그 아름다움에 이끌려 나도 모르게 욕심이 나지만 모두 충동구매 할 수 없는 가격이다.

가게 안에 진열된 책은 전부 지극히 평범한 가격. 소설책도 있고 미술서도 있으며 철학서도 있고 사진집도 있다. 아주 넓은 가게는 아니지만 무엇이든 갖추고 있다. 오늘의 두번째 가게인 하트랜드의 책장을 곰곰이 바라보며 생각하건대, 가게의 모습이나 분위기, 그리고 진열된 상품에는 전부 그 동네의 개성이 깃들어 있다. 가게의 개성도 물론 있지만, 그보다 내가 느끼는 것은 동네의 강렬한 개성이다. 가령 니시오기쿠보라면 헌책방은 전부 세련됐지만 지나치게 날카롭지는 않으며, 센스가 좋으나 튀지는 않는다. 진열된 책은 어딘가 고아하다. 전형적인 고서라 할 만한 문턱 높은 책은 적다. 유행과도 그다지 관계가 없다. 잡지 『생활 수첩』이 요즘 헌책계에서 붐을 일으키고 있다는 소식을 니치게쓰도에서 분명히 들었지만, 그렇다 해서 『생활 수첩』 같은 책이 산더미처럼 쌓여 있지도 않다. 그런데도 왠지 책장을 보다보면 퍼뜩 정신이 든다. '우와, 이런 건 몰랐는데'라거나 '이야, 이거 읽어보고 싶다'라고 생각하게 만드는 책이 반드시 있는 것이다.

그런데 나는 이 가게에서 "우와"가 아니라 "으악" 하고 무심결에 소리를 지르고 말았다. 바로 다케다 유리코가 쓰고 노나카 유리가 삽화를 그린 『말의 식탁』 때문이다.

저는 다케다 유리코를 좋아한답니다. 엄청 좋아하지요. 그런데도 이 책은 전혀 몰랐다. 어딘가 섬뜩하면서도 섬세한 삽화도 아름답다. "으악" 하고 조그맣게 비명을 지른 뒤 그 자리에서 뽑아들어 겨드랑이에 낀다.

이 가게에도 '자질구레한 물건'이 구석에 수두룩하다. 내가 흥미를 느낀 물건은 책장 옆면에 매달린 엽서. 사진작가 하시구치 조지 씨와 호시노 히로미 씨의 엽서가 많다. 한 장에 150엔. 일반적인 엽서와는 달리 신비로운 매력이 있다. 다섯 장 샀다.

오른쪽 구석의 책장에서 여성 코너를 발견했다. 싸우는 여자의 역사책. 여자에게 혼인이란? 여성해방운동이란? 여자가 받아온 차별이란? 이런 내용이 담긴 것이 '여성의 책'이다. 나는 페미니스트에 관해서는 잘 모르지만, 여자의 생활사는 아주 좋아한다. 그래서 『여자의 전쟁사』를 샀다. 미라이샤 출간, 750엔.

한쪽 구석에서 또다시 책자 발견. 자비 출판으로 보이는 책자가 몇 종류 있다.

『다른 배腹』라는 잡지를 보고 깜짝 놀랐다. 실로 호화로운 집필진이다. 가수 호무라 히로시와 소설가 다카하라 에이리의 대담도 있고, 소설가 겸 만화가 나가시마 유의 아버지 나가시마 야스오(고쿠분지에서 '니코니코도'라는 골동품 가게를 하고 있다. 『고물상 니코니코도입니다』라는 책을 썼는데 재미있다)의 글도 있다. 게다가 부르봉 고바야시(나가시마 유의 별명)에 가수 히가시 나오코 등등. 이것도 "으악"이다, "으악". 3호와 4호가 있어서 둘 다 샀다. 각각 700엔, 600엔.

계산대에서 "『다른 배』는 누가 만드나요?"라고 사이키 씨에

게 물었더니 "니시오기쿠보 사람"이라는 몹시 간결한 대답이
돌아왔다. "거기 실린 글 중에 「청춘 문학 연표」라는 소설이
의외로 재미있어"란다. 읽어보겠어요.

차를 얻어 마시고 밖으로 나온다. 어째서인지 이날은 전신
주에 매달린 스피커에서 마쓰리바야시*가 큰 소리로 흘러나
오고 있었다.

하트랜드의 바로 앞에는 공원이 있고, 이웃에는 '모노즈키'
라는 카페가 있다. 모노즈키는 벽 한쪽 면에 벽시계가 가득
걸려 있는, 기분이 매우 편안해지는 카페다.


## 오토와칸 音羽館


하트랜드에서 샛길로 들어가 '오토와칸'을 향해 간다.

니시오기쿠보에서 오래 살았는데도 나는 오토와칸을 몰랐
다. 실제로 가보니 납득이 간다. 오토와칸은 얼마 전까지 '요
미타야よみた屋'라는 다른 헌책방이었다. 최근에 바뀐 것이다.

오토와칸의 이웃에는 유명한 스테이크집 '캐럿'이 있다. 이
가게 말이죠, 정말로 맛있답니다. 맛있는데다 싸기까지 하답
니다. 항상 손님들이 줄을 서 있다. 줄 서기를 싫어하는 나도

■   축제 때 연주되는 음악으로 일본 전통음악 장르 중 하나.

고기가 먹고 싶어질 때면 줄을 서지 않고서는 못 배긴다.

오토와칸 앞에 나와 있는 100엔 균일가 책장을 보고 있었더니 캐럿에서 좋은 냄새가 풍겨와 고기를 좋아하는 내 마음을 한바탕 휘젓는다. 이 책장 앞에는 대나무로 만든 벤치가 놓여 있어서, 앉아서 느긋하게 책을 볼 수 있다.

벤치에 앉아 고기 냄새에 마음이 흔들리며 문득 생각한다. 이 수행이 시작된 이래, 나는 가게 앞에 나와 있는 100엔 균일가 매대를 그다지 눈여겨보지 않았다. 아무래도 '100엔 균일가=누구나 시시하게 여기는 매우 낡아빠진 책'이라는 이미지가 있어서, 어쩐지 얕보는 마음이 들어 가까이 가지 않았던 것이다. 가끔 작가의 전집이 낱권으로 나와 있으면 사는 경우도 있었지만.

100엔 균일가 책과 그렇지 않은 책의 명확한 기준은 무엇일까?

수행 시작 이래 처음으로 100엔 책장을 구석구석 살펴본다. 흐음, 재미있는 사실을 발견했다. 100엔 책장에는 역시 '쓸모없는' 책이 압도적으로 많다. 록 뮤지션 호테이 도모야스의 책이라든가, 이미 문고본으로 나온 단행본이라든가. 시대에 뒤쳐진 책이랄까, 어떤 시대에는 절실하게 필요했지만, 바로 그 때문에 시대가 변해서 전혀 쓸모없어진 책. 100엔 책장에 있는 것은 그런 책이다. 하지만 그렇게 생각하면 100엔 균일가 책장은 정말로 흥미롭다. 시대가 남긴 선물. 누군가의 성장의 궤적(은 과장인가).

나는 100엔 책장에서 아래의 책을 뽑아들고 가게 안으로 향했다.

『도시에 널리 퍼진 기묘한 소문』. 이런 책은 그야말로 시대가 남긴 선물이다. 겨우 10년 전의 책이지만 여기에 실린 소문은 대부분 알고 있다. 귀고리 구멍의 실*이라든가, 움직이는 동상이라든가, 택시의 유령이라든가, 『도라에몽』 최종화라든가. 휴대전화나 컴퓨터가 일반화되기 전의 소문은 어딘가 목가적이다. 게다가 읽어보니 말투가 강경해서 상당히 재미있었다.

아유카와 노부오의 『시대를 읽다』. 작가 겸 사진작가인 후지와라 신야나 『창가의 토토』 등에 대해 쓰여 있으니 그리 오래된 책은 아니다. 이 책을 읽으며 칼럼 공부를 해야지.

『하쿠슈 가요집』이라는 작은 책도 있었다. 표지를 펼치자 원래 주인으로 보이는 사람의 메모가 '쓰쿠시**로 향하는 길에서'라는 제목으로 빼곡하게 쓰여 있다. 100엔이 아니었다면 분명 사지 않았을 테지만 100엔이라서 산다.

---

■  '귀고리 구멍에서 하얀 실이 나와서 잡아당겼더니 실이 갑자기 끊어지며 눈이 보이지 않게 되었다. 왜냐하면 그 실은 시신경이었기 때문이다'라는 내용의 괴담.

■■  규슈의 옛 이름.

가게 안으로 들어간다. 오토와칸은 넓다. 요미타야였을 때보다 훨씬 더 세련되어졌다. 창문을 통해 가을 햇살이 쏟아져 들어온다. 가게 안에는 음악이 흐르고 있다. 들어가자마자 나오는 공간에는 문학서, 사진집, 영화책, 연극책 등이 있다. 안쪽 공간에는 만화책과 문고본 등이 가득하다.

여기에 와서 나는 니시오기쿠보 헌책방의 공통점을 발견했다.

◎ 옛날의 『가로』가 있다.
◎ 네모토 다카시의 책이 있다.
◎ 짐 캐럴의 『더 바스켓볼 다이어리』가 있다.

상당히 피상적인 공통점이긴 해도, 나는 어느 가게를 가든 있는 이 세 가지가 굉장히 니시오기쿠보스럽다고 생각한다. 서브컬처와 시골의 융합.

이야기가 옆길로 새지만, 니시오기쿠보에는 '신아이 서점'이라는 조금 색다른 서점이 있다. 베스트셀러보다 서브컬처 관련 책이 더 잘 갖춰진 작은 서점(포르노 소설도 왠지 충실히 구비되어 있다)이다. 니시오기쿠보에서 살던 시절에는 줄곧 들렀다. 가게 안에서 지인과도 자주 마주쳤다. 나는 네모토 다카시의 팬인데, 지극히 평범한 서점에는 그의 책이 가로로 쌓여 있는 경우가 별로 없다. 하지만 이 서점에 오면 언제나 가로로 쌓여 있어서 고마웠다.

네모토 다카시의 『인과철도의 밤』을 친구에게 선물하려고 신아이 서점에 갔더니 공교롭게도 눈에 띄지 않았다. 계산대에 가서 가게 아주머니에게 "저어, 『인과철도의 밤』은……" 하고 물었다.

다른 지역의 책방이라면 이 대목에서 틀림없이 "네에? 『은하철도의 밤』이요?" 하고 되물을 것이다. 하지만 신아이 서점의 아주머니는 "아, 『인과철도』는 지금 다 나갔어요. 금방 들어올 것 같은데……"라고 지체 없이 대답했다. 그야말로 이 동네다운 책방이라고 그때 생각했다.

오토와칸의 안쪽에는 매우 사랑스러운 그림이 액자 속에 장식되어 있는데, 전부 이 가게 사모님의 작품이라고 한다. 입구 유리문에 그려진 오토와칸의 트레이드마크인 일러스트도 마찬가지다. 책을 펼친 여자아이의 이름은 '오토와 짱'인 모양이다.

그리고 이 가게에도 책장 한구석에 자비로 제작한 듯한 책자와 팸플릿류가 있다.

이것도 공통점 중 하나로구나. 이 동네에 사는 누군가가 참을 수 없이 무언가를 좋아해서, 자비로 신문이나 책자를 만들어 그것을 두고 간다. 다른 동네의 헌책방에서는 잘 볼 수 없는 풍경이다. 좋아하는 마음이 자연스럽게 배어나오는 거겠지. 그 마음을 컴퓨터에 입력하지 않고 '종이'로 만든다는 점이 좋다.

나카가미 겐지가 글을 쓰고 아라키 노부요시가 사진을 찍은 『이야기 서울』을 2000엔에 산다.

다나카 고미마사의 『아아, 수면 부족이다』도 3500엔에 산다.

계산대에 있던 사모님이 "이건 우리 가게에서 만드는 고미 씨의 출판물 일람이에요"라며 얇은 책자를 주셨다. 굉장하다. 고미 씨의 책이 망라되어 있다. "아직 두 권 정도 부족하지만요"라며, 서점 주인 히로세 씨가 고지식하게 말한다. 감사하게 받는다.

가게 세 곳을 돌아본 뒤, 『가로』나 개인 책자보다 더 큰 니시오기쿠보 헌책방의 공통점을 발견했다.

그것은 파는 책이 모두 누군가에게 '읽혔던 책'이라는 점. 이렇게 쓰면 헌책방이니 당연하다고 여길지도 모르지만, 나는 이것이 당연한 일은 아니라고 생각한다.

읽히지 않은 책, 좀더 구체적으로 말하자면 소중히 여겨지지 않은 책, 그런 책들이 책장을 채우는 헌책방이 더 많지 않을까? 니시오기쿠보의 헌책방은, 내가 둘러본 세 곳뿐만 아니라 대부분 어디를 가든 친구 집에 온 듯한 착각을 불러일으킨다. 인테리어나 분위기 탓도 있지만, 책장에 꽂힌 책 탓도 있다.

친구 집에 가면 그 집의 책장에는 그 친구를 연상케 하는 책이 꽂혀 있다. 친구는 그 책을 전부 읽었을 테고, 그러므로 그와 그녀는 그답게, 그녀답게 자랐다. 책장과 그, 책장과 그녀가 완벽하게 일치한다.

그런 것이다. 니시오기쿠보 헌책방의 책장에 꽂힌 책은 전부 한 번은 누군가에게 읽힌 뒤 그 누군가를 완성시키는 작은 세포 하나가 되었고, 그런 다음 여기로 왔다는 느낌이 든다. 그래서 묘하게 안심된다. 신뢰할 수 있는 친구에게 책을 추천받은 듯한 안도감이다. 서점 사람들도 그 점을 염두에 두고 책을 다룰 것이다. 이번에 돌아본 세 서점 모두, 서점 안과 서점 주인 모두에게서 바람이 술술 통하는 듯한 묘한 여유가 느껴졌다. 이는 아마도 누군가가 소중히 여겨온 책을 다룬다는 안도감이 자아내는 공기일 것이다.

니시오기쿠보, 역시 좋은 동네로구나. 조급하지 않고 조용하며 서브컬처가 잘 갖추어져 있다. 다시 이사 오고 싶어졌다.

**균일가 매대를 생각하다**

경쾌하고 세련된데다 우아하며 맵시까지 있는(!) 아이카와 긴야의 "기다리셨습니다!"라는 인사말과 함께 시작하는 〈출몰! 애드마틱 천국〉* (TV도쿄)에서 우리의 니시오기쿠보(이하 니시오기)가 소개되었다. 2004년 7월 31일이었다. 여러분, 박수 치세요. 가쿠타 님은 보셨을까? 나는 옆에서 딸이 계산 연습을 하던 종이를 낚아채서 나도 모르게 니시오기의 '베스트30'을 메모해버렸다. 이제부터 그 메모를 곁에 두고 이번 회 도장을 열겠다.

가장 큰 관심사는 헌책방이 대체 몇 위에 랭크될지, 과연 영광의 1위는 무엇일지였다. 결론부터 말씀드리겠다. 헌책방은 10위. 1위는 골동품 가게였다. 뭐, 적절한 순위인가. 일단 10위까지를 설명과 함께 써보겠다.

1위    골동품 가게(니시오기 주변에 약 60개가 모여 있다).

2위    젠푸쿠지 공원(개와 노인의 휴식 장소).

■    지역 정보 버라이어티 프로그램으로 '애드마틱'은 'advertising, 마치(まち, 거리라는 뜻), 드라마틱'의 합성어.

**오카자키 다케시**

3위     도쿄여자대학(소설가 세토우치 자쿠초, 패션 디자이너 모리 하나에, 배우 다케시타 게이코가 졸업했다).

4위     고케시야(니시오기 역 앞의 오래된 레스토랑 겸 카페. 화가 스즈키 신타로의 그림이 그려진 성냥을 준다).

5위     ARROW(오리지널 자전거 판매점).

6위     에비스(주오센 고가도로 아래의 닭꼬치집. 주인장이 간장조림이 될 정도로 손님이 많다).

7위     리스도르 미쓰&안센(빵집. 가게 이름을 외울 수 있을 것 같지 않다).

8위     구라마(메밀국숫집. —저기, 모르는 사람도 있다니까……).

9위     마사고(로스트비프가 맛있는 식당. 만화가 쇼지 사다오를 목격했다).

10위    개성파 헌책방(방송에서는 '고고시마야' '오토와칸' '가초후 게쓰花鳥風月'가 소개되었다).


이야, 레트로모던 기모노집 '마메치요'(26위), 나카도리 상점가의 '핑크 코끼리'(24위), '카레 스트리트'(16위) 등을 누르고 헌책방이 10위라니 정말로 건투했다. 이번에 가쿠타 님이 수행하러 간 고고시마야와 오토와칸도 들어 있고.

이번 회에서 가쿠타 님은 니시오기를 "서브컬처가 갖추어진 시골", 즉 '니시오기촌村'이라 규정했는데 나도 이의는 없

다. 니시오기는 그야말로 '촌'이다. 〈애드마틱〉의 28위에 랭크
된 사항인데, 니시오기 역에서는 주말과 공휴일에 주오센 쾌
속열차가 서지 않는다. "대낮이다. 연선沿線의 작은 역은 돌같
이 묵살되었다"로구나.(야나스케: "그게 무슨 말씀이에요?"/ 요코미
쓰 리이치의 소설 『머리 그리고 배』의 첫 부분이다. 신감각파의 개막을
알린 유명한 문장이지. 외워두어라.)

주오센 일대의 핵심 지역인 나카노, 고엔지, 아사가야, 오기
쿠보, 니시오기, 기치조지, 미타카를 살펴보면, 쾌속열차가 서
지 않는 고엔지, 아사가야, 니시오기는 쾌속열차가 서는 다른
역보다 왠지 분위기가 '촌'스럽다. 역 건물이나 대형 슈퍼마켓
보다 상점가가 더 기세등등하다든가, 주민들이 몸에 힘을 쭉
빼고 다닌다든가, 차보다 사람이 우선이라든가, 고양이가 많
다든가, 젊은이와 고령자가 사이좋게 공존하고 있다든가, 공
통점은 여러 가지가 있겠지만 헌책방 수가 많다는 점도 그중
하나다. 어느 동네든 헌책방이 10여 군데 이상씩 있어서 쾌속
열차가 서는 동네보다 많다는 인상이다(제대로 세어본 것은 아니
다).

니시오기는 요즘은 개찰구를 나오면 역 안에 아이리시 펍
이나 베이커리, 와인숍 등 세련된 가게가 생긴 걸 볼 수 있지
만, 작년까지만 해도 서서 먹는 지저분한 메밀국숫집이 한 군
데 있었을 뿐이다. 그야말로 시골스러운 광경이었다. 역 앞부

터 비스듬하게 뻗어나가는 니시오기 1번가, 통칭 '조시다이 거리'에서 세이유 마트의 뒷골목으로 향하는 길가에는 어째서인지 붉은 도리이*가 있는데, 이 또한 시골 마을의 사당 같은 분위기를 자아낸다. 가지이 모토지로는 『레몬』에서 "가끔 나는 그런 길을 걸으며 문득 이곳은 교토가 아니다, 나는 지금 교토에서 몇백 리나 떨어진 센다이나 나가사키에 와 있다, 라는 착각을 불러일으키려 애쓴다"라고 썼고, 다른 글에서는 그 착각을 '여정旅情'이라 부르며 즐겼다. 때때로 나도 황혼녘의 니시오기를 걸으며 어딘가 멀리 떨어진 지역의 동네를 걷는 듯한 기분에 사로잡힐 때가 있다.

그러고 보니 니시오기에는 1970년대 카운터컬처의 거점이 된 '호빗무라ほびっと村'가 아직도 있다. 참고로 유기농 채소를 파는 '나가모토 형제상회'를 모체로 하는 호빗무라는 〈애드마틱〉 랭킹 17위. 역시 '촌'이다.

그런 촌의 막과자집 같은 헌책방이 바로 고고시마야다. 헌책방이란 문자 그대로 헌책을 파는 곳이지만, 실제로는 책 말고 다른 물건도 판다. 종이로 된 것이라면 무엇이든 취급한다고 할 수 있지. 고고시마야는 고아한 종이류를 적극적으로 사고판다는 점에서 현재 도쿄 도내에서도 몇 손가락 안에 드는 가게다. 그림엽서, 성냥갑 그림, 빈 담뱃갑, 장서표, 팸플릿 그

---

■    신사의 입구에 세워 경계 영역을 표시하는 기둥 문.

리고 이번에 가쿠타 님이 감격한 실을 감는 종이심, 낡은 학생증, 티켓 등이 아기자기하게 진열되어 있다.

이 물건들에는 어엿한 수집가가 있으며, 컬렉터의 아이템으로 유통되는 물건(그림엽서, 성냥갑 그림, 장서표 등), 왠지 버리지 못하고 남겨둔 물건(실을 감는 심 등), 책 사이에 끼여 있다가 그대로 팔린 물건(학생증, 티켓 등)으로 크게 나눌 수 있다. 특히 마지막 장르가 재미있다. 나도 헌책을 사며 전 주인이 페이지 사이에 끼워둔 물건을 수없이 봐왔다.

최근 들은 이야기로는, 와세다 편에서도 등장한 가쿠타 님의 동창생 난다로 아야시게 씨가 젊은 시절 쓴 정기권이 어떤 사람이 산 헌책에 끼여 있었다고 한다. 그 '어떤 사람'도 업계의 유명인이었다. 이쯤 되면 물건이 끼여 있던 책보다 끼여 있는 물건 쪽이 더 가치 있어진다. 끼여 있는 물건이 탐나서, 그 패키지로서 헌책을 사는 경우도 등장한다. 이런 재미를 맛보고 나면 여간해서는 헌책의 세계에서 빠져나올 수 없답니다.

"아타미발 후지사와행 티켓"이라니 좋은 물건이다. 티켓만 헌책방에 파는 사람은 아마 없을 것이다. 또 사는 가게도 없다(어지간한 인연이 있는 물건이나 특별한 티켓류는 예외). 그 티켓도 아마 책 사이에 끼여 있었겠지. 그렇다면 이런 장면을 상상해볼 수 있다. 티켓 주인은 후지사와 주민인데 아타미에 온천 여행을 다녀왔다. 돌아오는 길에 도카이도센 열차 속에서 책을 읽고 있다.

온천에서 데운 몸은 시간이 지나도 웬지 따끈따끈하다. 몸 속도 나른하다. 오다와라, 고즈, 오이소…… 사가미 만에서 쏟아지는 강렬한 햇살을 받으며 열차는 덜컹덜컹 동쪽으로 향한다. 히라쓰카에서 지가사키까지 오면 이제 후지사와가 코앞이다. 온천에서 나른해진 몸, 바다 쪽에서 쏟아지는 햇살, 열차의 진동으로 긴장이 풀려 눈꺼풀이 무거워진다. '어젯밤 마신 술은 좀 달았지. 혀에 닿는 맛이 좋아서 그만 과음해버렸어'라는 생각을 하다가, '아차, 티켓은 잘 있나? (주머니를 뒤지며) 다행이다, 잘 있네'라며 손에 쥔다. 그리고 어느덧 잠 속으로. 돼지가 배꼽을 핥는 꿈이라도 꾸다가 별안간 "후지사와 ~ 후지사와~"라는 열차 안내 방송 소리에 눈을 뜬다. 큰일이다, 얼른 내려야지. 당황하며 무릎 위에 펼쳐둔 책의 페이지에 일단 티켓을 끼워 책갈피로 삼는다. 가방에 넣는다. 플랫폼에 서자 뇌 속에 깔려 있던 안개가 걷혀 전류가 통하기 시작한다. 이때 이미 책에 끼워둔 티켓은 잊어버린 후다. 개찰구로 와서 주머니를 뒤지다 티켓이 없다는 사실을 깨닫는다. 어라, 이상한데. 어디에 넣었을까…… 이리하여 아타미발 후지사와행 티켓은 책 사이에 끼여 어느 틈에 잊힌 채 헌책방에 팔린다.(야나스케: "사부님, 마치 그 장면을 지켜본 듯한 말투로군요.")

뭐, 나 정도로 헌책에 통달하면 그 물건을 보기만 해도 전 주인이 어떤 인물인지, 그 책을 어떻게 샀는지, 혈액형이나 점의 위치 같은 것도 모두 알 수 있단다, 야나스케야.

헌책방이라는 장사를 하려면 산 책의 책장을 일단 팔랑팔랑 넘겨봐야 한다. 이는 밑줄이나 오염, 접힌 페이지, 혹은 낙장(페이지 빠짐) 등을 확인하기 위해서다. 이때 도카이도센에서 말뚝잠을 잔 남성 혹은 여성의 티켓을 발견하는 거지. 대부분은 쓰레기통행이지만 개중에 헌책방 주인의 분별력과 취향, 변덕에 따라 그 자체가 상품이 되는 물건도 있다. 그야말로 해프닝이라 할 수 있다.

그나저나 세토우치 하루미의 『다무라 도시코』 말이지요. 가쿠타 님은 분게이슌슈신샤文藝春秋新社라는 출판사명이 의아한 모양인데, 가쿠타 님도 책을 내신 분게이슌슈文藝春秋가 전후한 시기에 분게이슌슈신샤라는 이름을 쓴 적이 있다. 이 대목은 설명이 조금 필요하다. 야나스케, 『분게이슌슈 35년사고』를 가져오너라. 아, 이거다, 이거. 실은 『분게이슌슈 70년사』가 있으면 좋겠지만 그 책은 없다.

분게이슌슈샤는 1923년에 작가 기쿠치 간이 아쿠타가와 류노스케, 가와바타 야스나리 등을 편집진으로 삼아 만든 잡지 『분게이슌슈』가 기둥이 된 출판사다. 회사명은 분게이슌슈샤. 『분게이슌슈』는 처음에는 당시 이미 유명 작가였던 기쿠치 간이 사비를 털어 창간한 잡지였다. 그러다 쇼와 초기에 유력한 종합잡지가 되었지만, 제2차세계대전 이후 출판과 용지 할당 실권을 미군 수뇌부가 쥐면서 잡지를 낼 수 없게 되었다.

1946년에 4, 5월 합병호 발행을 끝으로 분게이슌슈샤는 해산했다. 그후 사사키 모사쿠가 사장이 되어 새롭게 회사를 설립하며 『분게이슌슈』를 이어서 발행했는데, 그때 회사명을 '분게이슌슈신샤'로 바꾸었다. 그런데 분게이슌슈신샤는 『분게이슌슈』 1966년 4월호부터 다시 회사명을 분게이슌슈로 변경했다. 그래서 1946년부터 약 20년 동안 출간된 출판물에는 분게이슌슈신샤 발행이라고 적혀 있는 것이다. 가와데쇼보신샤河出書房新社 역시 원래는 가와데쇼보河出書房였는데, 한 번 도산하여 조직을 개편했을 때의 회사명이 지금의 형태가 되었다. 고단샤講談社도 전쟁 전에는 '다이닛폰유벤카이고단샤大日本雄辯會講談社'였으니까.

헌책을 접하다보면 이런 일본 출판 역사의 흐름도 보게 된다. 그래서 우리집에는 각 출판사의 역사에 관한 책도 수두룩하다. 공부를 한다는 느낌이라기보다, 여러 가지 일들에 대해 저절로 알고 싶어지는 것이다.

'하트랜드'는 일본 헌책방 카페의 창시자다(현재는 '하트랜드' 폐점 후 '노마도のまど'가 들어와 영업중). 원래 점포는 부티크였

다고 들었다. 그래서 출창이 있는 아주 세련된 구조로 되어 있고, 가게 안의 카페 공간에서 커피나 맥주도 마실 수 있다. 서점 주인 사이키 씨는 묘한 사람이다. 일을 별로 맡고 싶어 하지 않는 사립탐정 같은 얼굴을 하고 있다. 요즘에는 꼬박 꼬박 제시간에 문을 열고 가게도 보지만 예전에는 오픈 시간 도 확실하지 않았고, 문이 열려 있어도 계산대에 앉아 있는 사람은 아르바이트생 여자아이여서 사이키 씨의 모습은 볼 수 없는 경우가 종종 있었다. 등산이 취미인 모양인데 상당 한 미남이어서 종래의 헌책방 이미지를 바꾼 사람이다.

또, 이 가게는 책장을 남에게 빌려준다. 다시 말해 헌책을 팔고 싶은 사람이 이곳의 책장을 월 단위로 빌려서 책을 진열 하는 것이다. 사이키 씨는 헌책 아파트의 집주인 같은 사람이 다. 그는 "가게의 책장을 전부 빌려줘도 괜찮아"라고 말한 적 이 있는데, 확실히 장사가 될지도 모른다. 니시오기에는 '니히 루규'라는 이상한 이름의 렌털 쇼케이스 가게도 있다. 이곳의 상품은 잡화다. 원래 록밴드 다마의 멤버였던 이시카와 고지 씨가 만들었는데, 매우 주오센스러운 취향이다. 〈애드마틱〉에 서는 29위.

가쿠타 님이 하트랜드의 이웃 가게로 소개한 '모노즈키物豆 奇'라는 카페도 23위에 올라 있다. 이 가게의 벽에는 시계가 20개나 걸려 있는데, 전부 가리키는 시간이 제각각이다. 나는 몰랐지만 그중 정확한 시간을 제대로 가리키는 시계가 딱 두 개 있다고 한다. 정말로 '괴짜'로구나. 아, 그래서 모노즈키인가?"

오토와칸 옆에 있는 스테이크집 '캐럿'은 가쿠타 님이 썼듯 항상 사람들이 줄을 서서 기다리는 가게다. 그러고 보면 '줄을 서는 헌책방'이란 본 적이 없다. 역시 식당은 기세가 좋다. 내가 캐럿에 간 건 손에 꼽을 정도밖에 없지만, 이 가게는 맛도 좋고 양도 좋고 가격도 좋은 삼박자를 갖추었다. 인기가 있는 것이 당연하지.

그런 가게 옆에 있는 헌책방이 오토와칸인데, 이곳 역시 상품도 좋고 분위기도 좋고 가격도 좋아 삼박자를 갖추었다. 내가 일본의 헌책방 10선을 꼽는다면, 아마 여러모로 고민하겠지만 오토와칸을 빼는 일은 없을 것이다. 서점 주인 히로세 군은 공부도 열심히 하는 매우 느낌 좋은 남자다. 또, 역대 아르바이트생이 전부 우수하다는 점도 오토와칸의 강점이다. 오토와칸은 안심하고 가게를 맡길 수 있는 사람만 고용한다. 그래서 히로세 군이 자리를 비워도 아르바이트생에게 무엇이든 물어볼 수 있다.

가쿠타 님에게는 이 가게의 '균일가 매대'에서 꼭 무언가를 사라는 숙제를 냈다. 오토와칸은 책이 잘 팔리는 가게다. 게다

■ '괴짜(物好き)'는 '모노즈키'라고 읽는다.

가 장르의 범위가 넓고, 현재 가장 반짝반짝 빛나는 책만 골라 진열한다. 그 말인즉슨, 그렇지 않은 책은 밖으로 척척 내보낸다는 뜻이다. 가쿠타 님의 말을 빌리자면 "어떤 시대에는 절실하게 필요했지만, 바로 그 때문에 시대가 변하고 전혀 쓸모없어진 책" "시대가 남긴 선물" 등이 제각각의 평가를 얻지 못한 채 일단 '100엔' 매대로 떨어진다.

하지만 바로 그런 이유로 이번에는 사는 이의 안목과 센스가 요구된다. 누가 봐도 100엔. 개중에서 자신에게 근사하게 느껴지는 책을 골라낸다. 균일가 매대에는 그런 재미가 있다. 가게 안에서 책을 찾는 것과는 기분이 확연히 다르다. 처음부터 승부는 포기했다. 거물을 노릴 생각은 털끝만큼도 없다. 원양어업이 아니라 썰물 때 갯벌에서 하는 조개잡이랄까.

그래도 문학서의 경우 문고화되었거나 15년, 20년 이상 지난 책은 극단적으로 팔리지 않게 되므로 균일가 매대로 쉽게 내려온다. 문학서는 일단 문고로 출간되면 기존 단행본의 가격이 떨어진다. 방해꾼 취급을 받기도 한다. 하드커버 단행본보다 문고본이 더 비싼 경우도 종종 있다. 하지만 그 문고가 다 팔리고 절판이 되면 다시 단행본의 본질적인 매력이 드러난다. 균일가 매대의 문학서는 지금이야말로 '살 시기'인 것이다.

나는 예전에 오토와칸의 균일가 책장에서 이나가키 다루호의 『천체 기호증嗜好症』(1928년)을 발굴했다. 초판이었는데 커버도 케이스도 없었다. 요코하마 시 도서관의 1928년 9월 10일 도장이 찍혀 있었다. 도서관 분류표도 붙어 있었다. 책등은 상했으며 일부가 벗겨져 있었다. 다시 말해 엉망진창 만신창이였다. 이런 책은 목록에 올리지도 못하고 가게 안에서 팔기도 어렵다. 아무리 내용물이 좋은 책이라도 상처나 결함이 있는 물건은 팔기 힘들다. 헌책방은 취급을 꺼린다. 그래서 100엔의 세계로 내보내는 것이다. 오토와칸의 히로세 군이 이 책의 가치를 몰랐던 게 아니다. 알면서도 100엔 균일가로 떨어뜨린 것이다. 그러나 책을 펼쳐보면 우주를 담을 만한 다루호의 노력의 흔적이 곳곳에 배어 있다. 각 장의 속표지는 옅은 색 종이를 썼는데, 각각 'A' 'B' 'C'라고만 인쇄되어 있다. 황홀한 편집 설계다. 이토록 내용물이 좋으면 겉모습이 아무리 나빠도 상관없다.

만약 도서관 도장이 없고 커버 혹은 케이스가 딸려 있는 깨끗한 책이었다면 대체 얼마쯤 했을까? 상상조차 할 수 없다. 10만 엔이나 20만 엔쯤 했을까. 도저히 나 따위가 손을 댈 수 있는 책이 아니게 된다. 가쿠타 님이 산 책으로 치자면 『하쿠슈 가요집』도 마찬가지다. 가쿠타 님이 산 것은 케이스가 없지만 원래는 케이스가 있다. 이 책은 1920년에 아르스에서 출간했는데, 만약 초판본에 케이스가 있다면 4000엔, 5000엔은 한다. 1969년에 야나카와에서 나온 복각판이라면 그 반값이거나 3분의 1. 그런 가격이라면 사는 데 조금 망설여질 것이다. 이는 100엔만의 공덕이랄까.

오카자키    ♪ 가오루 짱, 늦어서 미안해. 가오루 짱, 늦어서 미안해. 네가 좋아하는 꽃은 꽃은 꽃은 늦었어, 바보야!

야나스케    아, 깜짝이야. 갑자기 소리를 질러서 뭔가 했네. 사부님, 지나다니는 사람들이 전부 이쪽을 보고 있어요. 여긴 집안이 아니니까 조심하세요. 저런, 아이가 울음을 터뜨려버렸네. 어머니세요? 정말 죄송합니다. 사부님, 대체 그건 뭡니까?

오카자키    뭐냐니, 당연히 노래가 아니냐. 미키 가쓰히코의 〈꽃은 늦었어〉라는 노래다. 1968년의 히트송이지. 미키는 〈홍백가요대전〉에도 나왔다. 미키에게는 또 〈회전 금지 청춘〉이라는 노래도…… 뭐, 됐다. 전쟁 때 이야기를 하는 것 같아서 말한들 보람이 없구나.

야나스케    전쟁 때라니, 사부님 대체 몇 살이세요? 그것보다 가쿠타 님께 드릴 다음 지령, 제가 전할 테니 알려주세요.

오카자키     오, 그러냐. 요즘 실력이 부쩍 향상된 가쿠타 님
이니 이쯤에서 좀 멀리 가마쿠라에 가시면 좋겠
다. 꽃이 피는 시기에는 아주머니들로 매우 붐
비지만, 시즌이 아닐 때나 비 오는 날의 가마쿠
라는 근사하지. 의외로 헌책방이 많은 동네이기
도 하고, 게다가 다들 헌책 장사에 소질이 있다
네. 가게 안의 공기가 팽팽하게 긴장되어 있는
'덴엔 책방田園書房'을 필두로 역 건널목 근처의
'고코도游古洞'와 '시키 서림四季書林', 고마치 거리
의 '게이린소芸林荘'와 '모쿠세이도木犀堂', 조금 떨
어진 곳에 있는 '고분도 서점広文堂書店' 등 역 주
변에만 헌책방이 여섯 군데나 있다. 관광객을
상대하는 가게들이라 월요일과 수요일에 쉬는
곳이 있다는 점과, 해가 지면 문을 닫는 곳이 많
다는 점에 주의하시게나.

♪   이번 회의 노래는 〈꽃은 늦었어〉.
호시노 데쓰로 작사 / 요네야마 마사오 작곡.


»**다음 지령**«
**조금 먼 고장 가마쿠라에서 그 지방 작가의 책을 찾아라!**

一
가
마
쿠
라

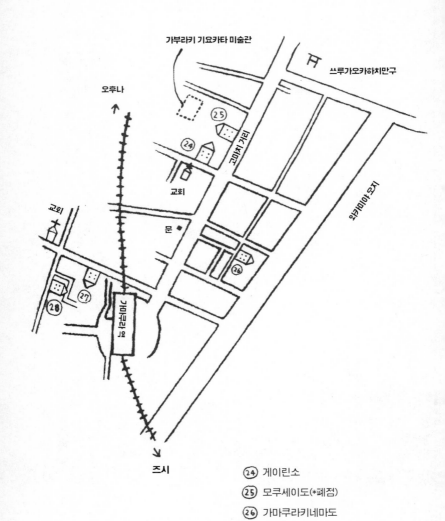

가부라키 기요카타 미술관

쓰루가오카하치만구

오후나

고마치 거리

와카미야 오지

교회

교회

문

가마쿠라 역

즈시

㉔ 게이린소

㉕ 모쿠세이도 (*폐점)

㉖ 가마쿠라키네마도

㉗ 고코도

㉘ 시키 서림 (*폐점)

"뭐, 가마쿠라에 헌책방이 있어?" 나는 이제 이렇게 놀라지 않는다. 덴엔초후에도, 아오야마에도, 쿠바의 아바나에도 헌책방이 있다는 사실을 이미 몸소 깨달았으니까.

가마쿠라는 내게 친근한 장소다. 내가 나고 자란 곳은 요코하마(산 쪽)여서 바다라 하면 가마쿠라였다. 어릴 때는 가족끼리 자주 갔고, 중고등학교 시절에는 하굣길에 자주 갔다. 물론 그 당시는 헌책방이 있다는 사실을 전혀 몰랐다. 내가 헌책방의 존재를 안 것은 대학에 입학한 뒤였으니, 당시는 가게 앞을 지났더라도 눈에 들어오지 않았을 것이다.

근사하게 갠 하늘. 신주쿠에서 쇼난라이너를 타고 가마쿠라로 향한다. 아, 그리운 오후나 관음보살. 오후나를 지나갈 때 보이는 오후나 관음보살의 크기는 '이만하겠지' 하는 예상을 항상 뛰어넘는다.

오전 10시를 지날 때쯤 가마쿠라에 도착. 비둘기 모양 쿠키를 파는 가게를 지나 고마치 거리로 향한다. 이미 가마쿠라 관광객들이 줄을 지어 걷고 있다. 고마치 거리의 가게는 상당히 변했지만 옛날 모습 그대로인 곳도 많다.


## 모쿠세이도 木犀堂


그나저나 고마치 거리에 헌책방이 있으리라고는 생각지 못
했다. 먼저 향한 곳은 '모쿠세이도'. 헌책방이라 하면 가게 앞
에도 안에도 책이 어수선하게 가득 쌓인 먼지 날리는 가게를
상상하기 쉽지만, 이곳은 모양새가 굉장히 아름답다. 세련되
기까지 하다. 유리문을 열고 안으로 들어간다. 가게 안도 가지
런히 정리되어 아름답다. 가게 한가운데에 테이블이 있는데
희귀서가 아름답게 배치되어 있다. 왠지 만지기 망설여진다.
책장을 구석부터 살펴본다. 어라, 어라라라라. 도쿄 도내의 헌
책방과 어딘가 다르다.

책이 조용하다. 이 조용함이 우선 다르다. 내가 아는 헌책방
의 책은 대부분 수런거린다. "뽑아봐" "사봐"라고 무언가 자기
주장을 하거나, 미술은 미술, 문학은 문학끼리 주위의 책과 뭉
쳐서 와자지껄 회의를 하는 듯한 활기찬 분위기를 풍긴다. 그
런데 이 가게의 책은 매우 조용하다. 파라핀지로 싸여 있기
때문이 아니라, 예의바르게 점잔 빼는 느낌이다. 그래서 얼굴
을 가까이 가져가 눈에 힘을 주고 자세히 보지 않으면 책등의

글자가 머릿속으로 잘 들어오지 않는다.

들어가서 왼쪽에 있는 책장에는 미술서가 많다. 그릇과 도자기 관련 책도 꽤 있다. 이건 지역색일까? 오른쪽엔 문학서가 많다. 여기도 조용하다. 그리고 익숙한 책이 정말 적다. 현대 작가의 책, 한때 붐을 일으킨 뒤 곧바로 사라진 책, 헌책방에서 몹시 자주 보이는 책은 이 가게에 없다. 후쿠나가 다케히코, 이나가키 다루호, 가와바타 야스나리, 다무라 류이치, 나가이 다쓰오…… 심오한 책이 한자리에 모여 있다. 내가 좋아하는 다나카 고미마사의 책(『야시의 여행』)이 있었는데, 이 가게에서는 그 책의 책등조차 예의바르고 기품 있어 보인다.

이번 숙제는 가마쿠라에서 살았던 작가의 책을 사는 것이다. 무지한 나는 누가 가마쿠라에서 살았는지 전혀 몰랐는데, 사부가 자상하게 몇몇 작가를 알려주셨다. 그중에 나가이 다쓰오가 있었다. 나가이 다쓰오는 이십대 초반에 헌책방에서 우연히 전집 중 한 권을 산 적이 있다. 제목은 잊어버렸지만 오렌지가 비탈길을 데굴데굴 굴러가는 단편(이 얼마나 멍청해 보이는 설명인가)이 인상적이었다. 다른 단편의 한 구절을 일기장에 베껴 쓴 적도 있다. 도쿄 도내의 헌책방에서는 별로 보지 못한 이름이어서 작품 수가 적은 작가일 거라고 멋대로 추측했는데, 이 가게에는 빼곡히 꽂혀 있다.

그렇다, 도쿄 도내에서는 그다지 보지 못했던 작가의 책이 이곳에는 실로 수두룩하다. 나카무라 미쓰오라든가 다치하라 마사아키라든가. 다치하라 마사아키도 가마쿠라 사람*이라고 서점 주인이 알려줘서 한 권 뽑아들고 무의식중에 가격을 봤더니 어머나, 내 생각보다 비싸다. 다른 책 몇 권도 뽑아서 가격을 확인한다. '어머나'다. 평균 가격이 도쿄 도내보다 조금 더 비싸다. 대부분 1500엔에서 1800엔 정도일까.

여기서 나는 헌책방 순례를 하게 된 이래 처음으로 가격이라는 것에 흥미를 느꼈다. 나는 고미 씨의 『야시의 여행』을 2500엔에 샀는데 여기서는 얼마일까? 기품 있어 보이는 『야시의 여행』을 꺼내서 가격을 봤더니 노오올랍게도 1500엔이 아닌가.

언젠가 구입한 야마구치 히토미의 아름다운 책 『단골집』, 나는 아사가야의 북오프에서 1000엔에 샀는데 여기서는 1800엔이다.

오호라, 어쩐지 재미있어진다. 가령 무나 블라우스 한 장이라면 가격을 일일이 확인하는 자신이 한심해질 텐데, 헌책의 경우 가격을 확인했을 때 그 가격이 자신의 예상이나 체험과 다르면 책이 마치 생명체처럼 느껴진다. 그래서 시부사와 다쓰히코에게 6000엔이라는 가격이 붙어 있으면 갑자기 욕심

---

■  다치하라 마사아키의 본명은 김윤규로, 경남 안동에서 태어났다. 아버지가 병으로 세상을 떠난 뒤 어머니와 함께 일본으로 건너가 1947년에 일본인으로 귀화했다.

이 나거나, 3000엔 가까이 주고 산 가이코 다케시의 초판본이 1500엔이면 이상하게 분해져서 다시 사고 싶어지는 등 기분이 묘하게 요동친다.

모쿠세이도에서 산 것.

가이코 다케시의 『최후의 만찬』, 1800엔. 후카자와 시치로의 『고슈 자장가』, 케이스에 든 초판, 1000엔(1000엔!). 숙제를 잊어버리고 그만 취향대로 사버렸습니다……

진열장에 후쿠나가 다케히코의 책이 있기에, 후쿠나가도 가마쿠라 사람인지 가게 주인에게 물어보았다. "아뇨, 후쿠나가는 세타가야 사람이죠"라는 대답이 즉시 돌아온다. 서점 주인 히라이 씨는 젊은 시절부터 쭉 후쿠나가 다케히코의 팬이었던 모양이다. 그러고 보니 후쿠나가의 책이 가게 안에 수두룩하다.

이 가게는 언제 열었는지 물었더니 18년쯤 전이라고 한다. 그전까지 히라이 씨는 회사원이었는데, 본인이 가지고 있던 책에 사들인 책을 더해서 가게를 시작했다는 것이다. "지금은 문학서보다 소년 만화 부록이 더 비싸게 팔리는데, 그런 걸 보면 왠지 쓸쓸해져요"라고 한다. 정말로 문학을 좋아하는 사람이다. 가게의 책이 조용하고 예의바르며 기품 있게 진열된 것이 어쩐지 이해된다.

그나저나 그랬구나, 내가 고마치 거리를 거닐던 때는 20년도 더 전이니 이 가게는 아직 없었겠구나, 조금 안심했다.


## 가마쿠라키네마도鎌倉キネマ党


모쿠세이도에서 나와 고마치 거리를 조금 돌아간다. 영화 세트에 등장할 듯한 묘한 아케이드를 지나자 '가마쿠라키네마도'가 불쑥 나타난다. 귀여운 외관. 외국의 카페 같다고 생각하며 문을 열자마자 깜짝 놀란다.

벽 한쪽 면에 붙어 있는 옛날 일본 영화 포스터가 눈에 가득 들어온다. 가게 안에 흐르는 노래는 이시하라 유지로.

가게 안은 카페처럼 되어 있다. 벽 한쪽 면이 책장인데 영화 관련 책이 빼곡하다. 입구 옆에는 옛날의 『헤이본』이나 『키네마 준포』 등의 잡지가 진열되어 있다. 헉 소리가 난다.

서점 주인 사카이 씨는 어릴 적부터 영화광이었는데, 집에 영화책이 쌓이고 또 쌓여서 고심 끝에 자기처럼 영화를 좋아하는 사람과 나누고자 이 가게를 열었다고 한다. 사카이 씨가 특히 좋아하는 배우는 이시하라 유지로. 그래서 가게 안의 포스터도 유지로가 많다. 벽에 붙어 있는 종이에 가까이 다가갔더니, 놀랍게도 여기서 무료로 상영회도 한다고 쓰여 있다. 엄청나다.

옛날 딱지와 브로마이드, 레코드, 소노시트*(!)도 판다. 소노시트를 잠깐 구경했는데 굉장했다. 표면에 유지로가 인쇄되어 있기도 한데, 그게 묘하게 아름다웠다.

우리가 우와, 이야, 하고 소란을 피우며 그 물건들을 보고 있는 와중에도 가게 안에는 유지로의 노래가 흐르고 있다. 노래가 끊기고 대사가 시작된다. "일단 이걸 입어. 우선 따뜻하게 한 다음 앞으로의 일을 생각하자"라고 유지로가 말한다. 왠지 좋구나.

한때 쇼와 30, 40년대의 일본 영화를 자주 보던 시기가 있었다. 학생 때다. 아사쿠사에서 종종 심야영화를 밤새 상영했다. 그 무렵 영화에는 특유의 분위기가 있다. 지금의 나보다 조금 더 젊은 아버지나 어머니, 억척스럽게 살았을 사람들이 영화를 보며 기운을 차리고 즐거움을 얻었던 그 느낌이 몹시 잘 전달되는 것이다. 영화는 특별했다. 비일상적인 별세계였다. 이 가게 안에는 그런 시대의 공기가 떠돈다.

그 당시의 여배우를 찍은 사진집이 있어서 팔랑팔랑 책장을 넘겨봤더니, 다들 엄청나게 아름다워서 깜짝 놀랐다. 지금 활약중인 여배우들도 물론 아름답지만, 당시 여배우들의 아름다움은 질이 다르다. 비일상적인 별세계를 사는 존재 특유의 범접할 수 없는 견고한 기품이 있다.

■ 프랑스의 S.A.I.P라는 회사가 개발한 아주 얇은 레코드판.

이 가게에서 내가 산 것은 『브로마이드 쇼와사』, 3300엔. 걸작의 보고다. 브로마이드도 시대의 귀중한 발자취다(참고로 내 할머니는 하세가와 가즈오의 사생팬이었다).

맛있는 커피를 얻어마시고 가게 밖으로 나온다. 재미있는 가게였다.


## 게이린소 藝林莊

오후. 고마치 거리의 초입에 있는 '게이린소'로 향한다. 서점 주인 미야모토 씨는 젊다. 간다에서 수행한 뒤 선대로부터 이 가게를 물려받았다고 한다.

정사각형 가게인데, 곳곳에 책이 산더미처럼 쌓여 있지만 여기도 왠지 조용하다. 유리창으로 쏟아져들어오는 겨울 햇살 속에서, 책은 그저 조용히 예의바르게 늘어서 있다. 이곳도 모쿠세이도와 마찬가지로 한때의 유명 작가나 해외 작가의 작품이 적고 근현대 작가의 책이 많다. 그릇 관련 책, 일본 전통 연극 노와 우타이* 등의 고전 예능책, 그리고 라쿠고 관련 책도 수두룩하다. 입구 근처에는 라쿠고 테이프가 쌓여 있다.

이 가게의 책도 집어들어 가격을 조사해보았다. 역시

---

■　노의 대사, 혹은 그것에 가락을 붙여 노래하는 것.

1000엔을 넘는 책이 많다. 1800엔이라는 가격이 비교적 일반적이다. 1000엔이면 싸다고 느끼게 된다.

계산대 앞 책장에서 우리집 책장에 있는 것과 같은 책을 발견했다. 시부사와 다쓰히코의 『플로라 소요』. 이 책, 서점에서는 잘 보이지 않는단 말이지. 컬러 삽화가 들어간 정말로 아름다운 책이다.

얼마일지 신경이 쓰인다. 이는 우리집에 있는 책을 팔면 얼마로 쳐줄까, 혹은 우리집 책장에 어느 정도의 가치가 있을까하는 천박한 마음가짐이다. 나는 가능한 한 천박한 마음이 얼굴에 드러나지 않도록 태연하게 책을 뽑아들고 가격을 확인했다.

3000엔. 왠지 기뻤다. 500엔이었다면 실망했을 테고, 만 엔이었다면 괴상한 소리를 낼 뻔했다.

책을 원래 자리에 돌려놓고 책장을 보며 걷는다. 할아버지와 어린 여자아이가 역시 책장을 살펴보고 있다. 진보초나 니시오기쿠보라면 대낮에 이렇게 헌책방에서 어슬렁거리는 사람의 정체가 의심스러울 텐데, 가마쿠라에서는 어엿한 교양인으로 보인다(명백한 편견입니다. 죄송해요).

맞다, 숙제가 있었지. 으음, 가마쿠라에서 살았던…… 고바야시 히데오…… 나가이 다쓰오…… 속으로 중얼거리며 책장을 보다가 오카베 이쓰코가 글을 쓰고 고미 요시오미가 사진을 찍은 『부처님과의 대화』를 집어든다. 요즘 불상 붐이 일어서 매우 세련된 불상책이 많이 나왔는데, 『부처님과의 대화』는 그 슈퍼 선구자 격인 책이다. 호류지나 야쿠시지, 뵤도인 등의 절에 있는 불상 사진과 에세이가 실려 있다. 사진도 깊은 맛이 있어 근사하고, 신중한 문장도 좋다. 불상의 머리카락, 입술, 눈, 손 모양 등에 대해 언급하고 있어 실물을 보고 싶어진다. 가마쿠라에 사는 작가의 책은 아니지만 '가마쿠라=불상'이라는 연결고리가 있으니 사기로 한다. 1500엔. 검인 도장도 찍혀 있다(검인에 대해서는 사부의 『헌책 생활 독본』으로 막 공부했다).

그리고 다쓰미 하마코의 『손수 기른 나의 요리』, 1500엔. 1960년에 출간된 책으로 1971년에는 19쇄나 찍었다. 인기 있었던 책이로구나.

계절별로 메뉴가 소개되어 있다. '수채睡菜와 튀김조림' '버터라이스를 넣은 그라탱' '나물밥' 등 소박하고 생활의 냄새를 풍기는 요리뿐이다. 좋구나. 나는 이런 것을 좋아한다. 사진도 흑백이고, 만드는 법도 항목별로 쓰여 있는 게 아니라 에세이풍이다. 이 책을 본보기 삼아 뭔가 만들어보자. 테마는 '쇼와의 식탁'. 그런 파티도 좋지 않을까?

다무라 류이치의 『저스트 예스터데이』, 1500엔. 다무라 류이치도 분명 가마쿠라에서 살았던 것 같은데, 한 시기만 살았는지 계속 살았는지 모르겠다. 가마쿠라의 헌책방에는 다무라 류이치의 책이 많아서 다무라를 흠모하는 나의 마음이 간질거렸다. 이 책은 에세이집이다. 술술 읽히고 재미있을 것 같네, 하며 팔랑팔랑 넘겨봤더니 놀랍게도 판권면의 발행인이 나의 지인이었다.

하세가와 이쿠오 씨. 하세가와 씨와 나는 온천 친구인데(물론 둘이서 온천에 가는 건 아니다. 여럿이서 간다), 알고 지낸 지도 벌써 8년 정도 된다. 하세가와 씨는 으스대거나 자랑하는 법이 없어서 나는 그를 '말술에 노래 잘하고 맛있는 것에 훤한 평범한 아저씨'로 분류해버리곤 하지만, 사실 그는 뛰어난 편집자이며 평론 저작도 있다. 이런 책도 만들었구나. 반가운 깜짝 뉴스였다.

매우 낡은 엔가쿠지* 엽서도 500엔에 함께 산다.

서점 주인 미야모토 씨는 우리가 포푸라샤에서 취재 왔다는 것을 알고 계산대에서 훌쩍 나오더니 책장에서 책 한 권을 뽑는다.

"우리 가게에 있는 포푸라샤 책이라 하면 이거죠"라며 내민 책은 가쓰라 베이초의 『라쿠고와 나』. 확실히 포푸라샤에서 출간한 책이다. 라쿠고 입문서 가운데 이 책이 가장 알기 쉽다고 한다. 표지도 심플해서 좋다. 『라쿠고와 나』, 함께 간 편

■  가마쿠라에 있는 절.

집자 K 씨가 샀다. 장하다. 2500엔.

"이 기세로 계속 사면 큰일나지 않아요?"라는 야마모토 씨. 맞아요! 매회 큰일이랍니다. 오늘은 상한액을 정하려 했지만, 가는 곳마다 갖고 싶은 책이 있네요. 특히 가마쿠라에는 좀처럼 못 오니까, 이 기회를 놓치면 안 된다고 생각하면 이것도 저것도 다 갖고 싶어져요, 라고 마음속으로 외치듯 대답한다.

밖으로 나오자 가게 앞 매대에 사람들이 모여 있다. 아이를 데려온 어머니들이 그림책 코너를 살펴보고 있다. 작은 여자아이가 손에 닿는 책을 들고 "이거 사줘"라며 조른다. 할머니와 엄마가 유모차에 있는 아이를 위해 그림책을 찾고 있다. 왠지 좋은 풍경이다.


## 시키 서림 四季書林

게이린소 다음은 선로를 건너 역 반대편으로 걸어가면 나오는 '시키 서림'이다.

널찍한 가게 안은 모쿠세이도나 게이린소보다 한층 더 고요하다. 모든 책이 파라핀지로 싸여 있다. 가게 안이 옅은 색으로 통일되어 있어서 눈 오는 날처럼 모든 소리를 흡수하는 듯한 느낌이 든다. 나도 모르게 숨을 죽인다. 책을 뽑아보는 것도 신중해진다. 여기서 문득 오카자키 사부의 '주의 사항'을 떠올린다. 헌책방의 책은 헌책방 주인의 소유물이라는 대목. 남의 책이니 소중하고 정중하게 다루어야겠다고 마음을 다잡는다.

그러고 보니 이 가게에도 요즘 작가의 책이 적다. 베스트셀러 계열은 전혀 없다. 세토우치 자쿠초의 책이 가장 최근 것이 아닐까 싶을 정도다. 『대디』* 나 『전차남』** 같은 책은 전혀 없다. 이는 가마쿠라 헌책방의 특징이다. 가마쿠라 헌책방의 책장이 모두 조용하다는 점과 이 특징은 틀림없이 관계가 있을 것이다. 몇 년 전의 베스트셀러나 반년 전에 터무니없이 많이 팔린 책은 아무래도 책등이, 아니 존재 자체가 소란스럽다.

파라핀지로 싸인 이 가게의 책은 느긋하게 시대의 흐름을 관찰해왔으며, 지금 이 순간 역시 가만히 계속 바라보고 있는 듯한 분위기를 풍긴다. 책이라는 물건을 어른과 아이로 구분한다면, 이곳의 책은 모두 어른의 얼굴을 하고 있다.

같은 제목의 책이라도 놓여 있는 장소에 따라 아이로 보일 때도 있고 청년으로 보일 때도 있다. 사부 밑에서 분명 2회째

■   가수 겸 배우인 고 히로미의 이혼 과정이 담긴 책으로 밀리언셀러가 되었다.
■■  인터넷 게시판에 올라온 글을 바탕으로 한 연애소설로, 베스트셀러가 되어 만화, 영화, 드라마로 만들어졌다.

인가 3회째에 책 진열 방식의 차이를 배웠는데, 그 배움의 참
뜻을 알 듯한 기분이 든다. 물론 어른이면 좋다거나 아이면
나쁘다는 것이 아니다. 사는 사람(나)이 그때 아이 같은 기분
인지, 아니면 어른의 얼굴을 원하는지에 따라 눈에 들어오는
책도 갖고 싶어지는 책도 달라지는 경우가 있다는 뜻이다.

이 가게에서 나는 퍼뜩 숙제를 떠올렸다. 그러고 보니 아직
숙제를 하나도 끝내지 못했다. 허둥지둥 고바야시 히데오나
다카미 준이라는 글자를 찾았지만, 굳이 따지자면 평론이 많
고 본인의 저작은 눈에 띄지 않는다.

나가이 다쓰오의 책은 수두룩하다. 하지만 지나치게 많아
서 무엇을 사면 좋을지 망설여진다. 망설인 끝에 『홍차의 시
간』을 산다. 『월간 아사히』에 연재된, 1954년에 나온 에세이
다. 띠지에 "마누라 교육·그 외"라고 적혀 있는데, 마누라 교
육이라니…… 뭔가 싶어서 골랐다. 나가이 다쓰오라는 사람
이 에세이도 썼다는 건 몰랐다. 아니, 그보다 이렇게 많은 책
을 쓴 사람인지 몰랐다.

그리고 오사라기 지로의 『시인』. 1946년에 나온 이 책, 아주
예쁘다. 표지는 옛날의 외국 그림책처럼 아름답고, 좌우 페이
지에도 컬러 그림이 들어가 있다. 「지령」과 「시인」이라는 두
소설이 실려 있다. 표지를 보고 어린이책인 줄 알았는데 그렇
지 않았다.

오사라기 지로의 책도 상당히 많이 진열되어 있는데, 이 작가도 가마쿠라와 인연이 있는 사람일까?

여기서도 그림엽서를 샀다. '가장 아름다운 에노시마 — 가마쿠라'라는 제목이 붙어 있는 열두 장짜리 흑백 그림엽서다. 쇼와 초기의 물건일까? 에노시마의 풍경이 굉장하다. 그리운 대불을 보고 나의 어린 시절을 떠올렸다. 우리는 이 대불을 배경으로 가족사진을 찍었다.

직원 분께 『시키 서림 헌책 목록』과 지역 신문인 가마쿠라 아사히를 받았다. 시키 서림의 목록에는 가타오카 다마코와 도고 세이지의 그림도 실려 있어서 왠지 묘한 물욕을 부추긴다.


## 고코도游古洞

동쪽 개찰구로 돌아오는 도중, 건널목 근처에서 '고코도'라는 헌책방을 발견해 여기도 들어가본다.

특이한 가게다. 가게 앞에 책, 족자, 식기, 잡화 등이 어수선하게 진열되어 있다. 내부로 들어서자 안쪽에도 책과 잡화가 넘쳐난다. 오늘 돌아본 헌책방 중 '어수선한 정도'가 가장 심하다. 하지만 이 가게의 책들도 소란스럽지는 않다. 어둑어둑

한 조명 속에서 차곡차곡 조용하게 쌓여 있다. 책장과 책장 사이의 공간이 좁은데다 책과 다른 물건들이 쌓여 있어서, 다른 사람과 엇갈려 지나가기가 아주 어렵다. 방향을 바꾸는 데도 약간의 노력이 필요하다. 귀한 물건이 파묻혀 있을 것 같아서 눈에 힘을 주게 된다.

산뜻한 책 한 권이 눈에 들어온다. 책장 앞에 겹겹이 쌓여 있어서 당장이라도 무너질 듯한 탑의 꼭대기에 툭 놓여 있는 책은 오카모토 타로의 『어머니의 편지』. 나도 모르게 집어들었다. 재미있을 것 같다. 본 적 없는 책이다.

책은 이렇게 사람을 부른다. 비쌀까 싶었는데 그렇지는 않았다. 1500엔이다. 사기로 한다.

그리고 오전부터 이름을 실컷 본 다치하라 마사아키의 『다치하라 마사아키의 책』. 저서가 너무 많아 무엇을 사면 좋을지 알 수 없어서, 다치하라 씨 본인이 책임편집한 시와 에세이, 소설, 대담, 기행문이 수록된 호화로운 책으로 골랐다.

계산대 주변에도 물건이 비좁게 놓여 있다. 상자에 든 바다거북 등딱지 비녀라든가, 인형이라든가, 족자라든가, 은수저라든가. 계산대에 책을 내밀자 중년 남성이 들어와 계산대의 여성에게 무슨무슨 미술관이 어디 있는지 묻는다. 그러자 가게 점원은 공손하게 설명한 뒤 안쪽에서 미술관 할인권을 가져와 건넨다. 친절한 사람이구나, 라고 생각하던 차에 여성이 갑자기 내 쪽을 향해 "이거 드문 책이죠. 어제 막 매입했답니다" 하고 오카모토 타로의 책을 가리키며 말한다. 그랬구나. 왠지 이 책이 여기서 나를 기다린 것 같아 기쁘다.

책을 껴안고, 산더미처럼 쌓인 책과 잡화를 떨어뜨리지 않도록 조심스러운 발걸음으로 가게 밖으로 나간다.

오늘은 헌책의 가격에 대해 생각하는 하루다.

도쿄 도내에서 비싼 책이 가마쿠라에서는 싸고, 가마쿠라에서 비싼 책이 도내에서는 싸다. 이는 전국 어디서나 있는 일이겠지. 그러면 가격이란 무엇인가 하는 문제가 떠오른다.

물론 예산에 한계가 없으면 원하는 물건은 뭐든지 사면 된다. 하지만 그런 건 시시하다. 실은 이번 회에 매우 갖고 싶은 책(다무라 류이치의 시집)이 있었는데 6000엔이었다. 6000엔, 못 살 것도 없지만 그래도 비싸다. 내 마음속 가격 기준으로는 '잠깐 기다려'다. 하지만 그 책이 만약 오사키 미도리의 사인본이었다면 샀을지도 모른다.

가격이란 그런 것이다. 원가 플러스알파. 플러스알파 부분은 '마음'이라는 지극히 애매한, 하지만 확고하게 존재하는 무언가다. 제시된 마음에 자신의 기분이 도달하지 않는다면 사는 일은 없다. 자신의 마음이 훨씬 더 크다면 만세를 부르며 지갑을 열면 된다. 그 부분을 결정하는 이는 자신밖에 없어서,

으음, 살까, 아냐, 관둘까, 하며 비교하는 것이 재미있다. 뭐든 다 사버리는 것보다 훨씬 즐겁다.

가마쿠라의 책은 도쿄 도내의 신간까지 취급하는 헌책방에 비하면 비싸다. 하지만 결코 불합리하게 비싸지는 않다. 어느 서점이든 책을 매우 소중히 다룬다. 상처 입은 책이나 페이지가 찢어진 책도 없고, 전부 손질되어 책장에 꽂혀 있다. 가치를 부여받아 거기에 있다. 가마쿠라 헌책방의 책이 조용하고 예의바르며 기품 있어 보이는 이유는, 책 자체가 자신에게 주어진 가치를 이해하고 자랑스러워하기 때문이리라.

도심에서 한 시간 떨어진 것만으로 헌책방의 얼굴이 이렇게 변하다니. 두 시간, 세 시간 떨어지면 더더욱 변하겠지. 이렇게 즐기는 방법도 있구나.

가마쿠라에 거주한 작가의 책을 산다는 숙제의 영향으로 장소와 사람에 대해서도 생각했다. 이부세 마스지*와 오기쿠보라든가, 우치다 핫켄**과 분쿄 구라든가. 지금까지는 그다지 염두에 두지 않았지만, 그 둘의 관계에는 분명 의미가 있을 것이다. 그 장소가 아니면 태어날 수 없는 무언가가 있겠지.

몸을 움직이면 시야가 열린다. 시야가 열린 만큼 새로운 것

■　소설가. 오기쿠보의 풍토와 거리의 변화 등을 담은 책 『오기쿠보 풍토기』를 썼다.
■■　소설가. 도쿄대 재학 시절 분쿄 구에서 하숙을 했다.

을 생각한다. 배울 점이 많았던 가마쿠라 원정이었다.

자, 이제부터는 여담.

이날 우리는 가마쿠라에 사는 작가의 책만 찾은 것이 아니라, 헌책방 취재 후 가마쿠라에 사는 작가도 찾아갔다.

요네하라 마리 씨. 프라하에서 자랐고 러시아어에 능통한 미녀다. 예전에는 번역이나 통역 분야에서도 활약하셨고 저서도 상당히 많다. 나는 『프라하의 소녀시대』라는 책을 몹시 좋아해서 요네하라 씨를 볼 때마다 이 책에 나오는 중학생 소녀와 그녀를 겹쳐본다.

으리으리한 저택가를 척척 걸어가다보면 으리으리한 요네하라 씨 댁이 나온다. 요네하라 씨는 터무니없이 거대한 그레이트피레네* 두 마리에 평범하게 거대한 개 한 마리, 거기다 고양이 다섯 마리까지 함께 산다. 개도 고양이도 사람을 매우 잘 따라서 털 난 동물을 좋아하는 내게는 파라다이스 같은 집이다. 개와 놀기, 고양이와 놀기, 너무 즐거워서 머리가 이상해질 정도로 흥분했더니 요네하라 씨가 저녁을 준비해주셨다. 훈제 연어 샐러드와 보르시**, 비프 스트로가노프*** 를 차린 저녁이다. 보르시에는 비트도 확실히 들어 있었고, 비프 스트로

---

■   털이 희고 긴 초대형견.

■■  비트 뿌리를 넣고 끓이는 붉은색 러시아식 수프.

■■■ 볶은 쇠고기에 러시아식 사워크림인 스메타나로 만든 소스를 곁들인 요리.

가노프는 상트페테르부르크에서 먹은 것과 같은 맛이 났다.

개도 고양이도 매우 편안하게 지내는 멋진 집이었다. 여행을 하다 우연히 들어갔는데 기대를 완전히 충족시키는 호텔에 있는 듯한 착각에 휩싸였다. 요네하라 씨 댁은 테이블 위에도 테이블 아래에도 책이 산더미처럼 쌓여 있었다. 개도 고양이도 그 산을 무너뜨리지 않았다. 작가와 산다는 사실을 분명 자각하고 있겠지.

가마쿠라 시내에서 백곰을 발견한다면 그건 요네하라 씨댁의 나나와 본입니다. 곰이 아니라 멍멍이입니다.

지역색과 가치를 배우다

같은 서점이지만 일반 서점에는 없고 헌책방에만 있는 것이 '지역색'이라고 누군가 말했다. 일리 있는 말이라서 지금까지 기억에 남아 있다. 어째서 헌책방에는 '지역색'이 있을까? 그것은 지방의 헌책방이 향토사 관련 책을 주력 상품으로 많이 다루는 등, 일반 서점보다 그 지방에 뿌리를 깊게 내리고 장사를 하기 때문이다. 헌책방에 책을 파는 손님도 그 지방에 사는 동네 주민이 대부분일 테니 저절로 향토색이 배어나온다. 헌책방은 책과 함께 '지역색'도 판다고 할 수 있다.

거기에 '가격'의 불가사의가 얽혀 있다는 이번 회의 숨은 테마를 멋지게 꿰뚫어본 가쿠타 님, 장하다! 또다시 두 계급 특진이다. 가마쿠라에 사는 작가의 책을 사라는 숙제는 그 점을 알아차리게 하기 위한 복선이기도 했다.

오카자키 다케시

야나스케　　와, 사부님. 상당히 침소봉대해서 생각하셨군요.

뭐라, 침소봉대? 사자성어를 대려거든 심모원려라고 해야지. 정말이지 입을 열면 금방 저 모양이다. 침소봉대와 심모원려는 어마어마하게 다르지 않으냐.

가마쿠라 헌책방의 특징은 우선 그 분위기에 있다. 가마쿠라는 누가 뭐라 해도 관광도시다. 게다가 고마치 거리는 관광객이 돈을 뿌리고 가는 가장 번화한 거리니까, 말쑥한 특산물 가게나 식당과 나란히 있어도 어색하지 않은 분위기를 풍길 필요가 있다. 도쿄 외곽 지역의 헌책방처럼 낡아서 거뭇거뭇해진 잡서나 19금 도서, 만화 같은 건 팔지 않는다. 안쪽에서 음악이나 라디오를 트는 서점도 적다. 주인도 왠지 취미로 도자기를 굽거나 하이쿠 한 수를 읊을 듯한 사람으로 보인다.

관광도시의 헌책방은 그 지역 사람들도 물론 이용하지만, 손님 대부분은 다른 지역에서 찾아온 관광객이어서 헌책의 기념품적 측면이 강해진다. 가마쿠라의 헌책방은 해가 지면 문을 닫는 곳이 많은 것도, 도쿄 도내의 일반적인 헌책방에 비해 가격이 조금 비싸다고 느껴지는 것도 그렇게 생각하면 납득이 된다. 가마쿠라에 온 기념으로 비둘기 모양 쿠키와 헌책을 사서 집으로 돌아가는 것은 상당히 좋은 취향이 아닌가.

또 '지역색'과 '가격'에 관해 이야기하자면, 가마쿠라의 헌책방에는 다소 비싸더라도 용인하고 사게 만드는 분위기가 있다. 이를테면 나는 가마쿠라에 살았던 평론가 고바야시 히데오의 미술론집 『예술 수상隨想』을 예전에 '모쿠세이도'에서 800엔에 샀다. 딱히 희귀한 책은 아니다. 500엔 정도면 예사롭게 구할 수 있는 책으로 헌책 즉매회*라면 300엔, 균일가 매대에서는 100엔에 굴러다니는 장면도 본 적이 있을 정도다.

굳이 가마쿠라에서 사지 않아도 좋을 책이었다. 그런데도 고바야시 히데오도 자주 거닐었을 고마치 거리에 있는 저 모쿠세이도의 책장에서, 크림색 커버에 셀로판지로 코팅된 단정하고 우아한 장정의 『예술 수상』을 봤을 때는 불가사의한 분위기가 풍겨오는 기분이 들어 망설임 없이 800엔을 내고 샀다. 지금 우리집 책장에 꽂혀 있는 『예술 수상』은 그런 신비로운 체험 따위는 없었다는 듯이 시치미를 떼고 있지만, 역시 뽑아서 들어보면 모쿠세이도의 조용하고 평화로운 공기의 향이 은은하게 나는 듯한 기분이 든다. 다시 말해, 책과 함께 그 책을 파는 가게의 공기와 시간과 체험까지 같이 사온 것이다. 이 점을 피부로 느끼느냐 마느냐에 따라 헌책방 순례의 즐거움의 깊이도 상당히 달라진다.

가쿠타 님은 "도쿄 도내에서 비싼 책이 가마쿠라에서는 싸고, 가마쿠라에서 비싼 책이 도내에서는 싸다. (중략) 그러면 가격이란 무엇인가 하는 문제가 떠오른다"라고 썼는데, 확실히 가마쿠라에 가면 '가격의 불가사의'를 절실히 느낀다. 가마쿠라의 헌책방은 그 지방 작가들의 책에 그다지 싼값을 매

■　상품을 그 자리에서 당장 팔기 위해 벌여놓는 곳.

기지 않는다. 가격에 긍지와 경의가 덧붙어 있는 느낌이랄까. 그렇다면 손님 쪽에서도 덧붙은 경의를 함께 사야 한다. 나는 그렇게 생각한다. 그것도 그 지방인 가마쿠라에서 책을 산다는 것의 의의다.

가쿠타 님이 가격의 불가사의에 대해 "헌책의 경우 가격을 확인했을 때 그 가격이 자신의 예상이나 체험과 다르면 책이 마치 생명체처럼 느껴진다"라고 적은 대목을 보니, 그야말로 그런 사정을 간파하신 듯하다. 처음 산 사람의 손을 떠나 헌책방에 팔린 시점에서 한 번은 죽은 것처럼 보였던 책이, 실은 새로운 옷을 입고 새로운 부가가치가 덧씌워져 되살아나는 것이다.

가쿠타 님이 이름을 언급한 나가이 다쓰오도 고바야시 히데오와 마찬가지로 가마쿠라에서 살았던 작가다. 나는 아주 좋아하지만 현재는 사람들의 입에 오르내리는 일이 별로 없는 수수한 존재다. 지금 나는 고단샤에서 나온, 모든 제목 앞에 '잡문집'이라는 단어가 붙어 있고 케이스에 들어 있는 나가이의 단행본을 책장에서 가져왔다. 간행순으로 말하자면 『캘린더의 여백』(1965), 『재떨이 초록』(1969), 『잡담 의식주』(이 책만 잡문집이 아닌 잡담, 1973), 『넥타이의 폭』(1975), 『화십일花十日』(1977), 『저녁 기분』(1980), 『툇마루 끝의 바람』(1983)이다. 모든 책에 가마쿠라에 대한 감상이 꼬박꼬박 실려 있다.

후기에는 대부분 고단샤의 편집자 다카야나기 노부코에 대한 감사의 말이 있다. 『저녁 기분』의 판권란을 보면 초판을 찍고 한 달 반 정도 지나 증쇄를 했다. 이 무렵에는 아직 나가이의 열혈 독자가 있었던 모양이다.

참고로 가쿠타 님이 읽은 "제목은 잊어버렸지만 오렌지가 비탈길을 데굴데굴 굴러가는 단편"은 「귤」일 것이다. 지금은 신초문고에서 나온 『푸른 장맛비』, 고단샤분게이문고에서 나온 『한 개/ 가을 그 외』에서 읽을 수 있다. 병상에 있는 아내를 배신하고 불륜을 반복하는 남자가 있다. 상대 여자와 헤어지기로 한 날, 마지막 밀회가 끝나고 여자를 데려다주러 택시에 타는 두 사람. 하지만 여자는 남자에게 "또 언제 만나?"라며 밀회를 조른다. 공기가 탁해지고, 남자와 여자의 불온한 긴장 관계를 깨듯 도로 한쪽 면에 선명한 색채의 귤이 굴러가는 광경이 눈에 들어온다. 여차하면 천박해졌을 치정 소설을, 단어를 고르고 골라 흑백 화면에 주홍색을 흩뿌린 듯한 라스트신으로 마무리했다. 뭐, 거의 명인의 솜씨다. 인상에 남는 것이 당연하다.

신초문고의 『푸른 장맛비』는 「여우」 「메밀국숫집까지」("사는 일로 한동안 우울해졌다"라는 잊기 힘든 문장으로 시작한다), 「마른 잔디」 「명리」 등 초장부터 압도적인 단편 명작을 꼭꼭 눌러 담은 선집인데, 일본 단편소설의 높은 퀄리티를 충분히 맛볼 수 있어서 추천한다. 밀가루를 쓰지 않고 반죽한 정식 메밀국수의 맛이랄까.

가쿠타 님이 '시키 서림四季書林'에서 산 나가이의 수필집『홍차의 시간』은 신기하게도 '시키신쇼四季新書'에서 나왔다. 그 외에『친해지기 쉬운 계절』『주도교전酒徒交傳』이 있다. 나는 나가이가 분게이슌슈샤의 사원이던 시절, 작가들과의 교유를 유머러스하게 쓴『주도교전』을 좋아한다. 고단샤의 케이스에 든 단행본보다 가볍게 읽을 수 있다는 것이 시키신쇼의 장점이다. 고단샤의 수필집보다 조금 더 친근한 느낌이 든다.『주도교전』중 가마쿠라에 관한 문장을 소개하겠다.

요코스카센 막차에서 구보타 만타로, 하야시 후사오, 고바야시 히데오 그리고 나가이 다쓰오가 만난다. 가마쿠라에 도착해서도 헤어지기 아쉬워서 역 앞 술집에서 마무리로 한잔하는 것이 관례다. 고바야시와 나가이는 상당히 취기가 오른 상태로 쓰루가오카하치만구 신사 방면으로 걷기 시작한다. 그만두면 좋으련만, 나가이가 "엔트로피라는 게 뭐냐?"라고 고바야시에게 묻는다. 고바야시는 노벨상을 받은 물리학자 유카와 히데키와 얼마 전 잡지에서 대담을 나눈 차였다. "우주 속에서 말이지, 즉 자연현상이라는 녀석은 엔트로피 법칙에……"라며 설명하기 시작한다. "응, 응" 하고 고개를 끄덕이며 나가이의 몸이 고바야시 쪽으로 바짝 달라붙는다. 고바야시가 그것을 피한다. 그 행동을 반복하다가 몇 번째인가에 나가이가 하치만 신神의 깊은 도랑에 빠진다. 나가이는 무사했는데, 주정뱅이 두 사람은 얼빠진 소리를 주고받은 뒤 고바야시가 이렇게 말한다.

"요컨대 이게 엔트로피 법칙이야."

마치 라쿠고의 고바나시* 같은 에피소드다. 나가이는 라쿠고 팬이었는데 고콘테이 신쇼** 등 라쿠고에 대한 문장도 남겼다.

나가이 이야기가 나와서 나도 모르게 멈춰 서버렸다.

야나스케     요컨대 정신이 다른 데로 '나가 있'으셨군요.
오카자키     ……너는 그런 데만 머리가 잘 돌아가는구나.

내친김에 가마쿠라 주변에 살았던 대표적인 문학가들을 열거해보겠다.

다카하마 교시, 사토미 돈, 오사라기 지로, 구메 마사오, 구보타 만타로, 가와바타 야스나리, 고지마 마사지로, 하야시 후사오, 고바야시 히데오, 다카미 준, 나카야마 기슈, 곤 히데미,

■   라쿠고의 서두에 하는 짧은 이야기.
■■   메이지 후기에서 쇼와 초기까지 활동한 도쿄의 라쿠고가. 20세기 라쿠고계를 대표하는 명인이다.

마후네 유타카, 호조 히데지, 나가이 다쓰오, 진자이 기요시, 오오카 쇼헤이, 이시즈카 도모지, 나카무라 미쓰오, 후쿠다 쓰네아리, 홋타 요시에 등(이상은 오쿠노 다케오의 『현대 문학 풍토기』에서). 오사라기 지로의 옛집은 현재 쓰루가오카하치만구 근처의 길가에서 '오사라기사로'라는 카페로 조용히 개방되어 있다. 그의 본명인 '노지리'라는 문패가 그대로 걸려 있는데, 이건 좀 훔치고 싶어진다. 사제 관계였던 아쿠타가와 류노스케와 호리 다쓰오도 한때 가마쿠라 고마치에 살았는데, 이들까지 포함하면 그 수는 더욱 늘어난다. 제2차세계대전 당시 구메 마사오, 가와바타 야스나리, 다카미 준 등이 중심이 되어 문인들의 상호부조를 위해 '가마쿠라 문고'라는 책 대여점을 열기도 했고, 전쟁이 끝난 뒤에는 가마쿠라 아카데미아라는 독자적인 학교(야마구치 히토미 등을 배출)를 만드는 등 문인의 거리다운 활동이 활발했다. 그 외에 요시다 히데카즈, 다무라 류이치, 시부사와 다쓰히코, 나다 이나다, 이노우에 히사시, 미키 다쿠, 후지카와 요시유키, 요로 다케시도 있고, 요즘 작가 중에서는 호사카 가즈시와 다카하시 겐이치로도 가마쿠라다. 아, 게다가 이번에 가쿠타 님이 찾아간 요네하라 마리 씨도 가마쿠라구나.

가마쿠라에 사는 문인만으로도 충분히 잡지를 만들 수 있을 정도로 호화로운 멤버다. 가마쿠라 헌책방의 질은, 펑펑

솟는 이 풍부한 지하수를 토양으로 삼아 유지되어왔다고도
할 수 있다.

　이 또한 '지역색'이라 할 수 있을 것이다. 유이가하마다이
거리에는 가마쿠라 문인들의 자필 원고와 서적, 애장품 등을
전시한 '가마쿠라 문학관'이 있다. 유이가하마는 가마쿠라에
서 에노시마 전철을 타고 두 정거장인데 충분히 걸어갈 수 있
다. 도보를 추천하는 이유는 서쪽 개찰구에서 오나리 거리를
따라 남쪽으로 내려가다가 유이가하마다이 거리에서 오른쪽
으로 꺾은 뒤 조금 더 가면 '고분도 서점'이라는 헌책방이 나
오기 때문이다. 이번에 가쿠타 님이 간 날은 공교롭게도 휴무
일이라 들르지 못했던 모양이지만, 이 가게는 가마쿠라 헌책
방 중에서도 내가 가장 추천하는 곳이다. 가게 안이 넓고 책
의 양도 많아서, 조용하긴 해도 책이 술렁술렁 웅성거리는 느
낌이 든다. 진귀한 물건이 반드시 있을 것 같은 가게다. 다음
에 갈 때는 반드시 들러보기 바란다.

　가마쿠라의 애주가 시인, 다무라 류이치의 『저스트 예스터
데이』 이야기가 나와서 말인데, 이 책은 오자와쇼텐에서 출판
했다. 오자와쇼텐의 설립자인 하세가와 이쿠오 씨의 이름까
지 나왔으니 그에 관해서도 한두 마디 해두고 싶다. 나는 물
론 이 책을 가지고 있는데, 표지를 보면 금방 이케다 마스오
의 그림이라는 사실을 알 수 있다. 교토의 후쿠다야 서점福田屋

書店에서 샀다는 것까지 떠오른다. 나는 오자와쇼텐의 책을 오십 권쯤 가지고 있다. 아니, 더 많을지도 모른다.

쇼와 5, 60년대에 하세가와 이쿠오의 오자와쇼텐이 탄생시킨 양질의 문학서들은, 단정하고 우아한 장정까지 포함하여 한 시대의 획을 그었다고 할 수 있다. '오자와 책'이라 부르고 싶어지는 그 책들이 책장에 몇 권 꽂혀 있는지로 독서인의 질이 판가름 난다고도 할 수 있다. 이제부터 헌책방을 돌아다니며 멋진 책으로 책장을 채우고자 하는 사람은, 오자와쇼텐의 책을 목표로 삼아 모아보면 좋을 것이다.

『저스트 예스터데이』에는 도노야마 다이지, 요시하라 사치코와 셋이서 나눈 대담인 「주의주장酒義酒張」도 실려 있다. 다무라 씨는 대담과 번역의 명수이기도 했다. 그는 가마쿠라에서 온몸을 술에 담그며 이런 시를 지었다.

아침에 흰 수선화가 피었다
오후에는 침대에서 우주과학책을 읽던 중
잠들어버렸다 그런 다음
지동설 천동설을 번갈아 주장하며
가마쿠라의 습지를 걸어 이나무라가사키 해변으로 나간다
—「나의 천동설」 부분

이런 시를 읽으면 또다시 가마쿠라에 가고 싶어진다.

헌책도장은 이로써 문을 닫겠다. 가쿠타 님은 나의 지령에 잘 응하여 매회 훌륭한 성과를 가지고 돌아오셨다. 그 노력을 기려, 여기서 초단初段을 수여하고자 한다.


»마지막 지령«
헌책 팬의 전당, '도쿄 고서회관東京古書会館'에서 취향에 맞는 책을 찾아라!

다시 한번 진보초

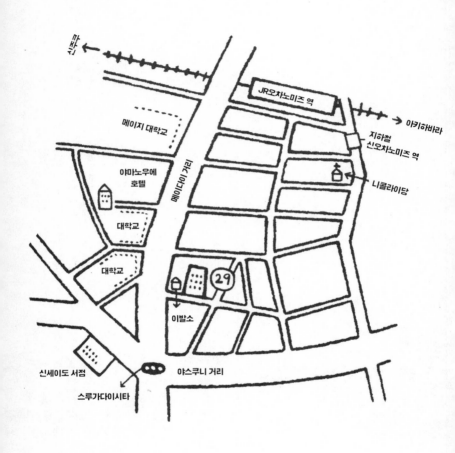

신죠마 ←

JR오차노미즈 역

→ 아키하바라

지하철
신오차노미즈 역

메이지 대학교

니콜라이당

야마노우에
호텔

메이지대학 거리

대학교

대학교

29

이발소

신세이도 서점

야스쿠니 거리

스루가다이시타

㉙ 도쿄 고서회관

요전에 진보초에 왔던 게 작년 3월…… 아앗!
벌써 1년이나 지난 건가?

이번에는 1년치 복습을 하고자 시작 지점으로
돌아왔다. 1년 동안 사부가 낸 숙제를 몇 번이나
망각하고 내 관심사에 푹 빠져서, 마치 바겐세일
매장에 있는 것처럼 스스로를 잊어버리는 경지
를 맛보며 책을 샀기 때문에 나의 헌책도는 전혀
성장하지 않은 기분이었다. 하지만 진보초에 내
렸더니 어라, 왠지 동네가 예전처럼 쌀쌀맞게 느
껴지지 않는다. 1년 전에는 뭔가 고급 음식점에
발을 들여놓는 듯한 긴장감이 있었는데, 지금은
'아, 돌아왔구나' 하는 안도감이 나를 감싼다. 이
는 어쩌면 나의 헌책도가 아주 조금이라도 성장
했다는 증거 아닐까?

오늘 향하는 곳은 오차노미즈와 진보초 역의
중간 부근에 있는 '도쿄 고서회관'. 이곳에서 '글
로리아회'라는 즉매회가 열리고 있다. 사부가 낸
숙제는 없다. 뭐든 좋아하는 것을 좋을 대로 사라
는 도량 넓은 지령만 있다.

사실 나는 즉매회에 한 번 가본 적이 있다. 와
세다 편에 등장한 동창, 난다로 아야시게 씨의 권

유로 고엔지 고서회관에서 열린 즉매회에 간 것이다.

당시 나는 거기서 기겁했다. "여기" 하고 난다로 씨가 가리킨 것은 창고처럼 따분한 공간에 책장과 책이 가득찬 골판지 상자가 죽 늘어선 기묘한 장소였는데, 심지어 입구에서 신발을 벗는 시스템이었다. 큰 짐과 신발을 입구 옆에 맡긴 뒤 슬리퍼를 꿰신고 안으로 들어가자 책이 즐비한 창고 공간에는 통근 전철이나 백화점 지하에서 거의 마주치지 않을 부류의 남성들(주로 고연령)이 무더기로 북적거리고 있었다. 그분들이 입은 옷 색깔이 갈색, 회색, 검은색이어서 대낮인데도 내부는 어두침침해 보였다.

이 창고 공간에서 난다로 씨는 "자, 그럼" 하며 손을 들더니 어두운 색채 속으로 사라져버렸고, 나는 매우 불안한 기분으로 책장과 골판지 상자를 들여다보며 돌아다녔다.

그 당시 나는 원인불명의 현기증에 시달리고 있었다. 메니에르병* 인가 싶어서 걱정했는데 그런 진단은 나오지 않았고, 원인을 몰라서 현기증약을 처방받아 먹는 중이었다. 그런 사정 때문에 가만히 있어도 현기증이 나는데, '닳아 떨어진 카펫이 깔린 창고 공간에, 책이 가득하고 아저씨가 수두룩'이라는 지금까지 본 적도 없는 광경에 더욱더 시야가 빙글빙글 돌았던 것을 선명히 기억하고 있다(그뒤 현기증은 원인이 밝혀지지 않

■   귀울림, 난청과 함께 갑자기 평형감각을 잃고 현기증이나 발작을 일으키는 병.

은 채 일주일쯤 지나 사그라졌다).

고엔지 고서회관이 그런 느낌이었으니 헌책의 총본산인 진보초의 고서회관은 더욱 굉장한 장소일 거라 생각하며, 괜스레 친숙하게 느껴지는 진보초를 걸었다.

이발소 모퉁이를 돌고 "어라?" 하고 놀랐다. 도쿄 고서회관은 외벽이 유리로 된 아름다운 건물이었다. 프랑스어학교 같다. 여기라면 세련된 것을 좋아하는 젊은이나 데이트를 하는 커플도 저항감 없이 발을 들여놓을 수 있을 것 같다.

회장은 지하층. 프랑스어학교 같은 계단을 내려가 계단 옆 카운터에 짐을 맡기고 짐표를 받았다. 그런 다음 회장 쪽으로 돌아섰다. "어라, 어라, 어라, 어라." 입속말로 중얼거린다. 어라, 어라, 어라, 어라, 외관과 내부가 전부 프랑스어학교인데도 회장은 몹시 낯익다. 1년 동안 눈에 익은, 헌책을 다루는 장소 그 자체다. 그리고 고엔지 고서회관에서 본 갈색, 회색, 검은색 남성분들이 이곳에도 수두룩하다. 초심자라면 여기서 조금 겁을 먹겠지만 나는 벌써 2년째인걸, 내 사부는 오카자키 다케시인걸, 겁먹기는커녕 "야호!"라고 외칠 듯한 마음으로 회장에 기운차게 발을 들여놓았다.

회장은 통로가 좁은 도서관 같은 분위기다. 책장별로 출점한 가게가 다르다. 가게가 다르면 특색도 다르다. 어느 책장에는 그림연극이나 그림엽서, 사인용 색종이 등 종이 종류가 다양하고, 어느 책장에는 태평양전쟁 관련 책이 몹시 많으며, 어느 책장에는 쇼와 초기의 잡지가 산더미처럼 쌓여 있다. 어디부터 보면 좋을지 몰라서 들뜬 마음으로 여기저기를 구경하는데, 유감스럽게도 회장은 무척 붐볐다. 갈색, 회색, 검은색 블록의 틈으로 손을 뻗지 않으면 책을 뽑을 수 없다.

하지만 역시 즉매회는 즉매회다. 여러 가게가 출점한 만큼 책도 잡지도 정말로 풍부하고, 본 적 없는 제목, 본 적 없는 잡지가 수두룩하다. 『소년 세계』 『소녀의 친구』, 가스토리 잡지*, 그리고 의외로 많은 쇼와 초기의 음란 잡지(전혀 야하지 않다), 바라보기만 해도 즐겁다. 축제 기분이다. 마쓰리바야시가 들려올 것 같다.

처음에는 좋다 싶은 책이 나올 때마다 그 장소를 기억해두었지만, 얼마 못 가서 분명 잊어버리리라는 사실을 깨닫고 마음에 드는 책은 꺼내서 껴안고 걷기로 했다. 그야말로 일생에 단 한 번뿐인 인연이다.

미시마 유키오의 책이 많은 책장 앞에 멈춰 서서 대담집을 뽑아 보는데, "그거 아주 드문 책이지요"라며 낯선 아저씨가 말을 걸어왔다. 아저씨를 봤더니 케이스에 든 『나의 친구 히틀러』를 손에 들고 있다. "틀림없이 비쌀 거요"라는 아저씨.

---

■  태평양전쟁이 끝난 직후 발매된 대중 오락잡지로, 성풍속, 엽기, 범죄 등 주로 흥미 위주의 내용을 담았다.

"저런"이라는 나. "저런"이라고 할 수밖에 없지 않은가.

"얼마일 것 같아요?"라고 묻기에 "음, 만 엔 정도요"라고 대답했더니 "그러면 묻지도 않았겠지요. 자, 보여드리리다"라며 케이스에서 책을 꺼낸다. 하지만 표지를 펼치지 않고 거드름을 피우며 나를 지그시 바라본다. 아저씨는 "깜짝 놀랄 겁니다"라고 거듭 말한 뒤, 짠 하고 표지를 펼친다. 거기에는 '3500엔'이라는 가격표가 붙어 있다. 나와 아저씨는 잠시 서로를 바라보았다.

"보통은 이런 가격에 손에 넣을 수 없어요"라며, 아저씨는 급히 원래대로 책을 집어넣고 또다른 미시마 유키오의 책을 꺼내더니 "이건 더 비쌀 거요"라고 말한다. "그럼 8000엔 정도 할까요?"라고 묻자 아저씨는 "그럴 리 없죠. 이건 정말 깜짝 놀랄 겁니다"라며 다시 나를 지그시 바라본 다음 짠 하고 펼친다. '2000엔'이라는 가격표가 붙어 있다. 다시 서로를 바라보는 아저씨와 나.

"다른 가게에 한번 가봐요. 이 가격이 거짓말처럼 느껴질 테니까. 여긴 눈 딱 감고 가격을 확 낮춘 겁니다." 마지막 말은 혼자 중얼거리며, 아저씨는 인파 속으로 사라졌다.

이렇게 거리낌없이 누군가에게 말을 걸거나 누가 말을 걸어오는 것도 헌책방에서는 처음 있는 일이다. 역시 책을 좋아하는 사람에게 즉매회는 축제 같은 거겠지.

여기서는 "다른 데서는 더 비싸다"라고 아저씨가 추천한 두 권 말고 『무예를 숭상하는 마음』이라는 미시마 유키오의 대담집을 샀다(800엔). 쓰루타 고지, 다카하시 가즈미, 노사카 아키유키, 데라야마 슈지 등 대담 상대가 호화로웠기 때문이다.

그 왼쪽 책장에서는 놀랍게도 신문 호외를 패키지로 팔고 있다. 대부분 전쟁중에 나온 것이다. 관동대지진 등 큰 사건에 관한 것은 역시 비싸고, 전쟁 형세가 어쩌고저쩌고한 것은 비교적 싸다. 재미있어서 정신없이 보는데 "아니, 가쿠타 씨" 하고 부르는 소리가 들린다. 뒤돌아보자 거기에는 오카자키 사부가. 섞여 있다, 섞여 있어. 오카자키 사부는 밝은 귤색 스웨터를 입고 계셨는데, 헌책을 좋아한다는 공통의 취미가 사부를 갈색, 회색, 검은색 군단에 섞여들게 한 것이다.

그러고 보니 헌책방에서 사부의 모습을 발견한 것은 이때가 처음이라는 사실을 일주일 뒤에 깨달았다. 왠지 늘 함께 돌아다니는 기분이었는데.

"이 부근이 재미있어. 옛날 그림엽서 같은 거 말이야"라며, 책장 아래에 진열된 상자를 가리킨 뒤 사부는 마치 헌책방의 요정처럼 사라져버렸다.

재미있다는 상자를 봤더니 정말로 이제껏 본 적 없는 그림엽서와 지도, 팸플릿 등이 빼곡하다. 웅크려앉아 상자를 껴안듯 하며 살펴본다.

매우 아름다운 그림엽서 세트 '지나[*] 미술 노상 사생편支那美術路上寫生片'. 인력거, 이발소, 만두 장수 등이 수수하고 소박한 색채로 그려져 있고, 오염된 부분이 전혀 없다. 2000엔은 내게 비싼 가격이지만 정말로 아름다워서 사기로 한다. 우표 붙이는 부분에 '군사우편'이라고 쓰여 있는 점이 정취 있다.

굉장하다. '만주 여행 책갈피'라는 물건이 있다. 만주 철도 노선도와 가격표 등이 상세하게 나와 있다. 315엔. 이 또한 내게는 비싸다. 하지만 갖고 싶다, 갖고 싶어. 에라이, 사버리자. 그나저나 이 팸플릿을 보면 만주라는 인공 국가가 단기간이긴 해도 실로 빈틈없이 기능하고 있었구나 하고 놀라게 된다.

그 건너편 책장으로 이동한 뒤 내 눈에 들어온 쇼와 전쟁문학 전집 11『전시하의 하이틴』도 사기로 한다. 슈에이샤 출간으로 997엔. 이노우에 미쓰하루, 고노 다에코 등 열두 명의 작가와 당시 초등학생의 기록이 실린 책이다.

그나저나, 나는 만주와 태평양전쟁 등에 관해서는, 1년 전까지만 해도 정말로 눈곱만큼도 흥미가 없었다. 원래 나는 남들보다 역사 분야에 약해서 흥미 따위 가져본 적이 없다. 만주는 마추픽추 같은 거라고 생각했을 정도니까. 그러나 딱 1년 전, 지령을 받아 진보초에 갔을 때 긴토토 문고에서『비록 가와시

■  중국을 가리키는 호칭 중 하나로, 현재는 중국인들에게 차별적, 경멸적 호칭으로 받아들여진다.

마 요시코』를 발견한 시점부터 사정이 완전히 바뀌었다.

1년 전 진보초에서 나는 "오랫동안 찾아 헤맨 『비록 가와시마 요시코』"라고 적었는데, 어째서 찾아 헤맸는지 지금은 기억나지 않는다. 이 남장미인에 관해 누군가에게 들었거나 했던 것 같다.

그래서 가와시마 요시코의 전기를 읽기 시작했더니 이 사람이 만주와 깊이 관련되어 있다는 사실을 알게 되었고(나는 그것조차 몰랐다), 요즘 내가 푹 빠져서 읽고 있는 만화 『용』(무라카미 모토카)의 배경도 마침 그 시대이며, 친구의 추천을 받고 영화 〈마지막 황제〉를 다시 보기도 해서 만주를 더욱 깊이 이해하게 되었다. 나는 〈마지막 황제〉를 예전에 로드쇼*로 봤는데, 너무도 무지했던 탓에 '귀뚜라미와 소년이 나오는 영화' 정도로 기억하고 있었다(비웃어주세요).

그러고 나니 사부의 지령을 받아 돌아다닌 온갖 헌책방에서, 지금까지는 보이지 않았던 글자가 눈에 들어오기 시작했다. 가와시마 요시코를 비롯하여 만주라는 나라, 그와 관련된 사람들, 시대, 거기서 이어지는 전쟁과 전후, 그 속에서 사는 사람들의 생활. 나의 관심사가 넓어져서 그들이 눈에 들어오는 것일까, 아니면 그들이 눈에 들어오게 되어 관심사가 넓어지는 것일까.

■  일반 영화관에서 상영하기 전에 특정 극장에서 독점 개봉하는 일. 또는 그런 영화.

도쿄 역의 헌책방에서 무라마쓰 쇼후의 책을 우연히 손에 넣었는데, 이 사람은 『남장미인』의 저자이며 가와시마 요시코와도 실제로 교류가 있었다. 이 사실은 무라마쓰 도모미가 쓴 『남장미인』을 읽고 알게 되었다(이는 무라마쓰 쇼후가 무라마쓰 도모미의 할아버지라고 사부가 알려줘서 이어진 선이기도 하다).

만주나 전쟁이라는 단어가 들어간 소설을 근처에 많이 놔두었더니 "다음 소설 자료야?"라고 묻는 사람이 가끔 있는데, 그런 건 시시한 생각이다. 헌책방을 매개로 종횡무진 펼쳐지는 지식의 실은, 순수하게 지식의 실이다. 나는 단순히 알고 싶고, 읽고 싶다. 이 얼마나 사치스러운 일인가.

〈마지막 황제〉를 벌레와 아이의 이야기라고 생각했던 어렴풋한 무지가 '만주 여행 책갈피라니, 게다가 만주 철도 노선도도 실려 있어!'라며 흥분하는 데까지 이르렀다는 것은 나로서도 굉장한 일이라고 생각한다. 게다가 나는 서른일곱 살. 이렇게 다 자란 인간이, 헌책방 순례를 통해 느릿느릿하게나마 세상사를 배우고 있다. 헌책방이란 정말로 심오한 곳이구나.

『스가모 프리즌 13호 철문』(가미사카 후유코)도 같은 이유로 흥미롭게 느껴져 구입한다. "이름도 없는 서민이 저지른 '대죄'란 무엇이었나?"라고 적힌 띠지를 보자 더이상 참을 수 없다. "뭐였어? 뭐였냐고!"라며 사지 않고서는 견딜 수 없다. 그

■　가와시마 요시코를 취재한 소설.

렇게 생각하면 띠지가 둘려 있는 책이 없는 책보다 비싼 것도 납득이 간다.

　요시카와 에이지의 『남방기행』도 1575엔에 산다. 나는 작가가 쓴 외국 기행문을 무척 좋아한다. 왠지 모르겠지만 특히 남쪽 지방에 끌린다. 추운 곳에 대한 기행문에는 그다지 흥미가 가지 않는다. 어째서일까. 문득 이상하다는 생각이 든다. 답은 나오지 않는다.

　그리고 어린이용 학습지에 덤으로 실린 『소공녀』. 소설가 기쿠치 간 번역이라 되어 있다. 표지에 제목 같은 건 없고, 고딕풍 일러스트가 그려져 있다. 학습지는 지리나 물리, 화학 등 종류가 다양했다. 520엔.

　사부한테 가서 이 책을 내보이며 "기쿠치 간이 번역했대요"라고 의기양양하게 말했더니 "수상한데!"라고 한다. 확실히 수상하긴 하다. 간이 책자니까.


　아직 충분히 다 보지 못한 기분이었지만 시간이 시시각각 흘러 회장을 떠나기로 했다. 계산대의 아저씨가 기분좋게 노래를 부르고 있다. 계산대 안은 지하인데도 왠지 야외에 있는 듯 자유로운 분위기다. 와세다 일대의 화기애애한 헌책방 사람들의 분위기를 문득 떠올렸다.

　여기서 오늘의 안내인 '니시아키 서점西秋書店'의 니시아키

마나부 씨가 경매를 보겠느냐고 묻는다. 무슨 경매인지 묻자 지금 본 즉매회는 쓰키지의 장외 시장 같은 것으로, 위층에 장내 시장이 있다고 한다.* 멍청한 나는 "생선을 팔고 있나요?"라고 흥분하며 물어봤다. "아뇨, 책이에요"라는 니시아키 씨. 잘 생각해보면 당연한 일이다.

허가증을 받아 특별히 경매회장으로 안내받았다. 이미 경매는 끝난 뒤였고, 바닥은 한창 뒷정리중이었다. 이곳은 뭐랄까, 굉장히 기이한 느낌이 드는 방이었다.

긴 책상이 즐비하게 늘어서 있고, 묶여 있는 책의 산이 뒹굴고 있다. 바닥에는 둥글게 구겨진 종이가 수두룩하게 떨어져 있다. 묵묵하게 작업을 하는 사람들.

전국의 헌책방 주인들이 여기서 책을 낙찰받아 구입하는 모양이다. 예를 들어 나의 데뷔작 『행복한 유희』가 경매에 나왔다고 치면(어디까지나 예시입니다. 그렇게 대단한 책도 아니고요), 바닥의 구석에 놓인 전용 용지에 모두 가격을 적어 전용 봉투에 넣고, 그것을 제출해 가장 높은 가격을 쓴 사람이 그 책을 살 수 있다는 것이다.

우와아아, 하며 니시아키 씨의 이야기에 감탄하는데, 앞쪽에서 낯익은 얼굴이 보였다. 저 사람은 가마쿠라 '게이린소'의

---

■  쓰키지 시장은 도쿄의 중앙 도매시장 중 한 곳으로, 수산물 거래로 널리 알려져 있다. 도매 전문인 장내 시장과 소매 전문인 장외 시장으로 나뉜다.

젊은 주인 미야모토 씨가 아닌가. 인사를 하는데 또 낯익은 얼굴이 옆을 스쳐지나간다. 에비스 '위트레흐트'의 에구치 씨가 아닌가. 어머, 에구치 씨, 요전에 신문에서 봤어요. 이런 말을 하고 있는데 또다시 멀리서 보이는 낯익은 얼굴. 와세다에서 신세를 진 '이가라시 서점'의 젊은 아드님이다. 열심히 작업을 하고 있어서 이쪽을 눈치채지 못한다. 왠지 최종회에 걸맞은 올스타 등장 같다.

1년 동안 여러 동네의 여러 헌책방에 들렀다. 어느 서점이든 그 서점만의 온도가 있어서, 그 온도를 느끼는 것만으로도 즐거웠다. 솔직히 말하자면 내게는 즐거움보다 안도감 쪽이 더 컸다. 책은 소비되고, 잊히고, 사라지는 무기물이 아닌 체온이 있는 생명체라는 걸 실감할 수 있어서 어쩐지 마음이 놓였다.

여행할 때마다 책이라는 존재는 나를 놀라게 한다. 인공적인 동네에도, 전쟁의 상흔이 남아 있는 동네에도, 아이들이 길거리에서 자는 가난한 동네에도 책을 파는 가게는 분명히 존재하며, 대학생도 직장인도 노인도 어린아이도 책을 손에 들고 열심히 읽는다. 가난한 마을에서는 특히 책보다 더 필요한 물건이 있을 텐데, 더 욕심나는 물건이 있을 텐데. 하지만 그런 마을에야말로 점포든 노점이든 서점이 많다.

책은 사람이라는 생물에게 절대적으로 친밀한 존재다. 미얀마의 부랑자들이 마음대로 만든 동네 서점에서, 나는 확신에 가깝게 생각했다. 부랑자들은 광대한 공터에 집을 짓고, 공동 수도를 만들고, 작은 찻집을 한 채 짓고, 야외 이발소를 만들고, 그런 다음 서점을 만들었다. 오래 써서 낡은 교과서, 잡지, 모서리가 닳아 떨어진 소설, 스테이플러로 찍은 만화, 여행자들이 흘리고 갔을 각국 사전, 그런 물건들이 얇은 비닐 깔개 위에 가지런히 놓여 있고, 마을에 사는 아이들과 어른들이 웅크려앉아 열심히 탐독하고 있다. 빵집이 없는데도, 옷가게가 없는데도, 질퍽거리는 땅 위에 헌책방이 덩그러니 있다. 이 얼마나 씩씩하고 신뢰감 가는 광경인가. 여기서 말하는 신뢰란 물론 우리들, 살아 있는 인간을 향한 것이다.

나는 그 홈리스타운과 도쿄의 동네가 완전히 반대이면서 또 서로 같다고 생각한다. 아무것도 없기 때문에, 또 여러 가지가 지나치게 많기 때문에 사람들이 헌책방보다 중시하는 대상은 더 많을 것이다. 하지만 거기에 빵집도 아니고 쇼핑몰도 아닌 헌책방이 있다. 덴엔초후에도, 아오야마에도, 가마쿠라에도, 니시오기쿠보에도.

미얀마의 야외 서점에도 체온이 있지만, 이번에 방문한 어느 헌책방에나 그에 지지 않는 독자적인 체온이 있다. 어디서나 책은 생기가 넘치고, 읽는 이를 조그만 목소리로 끊임없이 부른다.

특별편 — 해외의 헌책방으로

## 5월, 우루무치

우루무치에 다녀오겠다고 말했더니 이 얘기를 들은 사람 절반이 얼굴에 물음표를 띄웠다. 끝없는 변방을 상상한 모양이다. 지도에도 실리지 않은 변방의 땅. "우루무치는 몽골이야?"라고 묻는 사람도 있었다. 아쉽게도. 우루무치는 나라로는 중국, 위치로는 몽골의 왼쪽 아래 부근이다. 중국 신장위구르 자치구의 구도區都가 우루무치인 것이다.

우루무치에서 서쪽으로 쭉 가면 유럽이 나온다. 즉 실크로드.

그래서 우루무치는 필연적으로 동양과 서양이 뒤섞인 신비로운 도시가 되었다. 그 신비로움은 공항에서 중심가로 향하는 차 안에서 이미 실감할 수 있다.

도시 여기저기에 튀어나와 있는 것은 둥근 모스크 지붕이다. 둥근 지붕에 곧은 봉이 뻗어 있고, 그 위에 이슬람의 상징인 달과 별이 있다. 중심가에 가까워지면 차창 밖으로 시시케밥을 파는 노점상이 보인다. 닭꼬치용같이 생긴 석쇠 위

가쿠타 미쓰요

에 나란히 놓인 고기꼬치, 뭉게뭉게 피어오르는 연기. 굽는 사람은 갈색 머리에 푸른빛이 도는 눈동자의 청년이다.

중심가에 도착해 차에서 내린 뒤 조금 걷자, 실감이 지나쳐 가벼운 혼란이 일었다. 우루무치는 다민족이 사는 도시라든가, 이슬람교도가 많다든가 하는 점을 머리로는 알고 있어도 막상 눈으로 보면 적잖이 놀라게 된다.

거리를 걷는 사람들의 얼굴이 전부 다른 것이다. 유럽인으로 보이는 사람도 있고, 몽골인과 똑 닮은 사람도 있으며, 그야말로 한족처럼 생긴 사람도 있다. 옷차림도 다들 다르다. 컬러풀한 드레스, 머리부터 발끝까지 덮은 검은 베일, 하얗고 둥근 모자, 컬러풀한 사각형 모자, 한편으로는 시부야에 있을 법한, 배꼽을 드러낸 패션의 젊은 여자아이도 있다. 모두 뒤섞여서 슬렁슬렁 걷고 있다. 활기차게 물건을 사고, 시장에 무리지어 있다. 여행자가 별로 찾아오지 않는 도시를 걸으면 빤히 쳐다보는 호기심 어린 시선을 받을 때가 있는데, 여기서는 누구도 이쪽을 보지 않는다. 그뿐만 아니라 중국어나 위구르어로 아무렇지도 않게 말을 걸어온다. 우루무치에 머무는 동안 세 번 정도 현지 사람이 길을 물어서 '나는 이 나라에 잘 섞여 있구나'라며 흐뭇해했는데, 그게 아니라 '다른' 것이 일반적이었다. 이 땅의 사람들은 얼굴 생김새와 옷차림, 조상이 달라도 말이 통할 거라는 대전제를 갖고 있다.

다민족이란 위구르족, 카자흐족, 한족, 돌궐족이다. 그 외에도 더 있지만 가장 많이 보이는 것은 이 네 민족이다. 돌궐족은 물론 위구르족과 카자흐족도 거의 모두가 이슬람교도다. 한족보다 그들의 인구가 더 많아서 이슬람사원이 눈에 띄는 것이며, 식당과 레스토랑의 메뉴도 전부 이슬람교도 대상이다.

이슬람교도는 돼지고기를 먹지 않는다. 그래서 중화요릿집에서도 돼지고기가 아닌 소고기나 양고기를 쓴다. 만두소는 양고기, 채소볶음은 소고기다. 도시를 걷던 중 식당이나 레스토랑 간판에 전부 '청진淸眞'이라고 쓰여 있다는 점을 발견했다. 가게 이름의 위나 아래에 반드시 '청진'이라는 글자가 있다. 이는 수프나 조미료에도 돼지고기를 쓰지 않았습니다, 그래서 이슬람교도도 안심하고 먹을 수 있어요, 라는 표시라고 한다. 돼지고기를 좋아하는 나는 이곳에 머무는 동안 한 번쯤은 돼지고기를 먹고 싶다는 생각에 '청진'이 없는 가게를 찾아봤는데 보이지 않았다. 어딘가에는 있겠지만 발견하기가 어려울 정도로, 대부분의 가게가 '청진'인 것이다.

하지만 양고기, 소고기만 쓰는 요리도 굉장히 맛있었다. 다양한 민족, 뒤섞인 문화가 준 최고의 선물이다. 향신료도 산초, 후추, 카레 가루, 오레가노, 커민, 고추 등 다양하다. 평범한 채소볶음에서도 적잖이 놀랄 정도로 깊은 맛이 난다.

한편, 모스크와 '청진' 레스토랑과 시시케밥 노점상이 빼곡하게 들어찬 우루무치는 변방이라는 이미지와는 엄청나게 다른 대도시다. 고층빌딩, 호텔, 쇼핑몰이 죽 늘어서 있다. 그 사이사이로 산등성이가 보이고, 그제야 비로소 아, 여기는 상하이도 베이징도 아닌 우루무치구나, 라는 사실을 떠올린다. 그 정도로 도시인 것이다.

우루무치에는 취재차 갔는데, 그 취재 사이에 헌책방을 찾으라는 것이 편집부의 지령이었다. 우루무치에 도착한 첫날, 공항에서 시가지로 향하는 차에서 바깥을 내다보던 나는 모스크라든가 사람들의 다양한 생김새 등에 가볍게 혼란이 일어 헌책방을 찾는 건 무리라고 마음 한구석에서 생각했다.

그도 그럴 것이, 도시니까.

가령 뉴질랜드에서 온 여행자에게 "신주쿠에서 헌책방을 찾아라"라고 말한다면, 그건 무리한 요구라고 생각하지 않으시나요? 오카자키 다케시 사부 같은 선도자가 신주쿠 여기저기에 흩어져 있는 헌책방 지도를 그려준다면 또 모르겠지만, 아무런 정보도 없이 번화가에서 이세탄 백화점이나 마루이 백화점 사이를 누비듯 걸으며 헌책방을 찾아내는 건 불가능에 가깝다.

그리하여 나는 초장부터 헌책방 취재를 머릿속에서 몰아내고 여행을 시작한 것이다.

그런데 우루무치의 번화가를 걷던 중, 너무 쉽게 헌책방을 발견해버렸다.

장소는 도시에서 가장 번화한 거리인 인민로로 향하는 건설로의 교차점. 상자형 매점이 늘어선 한구석에 나무판자로 책상을 만든 노점상이 있었다. 책상 위에 올려놓은 상품은 잡지나 서적 같은 헌책. 오오, 헌책 노점상. 손님 몇몇이 책상을 둘러싸고 잡지를 팔랑팔랑 넘긴다.

점포가 없는 헌책방은 서서 먹는 메밀국숫집처럼 서민적인 소탈함이 있었다. 노점 주인은 아주머니였는데, 책을 올려둔 나무판자 뒤에서 주스 따위가 들어 있는 플라스틱 상자를 뒤집어 그 위에 멍하니 앉아 있다. 서서 보든 앉아서 보든 아랑곳하지 않는 무관심이다.

처음부터 포기했던 헌책방과 갑자기 마주치다니. 노점 헌책방을 곁눈으로 바라보며, 시가지 중심에 있는 인민로를 따라 계속 나아간다. 인민로와 신화북로가 만나는 모서리는 광장처럼 되어 있어서 상당히 밝고 활기차다. 세계 각지의 주요 광장과 마찬가지로 수많은 사람들이 오가고, 한가해 보이는 남녀가 여기저기에 주저앉아 있으며, 광장을 둘러싼 도로에는 차들이 끊임없이 달린다.

이 광장의 한구석에 커다란 서점이 있었다. 나는 여행을 할 때 서점이 눈에 띄면 반드시 들어가본다. 읽을 수 있는 책 같은 건 없다는 사실을 알고 있는데도, 들어가지 않고는 견딜 수 없는 인력이 서점에는 있다. 광장 구석에 있는 서점은 갓 지은 4층짜리 새 건물이었다. 도쿄로 치자면 기노쿠니야 서점 이나 준쿠도 서점* 같은 느낌이다.

서점에 들어서면 입구에 접수대가 있다. 경비원이 앉아 있 는데, 매우 무뚝뚝하게 "가방을 맡겨라"라는 듯한 말을 한다. 순순히 맡기자 등뒤의 로커에 툭 넣더니 물표를 건네준다. 좀도둑도 만국 공통인가 생각하며 서점으로 들어선다.

입구 근처에 잡지와 주간지 등이 놓여 있는 것은 일본 서 점과 똑같다. 안쪽에는 아동서나 요리책. 2층으로 올라가자 소설책이 진열되어 있다. 3층으로 가서 앗, 하고 놀랐다.

1, 2층에 진열된 책은 중국어지만 3층은 위구르어다. 이 두 글자는 모양새가 전혀 다르다. 중국어는 한자고 위구르어는 아라비아문자와 매우 닮은(양쪽 다 모르면 똑같이 보이는) 선 같 은 문자다. 4층은 사전이나 참고서가 진열된 층으로, 여기에 는 중국어와 위구르어가 둘 다 있었다.

그렇구나. 이곳은 다민족이 생활하는 도시니까 책에도 종 류가 있다는 사실을 새삼 깨달았다.

그러고 보니 중국어 층에는 한족처럼 생긴 사람들이 있고, 위구르어 층에는 민족의상을 입었거나 윤곽이 뚜렷한 유럽풍

■   둘 다 일본의 대형 서점 체인.

얼굴의 사람들이 있다. 당연한 일이지만 일본에 사는 내게는 역시 무언가 신선한 놀라움이었다.

　그 서점에서 흥미로웠던 부분은 일본의 만화가 아이들에게 매우 인기 있었다는 점이다. 많은 아이들이 책장 앞에 웅크려 앉아 책을 읽고 있었는데, 거의 대부분이 일본 수입책이었다. 『꼬마 마루코』에 『슬램덩크』에 『명탐정 코난』에 『도라에몽』. 문고본만한 작은 사이즈였는데, 다들 그 책들을 정신없이 읽고 있다. 중국어 오리지널 만화도 있었지만 그쪽은 쳐다보지도 않는다. 일본 만화는 역시 굉장하다.

　서점을 나와 해방남로로 이동해 조금 더 직진하면 우루무치 최고의 번화가, 이도교 시장과 국제 대大바자가 있는 한결같이 활기찬 모퉁이가 나온다. 국제 대바자는 새로 생긴 쇼핑몰로 꾸며져, 서민의 시장이라기보다 관광객을 상대로 한 특산물 가게가 빽빽이 늘어서 있는 곳이다. '옥'이라고 불리는 돌, 민족의상, 악기, 말린 과일, 차, 한약재, 액세서리, 뭐든 다 있다. 중국이라 해도 역시 이곳은 신장위구르 자치구. 점원이 무뚝뚝하게 먼지투성이 쇼윈도를 쳐다보는 일 없이, 가게 앞을 지나가면 모두가 쾌활하게 말을 걸며 손님을 끈다.

　이 국제 대바자의 쇼핑몰 안에서도 헌책방을 발견했다.

　북적이는 쇼핑몰 안에 매우 조용한 구석이 있었다. 그곳은 활기찬 호객 행위도 없고, 아니 그렇다기보다 가게 직원도 없고, 그래서 윈도쇼핑을 하는 손님도 없이 쥐죽은듯 고요했다. 이 고요함 속에 늘어서 있는 진열장을 보자 놀랍게도 팔고 있는 것은 책. 모두 중국어책이다.

일본에서는 희귀본이라 불리는 종류의 책인 듯하다. 진열장 위에 놓여 있는 것은 개중 비교적 싼 물건인 모양이다. 손에 들고 팔랑팔랑 넘겨봤지만 전혀 모르겠다.

이곳에는 책뿐만 아니라 서예 작품이나 족자, 오래된 사진(마오쩌둥이 많다), 내용을 알 수 없는 팸플릿 등도 놓여 있다. 속되게 말해 '종이쪼가리'를 파는 가게는 세계 어느 나라에나 반드시 있구나.

내게 조금 더 보는 눈이 있었다면 이 모퉁이는 유원지처럼 즐거웠겠지만, 아무것도 모르는데다 중국어도 머릿속에 없어서 노점 헌책방과 전혀 다를 바 없어 보이는 것이 조금 슬펐다.

국제 대바자를 나와 단결로와 만나는 곳에서 오른쪽으로 꺾어지는 모퉁이에도 작은 헌책방이 있었다. 위구르어 헌책방이다. 한 평이 될까 말까 하는 작은 가게로, 사방의 벽에 책이 빼곡하게 꽂혀 있다. 아르바이트생으로 보이는 위구르족 청년이 가게 앞에 걸터앉아 안쪽을 들여다보는 나를 의아한 얼굴로 바라본다. "무슨 볼일 있어? 위구르어 읽을 수 있어?"라고 말하고 싶은 듯한 표정. 좁은 가게는 어두컴컴하고, 몇 몇 위구르족 남성이 책을 찾고 있다. 내가 들어가자 역시 흠칫 놀란 얼굴로 쳐다본다. 거리를 걸을 때는 다민족이 뒤섞여 있지만, 책방이라는 장소에는 정확히 서식지가 구분되어 있다. 그렇게 생각하면 언어란 불가사의한 것이다. 음식도 습관도 흐지부지 대범하게 뒤섞여 있는데도, 언어를 다루는 장소에는 마치 종교 시설처럼 분명한 구분이 존재하니까.

중국어책도 모르지만 위구르어책은 더 모른다. 어두컴컴한 헌책방을 등지고 부랴부랴 밖으로 나왔다.

리어카에 상품을 실은 노점상이 고속도로 옆 샛길에 몇 군데 나와 있는데, 여기에도 헌책방이 있었다. 손톱깎이나 비누를 파는 잡화 노점, 땅콩을 파는 노점, 양말과 남자 속옷을 파는 노점, 거기에 섞여 있는 헌책 노점. 가게 주인으로 보이는 할아버지가 그늘에 의자를 늘어놓고 낮잠을 자고 있다.

리어카 헌책방에는 중국어책이 진열되어 있었다. 읽지는 못하지만 무심히 한 권씩 구경하는데 이곳에서 지금까지 보아온 헌책방의 공통점이 퍼뜩 떠올랐다.

책이, 지저분하다.

먼지투성이에 색이 바랬고 표지는 말려서 뒤집혀 있다. 희귀본을 취급하던 국제 대바자의 헌책방 역시 진열장 앞에 늘어놓은 책은 지저분했다.

아니, 헌책방뿐만 아니라 일반 서점의 책도 오래되어 색이 바랜 물건이 그대로 진열되어 있었고, 손에 쥐어보면 거슬거슬한 것도 있었다.

아무래도 이 나라 사람들은 책이라는 것의 모양새를 그다지 신경쓰지 않는 모양이다.

위구르어책도 중국어책도, 그러고 보면 딱히 세련된 디자인으로 만들지 않았다. 특히 중국어책은 규정이라도 있는지 모두 같은 판형에 같은 소프트커버다. 표지에는 그럴듯한 그림이나 사진이 제대로 들어가 있지만, 일본의 책처럼 '멋을 부린' 느낌이 들지 않는다. 디자인만 보고 산다는 개념이 없는 듯, 정말로 퉁명스러워 보이는 책뿐이다.

분명 이곳 사람들은 책을 살 때 내용을 사는 것이리라. 물건으로서의 책이 아니라 지식이나 사상, 오락, 세계, 생활의 일부를 사는 것이리라. 그래서 분명 책의 겉모습이 아무리 더러워도 신경쓰지 않는 것이 틀림없다.

먼지투성이에 거슬거슬한, 읽지 못하는 책의 책장을 넘기며 나는 그런 생각을 했다.

국제 대바자를 등지고 고속도로와 나란하게 쭉 걸으면 우루무치 역에 도착한다. 공항 같은 커다란 기차역이다. 그도 그럴 것이, 이 역에서는 시안이나 투르판 등지뿐만 아니라 베이징과 상하이로 가는 열차도 출발한다. 참고로 상하이까지는

48시간. 꼬박 이틀이다. 그렇게 멀리까지 가는 열차의 정거장이니만큼, 우루무치 역은 그야말로 '역!'이라는 느낌이다.

주위에는 식당이나 잡화점, 관광안내소, 버스 매표소가 죽 늘어서 있다. 역 앞 로터리에는 큰 짐을 둘러싸고 주저앉아 있는 가족들.

이 훌륭한 역을 지나 도시의 중심으로 향하는 장강로를 걷기 시작하면, 도로변에 늘어선 향토 요릿집이 보인다. 쓰촨 요리, 상하이 요리, 후베이 요리, 위구르 요리. 물론 모두 '청진'이 붙어 있다. 열차로 이 도시에 온 여행자가 자신의 고향이 벌써 그리워져서 이런 식당에 들어가는 것일까?

식당과 이어진 한 귀퉁이에, 땅에 비닐을 깔고 책을 늘어놓은 야외 헌책방이 있었다. 이 가게는 왠지 인기가 좋아서 다들 쪼그려앉아 무언가를 읽고 있다. 오카자키 사부의 가르침을 받아 도쿄 역 지하의 헌책방에 간 적이 있는데, 이 야외 헌책방도 그런 느낌인 걸까.

비닐 위에 흩어져 있는 물건은 잡지, 주간지, 가이드북 그리고 중국어책. 역시 전부 색이 바랬고 먼지투성이에 거슬거슬하다. 우루무치 역에 지금 도착한 건지, 아니면 우루무치 역에서 어딘가로 가는 건지, 손님들이 짐을 곁에 두고 웅크려앉아 열심히 책을 읽고 있다. 주인아주머니는 관심 없는 얼굴로 그런 손님들을 바라보고 있다. 공짜로 읽는 게 그다지 민폐는 아닌 모양이다.

처음부터 찾기를 포기하고 있었는데도, 하루를 걸어다닌 것만으로 이토록 많은 헌책방과 만났다. 우루무치에서 역시 재미있었던 부분은 언어별로 구분된 책방 스타일이다. 위구르어 헌책방보다 중국어 헌책방이 더 많이 눈에 띈 이유는, 그저 위구르어책보다 중국어책 출판 건수가 더 많기 때문이겠지(48시간 거리에 있는 상하이도 중국이니까).

가장 흥미로웠던 부분은 언어가 통일되지 않은 채 확실히 공존하고 있다는 점이었다. 우루무치의 거의 모든 레스토랑에는 두 가지 언어로 된 메뉴판이 있다. 앞은 중국어, 뒤집으면 위구르어 하는 식으로. 다른 언어를 사용하고 있어도 같은 장소에서 생활하고 있으니 서로가(혹은 어느 한쪽이) 상대방의 언어를 알아야 한다.

취재에는 아미나라는 젊은 위구르족 아가씨가 동행했는데, 그녀의 말에 따르면 위구르족은 어릴 적부터 학교에서 위구르어와 영어, 중국어를 배운다고 한다. 영어만 해도 힘든데 중국어까지 배우다니 대단하다. 그래서 위구르족은 중국어를 안다. 한자를 읽고 쓰는 것은 어려울지 몰라도, 말하는 데는 거의 문제가 없다.

합리적으로 생각하자면 차라리 중국어로 통일해버리면 더

편하지 않을까 싶지만, 아마 그런 문제가 아닐 것이다. 그들은 그들의 언어를 지켜야만 한다. 자신들의 언어를 지키면서도 그것을 고집하지 않고 다른 언어도 제대로 배워서 이해한다. 신장위구르 자치구는 이토록 많은 민족이 사는데도 분쟁의 역사가 거의 없으며, 다민족의 언어가 손상되지 않은 보기 드문 땅이다. 이 땅에는 '다른 것과 공존'하는 자세가 줄곧 뿌리내리고 있었다는 생각이 든다.

점포나 길가, 리어카에 진열된 너덜너덜한 먼지투성이 책. 그리고 두 가지 언어. 이들은 양고기 요리와 모스크 지붕, 향신료 냄새, 사람들의 서글서글한 미소와 함께 우루무치라는 장소가 지닌 매우 아름다운 개성이다.

추신. '내 소설 중 중국어로 번역된 것이 있으니 어쩌면 눈에 띌지도 몰라.' 헌책방과 일반 서점에 들어갈 때마다 이런 옅은 기대를 품었지만 보기 좋게 없었습니다. 이 넓디넓은 중국에서 책을 출판하고, 또 누군가가 그 책을 읽어준다는 것은 엄청난 일이라고 생각했을 따름입니다. 그래도 여행지에서 자신이 쓴 책을 발견하는 건 매우 로맨틱한 일이라고 생각하지 않나요?

# 8월, 빈

빈 여행은 예전부터의 염원이었다. 합스부르크가도 자허토르테 케이크도 아무것도 모르지만, 내가 매우 좋아하는 소설에 빈이 자세하게 나오기 때문이다. 존 어빙의 『가아프가 본 세상』이라는 책이다. 『호텔 뉴햄프셔』에도 빈이 등장하지만, 『가아프가 본 세상』에서의 인상이 더 강하다.

이는 『가아프가 본 세상』 중 가아프와 함께 빈으로 이사한 어머니가 하루종일 자서전을 집필하고 있어서, 시간이 남아도는 가아프가 빈 거리를 샅샅이 돌아다닌다는 서술이 있기 때문이다. 무슨 거리에서 무슨 거리로, 어쩌고 박물관에서 저쩌고 교회로, 이런 식으로 골목길의 이름, 건물명, 지명, 시장 이름이 빈번하게 등장한다. 그래서 가아프가 걸었던 대로 빈을 걷는 것이 소설의 열성팬인 내 염원이었다.

빈에 도착한 다음날 아침, 『가아프가 본 세상』을 가이드북 삼아 호텔을 나섰다. 빈은 작은 도시로, 중심가를 둥글게 감싸듯 노면전차가 달린다. 노면전차 일일 패스를 사서 타면 거의 하루 만에 볼만한 곳은 전부 돌아다닐 수 있다. 물론 그 정도로 좁은 도시라서 노면전차를 타지 않고 걸어다녀도 된다(하지만 이는 하루 여덟 시간을 걸어도 아무렇지도 않은 나의 느낌이라서, 일반적인 사람에게는 어떨지 모르겠다).

내가 빈에서 가장 가보고 싶었던 곳은 역사박물관이다. 이곳에는 클림트와 에곤 실레의 그림이 있는데, 그것 말고는 화려한 전시가 거의 없다. 관광객도 거의 없다. 하지만 여기가 내게는 빈의 핵심이었다. 빈에 도착한 다음날, 나는 재빨리 역사박물관으로 향했다.

이곳에 무엇이 있는가 하면, 프란츠 그릴파르처라는 오스트리아 작가의 방이 그대로 전시되어 있다.

집필하느라 바빠서 시내를 전혀 구경하지 않는 가아프의 어머니 제니가 직접 언급한 몇 안 되는 박물관 중 하나가 이 빈 시市 역사박물관이다. 그녀는 이곳에 작가의 방 하나가 그대로 전시되어 있다는 이야기를 가아프에게 한다. 그 말을 들은 가아프는 즉시 그 방을 보러 가서 '딱히 특별한 것도 없다' '폭이 넓은 작가의 침대나 테이블이 아니다'라는 감상을 품는다. 그런 다음 그는 오스트리아에서만 지명도가 있는 이 작가의 책을 읽는다. 그러고는 엄청나게 싫어하게 된다. 하지만 그릴파르처는 가아프에게 큰 영향을 끼치고, 가아프는 첫 작품 『펜션 그릴파르처』를 완성한다는 내용이다.

역사박물관에 도착해 그릴파르처의 방을 찾아 한 층 한 층 관내를 걷고 있자니 왠지 바보처럼 긴장이 되었다. 몹시 좋아하는 스타의 촬영장을 찾아가 그가 나오기를 기다리는 소녀가 이런 기분일까?

그릴파르처의 방은 꼭대기 층에 있었다. "있다!"라고 소리를 지르고 싶을 정도로 기뻤다. 확실히 방은 좁고, 침대도 책상도 필통도 좀 작아 보였다. 작은 집에 사는 일본인인 내 눈에도 좀 작아 보였다(이 뒤에 베를린에서 본 모리 오가이의 작업실이 더 넓었다).

나는 그 좁은 모퉁이를 질리지도 않고 바라보았다. 가아프가 이렇게 서 있었다고 생각하며, 가아프의 시선을 따라가듯 바라보았다. 본다고 해서 어떻게 되는 것은 아니다. 하지만 보기만 해도 기쁘다. 참된 열성팬이다.

박물관을 나와 『가아프가 본 세상』을 들고 도시를 걸었다. 그러고 보면 이 책의 기술이 몹시 정확하다는 점을 알 수 있다. 물론 도시의 인상은 상당히 다르다. 제니와 가아프가 빈으로 이사를 온 것은 1961년이라고 되어 있다. 그리고 가아프는 빈의 인상을 "죽음의 도시"라고 썼다. 음침한데다 전쟁의 재해에서 회복하지 못하고 있다, 라고. 내가 여행한 2005년의 빈은 물론 전쟁의 흔적 따위는 전혀 보이지 않는, 음침함의 조각조차 없는 아름다운 도시였다. 그러나 소설은 건물과 거리의 이름, 한 장소에서 다른 장소로의 이동 수단을 정확히 묘사했고, 또 그것들이 아직도 존재하기 때문에 나는 가공의 가아프를 앞세워 걸을 수 있었다.

지금의 나슈마르크트 시장에는 터키 즉석요리와 아시아 식료품점이 많아졌지만, 나는 거기서 과일을 사는 창부 샤를로 테를 발견하는 가아프를 볼 수 있었다. 그 과일이 오렌지일 것이라는 사실도 왠지 보였다. 슈테판 대성당으로 이어지는 캐른트너 거리는 지금은 밤에도 관광객이 들뜬 마음으로 거 니는 번화가가 되었는데, 내 눈에는 또다시 가만히 어둠에 가 라앉는 거리와, 여기저기에 서 있는 창부와, 그 사이로 등을 구부리고 걷는 가아프가 보였다.

그러자 며칠밖에 머무르지 않은 빈이라는 장소가 지나가는 길에 들르는 관광지가 아니라 나에게만 뭔가 깊은 의미를 지 닌, 단순한 여행지와는 다른 특별한 장소로 느껴진다. 이런 여 행도 재미있다.

한편 다음날 헝가리로 출발하는 빈에서의 마지막 밤, 여느 때처럼 『가아프가 본 세상』을 다시 읽던 나는 헌책방에 대한 서술이 있다는 사실을 깨달았다.

앞서 말한 그릴파르처의 방을 본 뒤 가아프는 그릴파르처 의 책을 닥치는 대로 읽는데, 그중 "합스부르크 거리의 헌책 방에서 영어판 번역을 발견했는데, 그것을 읽어도 너무 싫다 는 인상은 변하지 않았다"라는 대목이 있었다.

그러고 보면 빈에서 나는 헌책방을 보지 못했다. 반드시 이 "합스부르크 거리의 헌책방"에 가보고 싶다는 생각이 들었다. 나는 거기서도 가아프를 볼 수 있을 것이다. 모든 벽을 뒤덮은 책장, 바닥에도 쌓여 있는 책, 그릴파르처의 방처럼 좁고 어두컴컴한 공간, 먼지 냄새, 나는 못 읽는 독일어 책등, 분명 무뚝뚝할 책방 주인…… 소설에는 위에 쓴 한 줄밖에 나와 있지 않은데도 나는 왠지 그 헌책방을 이미 잘 아는 듯한 기분마저 들었다.

결론부터 말하자면 나는 그 헌책방을 발견하지 못했다. 그곳에 가려고 생각한 것이 출발 전날 밤이었고, 가지고 있던 지도에서 합스부르크 거리를 찾지도 못했다. 그래서 다음날 오전에 (소설 속에서 가아프가 그랬듯이) 슈테판 대성당 옆의 매점에서 비엔나소시지와 커피로 아침을 먹고 짐을 싼 다음 공항으로 향했다.

그나저나 여행을 마치고 생각해보니, 나는 왠지 실제로 그 헌책방에 간 듯한 착각을 품게 되었다. 그곳은 상상대로 좁고 어두컴컴하며 주인은 손님에게 무관심해서, 나는 그릴파르처의 이름을 고생 끝에 찾아내 책을 뽑아들었지만, 영어판인 그 책 역시 읽지 못할 듯해서 포기하며 원래 자리로 되돌려놓고, 그런 다음 햇살이 밝게 내리쬐는 밖으로 나갔다…… 이런 식으로 생각하는 것이다. 이는 소설의 매력이다. 힘있는 소설이란 이렇게 사람의 기억을 변화시키기도 하니 정말 굉장하다는 생각이 절로 든다.

몇 년이 지나 빈 여행을 떠올릴 때, 풍경 속에는 틀림없이 언제나 가아프가 있을 것이다.


## 8월, 부다페스트

부다페스트가 부다 지구와 페스트 지구로 이루어진 도시라는 사실을 알고 계셨나요?

평소와 다름없이 나는 전혀 몰랐다. 애초에 헝가리가 오스트리아와 가깝다는 사실도, 바로 얼마 전까지 공산권이었다는 것도 몰랐다.

대충 설명하자면 부다 쪽에는 겔레르트 언덕이나 왕궁 언덕 등 관광 명소가 모여 있고, 도나우 강을 사이에 둔 페스트 쪽은 (물론 명소는 있지만) 레스토랑과 슈퍼마켓, 중심가가 있는 번화한 지역이다. 나는 부다 쪽의 온천 시설이 있는 큰 호텔에 묵었다.

빈에서 곧장 오면 부다페스트의 모든 것이 엄청나게 커 보인다. 거리도 건물도 강도 하늘도 무진장 크다. 상트페테르부르크와 닮았다는 인상을 받았다.

헝가리에서는 다른 취재 때문에 자유 시간이 거의 없었다. 지리를 익힐 틈도 없이 부다페스트에서 다른 지방의 도시에 갔다가, 돌아와서 바로 다음날 다시 출발하는 스케줄이었으니까. 빈에서 헌책방이 눈에 띄지 않았으니 여기서도 분명 헌책방은 찾지 못하리라는 생각을 하며, 얼마 없는 자유 시간에 페스트 지구를 걸었다.

그런데 놀랍게도 있었다, 헌책방이. 게다가 한 군데가 아니라 그 거리에 죽 늘어서 있었다. 와세다의 헌책 거리를 미니어처로 만들어놓은 느낌.

지도로 보면 국립박물관 앞의 '무제움 거리$^{Múzeum Körut}$'(박물관 반대쪽으로 걸어감)다.

유감스러운 점은 이 자유 시간이 저녁 6시가 지났을 때라 가게들이 전부 문을 닫아버렸다는 것. 하지만 철책이 닫힌 가게 안을 유리창 너머로 들여다볼 수는 있었다. 한 군데 한 군데 들여다보며 걸었다. 구경만 해도 가게마다 개성이 엿보여 재미있었다. 플로어링에 인테리어에도 공을 들인 세련된 가게도 있고, '책, 책, 책!'이라는 느낌의 강경한 헌책방도 있었다. 진열장을 꺼내놓은 가게도 있어서 그 안에 든 책을 유리 너머로 봤더니 매우 아름다운 책이 놓여 있었다. 수수한 색을 쓴 그림책과 어린이책의 삽화는 유치하지 않고 정말 근사하다. 어른 대상의 책도 아름다운 디자인이 많아서 가게가 닫혀 있는 것이 매우 유감스러웠다. 헝가리어는 물론 못 읽지만, 예쁜 책은 왠지 만지고 싶고 갖고 싶어진다.

나는 '여행하는 무지$^{無知}$'라서 헌책을 봐도 디자인의 아름다

움이나 삽화의 어여쁨에 "우와" 혹은 "이야" 하고 감탄할 따름
이지만, 역사에 밝은 사람이 본다면 공산권 시대와 현재의 차
이(인쇄, 내용, 삽화, 디자인)라든지 옛날 책과의 공통점 등 분명
재미있는 요소를 수두룩하게 찾아낼 것이다. 러시아에서 받
은 영향과 서구에서 받은 영향의 차이도 분명 있을 테지. 이
럴 때 무지는 좀 슬프다.

　자유의 다리Szabadság híd로 이어지는 길과 만나면 짧은 헌책
거리는 끝난다.

　가게 문이 닫힌 뒤에 발견한 것은 분하지만, 부다페스트에
헌책 거리가 있다는 건 몰랐다. 가이드북에도 안 나와 있다.
헌책을 좋아하시는 분은 헝가리에 갈 기회가 있다면 꼭 국립
박물관 앞의 거리로 가보세요.

　그나저나 이날 밤, 나와 K사의 편집자 T씨, 카메라맨 M씨
는 맹렬히 중화요리가 먹고 싶어져서 열에 들뜬 듯 도시를 헤
매고 다녔지만 웬걸, 중국집을 한 군데도 발견하지 못했다. 두
조로 나뉘어 찾거나 탐문 수사를 하는 등 여러 방법을 동원
해봤으나 성과는 없었다. 결국 한 시간 이상 찾아 헤맸는데도
눈에 띄지 않아서 다른 레스토랑에 갔다.

　헌책방은 있어도 중국집은 없는 장엄한 도시. 그것이 부다
페스트에 대한 나의 인상이다.

## 9월, 베를린

독일, 혹은 베를린에 대해 아무런 사전지식이나 '분명 이런 곳이겠지'라는 추측도 없이 베를린에 도착했다. 도착해서 놀란 점은 도시 곳곳에 곰이 있다는 것이었다. 물론 진짜 곰이 아니라 곰 동상이다. 내 키보다 큰 곰 동상이 호텔 앞이나 레스토랑 앞, 평범한 길거리 위에 놓여 있었다. 빨강, 파랑 등 색깔도 가지가지인데 무지개색 곰도 있었다.

베를린은 어디서부터 걷기 시작하는지에 따라 인상이 상당히 달라지는 듯하다. 이를테면 베를린 동물원이 있는 초$^{Zoo}$ 역 주변부터 걷기 시작한다면, 베를린 전체에 대해 어딘지 떠들썩하고 번잡한 도시라는 이미지를 가지지 않을까? 초 역 주변은 우에노와 조금 닮아서, 사람도 많고 차도 많은, 뭔가 거친 분위기다.

소니센터 부근부터 걷기 시작한다면 완전히 새로운 도시라는 인상을 받을 것이다. 포츠담 광장에는 갓 지은 빌딩이 늘어서 있고, 레스토랑이나 카페가 들어선 소니센터도 왠지 미래적인 건물이다.

베를린 대성당 주변을 처음으로 봤다면 예스럽고 장중한 역사의 도시라 여길 것이다. 베를린 대성당을 비롯하여 슈프레 섬에 있는 박물관들은 건물이 하나하나 장대해서 위압감이 든다.

헌책을 좋아하는 사람이라면 미테 지구부터 걷는 것을 추천한다. 미테 지구는 예전에 동베를린에 속해 있었기 때문에, 개발의 물결에 뒤쳐져서 옛 모습을 간직한 오래된 건물이 남아 있다(가이드북에 따르면).

그 건물이 지금 세련된 잡화점이나 옷가게, 카페로 쓰이고 있다. 미테 지구는 초 역 주변이나 소니센터 주변보다도 현재의 베를린의 모습을 더 잘 드러낸다.

미테 지구의 하케셔호프Hackescher hop(오래된 아파트가 쇼핑몰로 꾸며져 있다)를 지나 북쪽을 향해 걸어가면, 초 역이나 소니센터와 다른 베를린이 펼쳐진다. 실제로 걷다보면 분위기가 완전히 바뀌는 것을 알 수 있다. 찻길 양쪽에 카페가 늘어서 있고, 옷가게가 늘어서 있고, 잡화점이 늘어서 있고, 가게가 늘어서 있는 것은 다른 거리와 마찬가지지만 공기가 조금 더 온화하고 느긋해진다.

이런 예시가 적절할지 모르겠지만, 구태여 말하자면 주오센의 느긋함에 몹시 가깝다. 이 동네의 공기는 주오센 일대의 아사가야나 니시오기쿠보와 매우 닮았다. 오래된 채소 가게와 발랄한 헌옷 가게, 세련된 잡화점이 같은 거리에 늘어서 있다는 점이 그야말로 주오센이다. 오가는 이들도 대체 무엇을 하는지 알 수 없는 한가한 성인들(성인인데도 일하지 않고 어슬렁거리는)이다.

아시아 요릿집도 갑자기 늘어난다. 인도 요리, 베트남 요리, 타이 요리, 중화요리. 카페 역시 어마어마하게 많다. 젊은 사람이 연 듯한 빼어나게 세련된 가게, 플라스틱 테이블과 의자를 늘어놓은 게 다인 간결한 가게, 수요와 공급의 균형이 걱정될 정도로 가게 수가 많은데도 어느 가게든 손님이 꼭 있는 것이 불가사의하다.

이 일대는 예전의 동베를린과 서베를린의 경계였던 모양이다. 서쪽의 새로움보다 동쪽의 예스러움이 아직 남아 있다. 그래서 어딘지 모르게 촌스럽다(주오센 일대 같은 촌스러움). 하지만 문화의 향기는 그 어느 곳보다 짙다. 박물관 섬 같은 중후한 문화가 아니라, 끊임없이 움직이는 생명체로서의 문화다.

헌책방이 있다면 이 거리다. 그렇게 직감하고 걷기 시작했는데 있었다, 진짜 있었다. 부다페스트의 헌책 거리 정도는 아니지만 몇몇 가게가 여기저기에 흩어져 있다.

역시 오카자키 사부에게 '무武'라는 글자를 하사받을 만하다고('가쿠타 다케미쓰角田武光'라는 이름을 사부에게 하사받았다) 자화자찬하고 싶어졌지만, 그게 아니라 아마 전 세계에 주오센스러운 장소가 있는 거겠지. 조금 촌스럽고, 생생한 문화가 숨쉬며, 예술가 타입의 젊은이가 모여들어 필연적으로 느긋한 공기가 떠도는 장소는 어디에나 있으며, 그런 장소라면 당연히 헌책방도 많아지겠지.

새로 생긴 가게 앞에 세련된 엽서를 늘어놓은 헌책방과, 원조라는 분위기를 풍기며 멋부린 기색 없이 책만 빼곡한 헌책방이 뒤섞여 있다. 어쩐지 니시오기쿠보의 거리가 떠오른다.

안으로 들어가봤자 물론 내가 읽을 수 있는 글자는 '카프카'나 '오에 겐자부로' 정도밖에 없었지만, 나도 모르게 가게마다 들러서 책장을 살펴보았다. 어느 가게든 어렴풋이 먼지 냄새가 나고, 어두컴컴하며, 매우 헌책방다운 분위기를 풍기고 있다. 손님에게 전혀 주의를 기울이지 않는 가게 주인들도 만국 공통이다.

유럽의 헌책방은 공들이지 않았는데도 디스플레이가 훌륭하다. 유리창 너머로 본 헝가리의 헌책방과 베를린의 신구 헌책방. 어느 쪽이나 필요 이상으로 책을 가로로 쌓거나, 코너를 만들어 그곳을 돋보이게 하거나, 책표지가 보이게끔 전시하는 구역을 만들거나 하는 일 없이, 그저 천장까지 닿는 책장에 빼곡하게 책을 가득 채워넣었을 뿐이지만 그 방식이 책을 정말 소박하고 아름답게 보여준다. 전에 우루무치에서 중국 사람들에게 책이란 물건이 아닌 내용이라고 생각했는데, 여기서는 책이 내용이기도 하지만 동시에 완전한 물건이기도 하다. 그래서 대체로 디자인에 깊은 맛이 있고, 그저 늘어놓기만 해도 아름답게 보이는 것이다.

베를린의 헌책방은 어디든 텅텅 비어 있었다. 도쿄의 헌책방보다 더 비어 있었다. 그래도 밖으로 내놓은 진열대 앞에 학생 같은 젊은 사람이 멈춰 서서 진열대 안의 책을 팔랑팔랑 넘겨보고 있었는데, 햇살에 비친 그 모습을 어두운 실내에서 바라보았더니 실로 마음이 평온해졌다.

한 군데 더, 마음이 흐뭇해지는 헌책 매장을 찾았다. 훔볼트 대학이다. 아인슈타인이 교수직을 지낸 이 대학의 문을 따라 야외 헌책 시장이 빼곡히 들어서 교내까지 이어져 있다. 와세다의 야외 헌책 시장과 마찬가지로, 구획별로 나와 있는 사람이 다르다. 이 헌책 시장은 사람들이 북적였다. 나도 멈춰 서서 진열대의 책을 구경했지만 역시나 무슨 내용인지 모르겠다. 그래도 아름다운 책의 책등을 바라보고, 손에 들어보고, 본문 삽화를 구경하는 것만으로도 충분히 즐거웠다. 잔디가 깔린 교내와 헌책 진열대란 왠지 묘하게 마음을 온화하게 만들었다. 펼쳐진 페이지가 햇살을 받아 새하얗게 빛나는 모습도 흐뭇한 그리움을 불러일으켰다.

그나저나 헌책과는 전혀 관계없는 감상. 독일인은 햇빛을 지나치게 좋아하는 듯하다. 온갖 공원이란 공원에 누워서 뒹구는 사람을 보지 않은 날이 없다. 여름의 에노시마인가 싶을 정도로 붐비는 공원도 있었다. 카페에서도 모두 바깥쪽 자리. 아무리 붐벼도 바깥쪽 자리. 안쪽은 텅텅 비었는데도!

더욱더 관계없는 의문. 전신 가죽옷, 드러난 피부에는 문신, 머리는 거꾸로 세운 펑크족이 자주 눈에 띄었는데, 어째서인 지 그들은 붙임성 좋은 대형견을 데리고 있는 경우가 많았다. 개를 데리고 다니는 펑크족이라니 몹시 귀여워 보였다. 정말 이지 언제나 눈에 띄니까 이 황금 조합은 뭐지? 유행인가? 하 고 살짝 신기하게 여겼답니다.

가쿠타 미쓰요 씨와의 공저 『아주 오래된 서점』이 나온 것은 2005년. 고작 3년 전의 일이지만 벌써 꽤 오래전처럼 느껴지는 것은 어째서일까. 그해 가쿠타 씨는 『대안의 그녀』로 나오키상을 받아 금세 화제의 인물이 되었다. 그뒤로 지금까지 인기와 실력을 겸비한 작가로 활약중이다.

『아주 오래된 서점』에서 '사부'였던 나는 저멀리로 사라진 제자의 등을 지켜보며 감회에 젖는다. 너무도 농밀한 시간이 흘렀던 것이다. 지금이라면 도저히 이런 기획은 책으로 낼 수 없으리라고, 담당인 야나이 유코 씨(실은 이 책에 등장하는 야나스케의 모델)도 말씀하셨다. 그럴지도 모르겠다. 모든 것이 그 시기의 운이었다.

나도 여러 기회를 통해 사람들 앞에서 '헌책'에 대해 말하는 일이 많아졌다. 『아주 오래된 서점』 이전과 이후로 완전히 달라진 점은 여성 청중이 늘었다는 것이다. 예전에는 대부분 중년 남성과 일부 헌책 팬뿐이었다. 헌책방이나 헌책 시장에서 여성 손님의 모습이 보이게 되었다는 점에서도 이 책의 영향을 느낀다.

그런 『아주 오래된 서점』이 포켓 사이즈의 문

고판으로 되살아나다니, 저자로서 더할 나위 없는 행복이다.
문고판 『아주 오래된 서점』을 들고 헌책방 순례를 하는 젊은
이들과 만날 날을 고대하고 있다.

사부의 조언을 바탕으로 헌책방을 찾아 도쿄 도내 횡단. 고작 3, 4년 전의 일인데도 얼마나 사치스러운 일을 했던가, 하고 생각한다. 지금은 일부러 헌책방만을 위해 가마쿠라나 하라주쿠 등지로 나가지는 않는다. 볼일이 있으면 나가서, 때마침 시간이 나고 때마침 그곳에 헌책방이 있으면 들어가는 정도다. 요즘 내가 가는 가게는 대개 내가 사는 동네의 헌책방이다. 하지만 사부 밑에서 헌책 수행을 했던 1년 동안, 내가 상당히 많은 것을 배웠다는 점에 대해 이제야 돌이켜보곤 한다. 가장 선명한 기억은 여행지. 헌책방의 모습을 통해 그 도시를 어느 정도 파악할 수 있게 되었다. 헌책방은 확실히 그 도시의 개성을 응축시킨 장소다. 헌책방이 있다는 사실만으로, 읽을 수 있는 책이 한 권도 없더라도 그 도시는 조금 친근하게 느껴진다. 1년 동안 헌책도장을 다니며, 나는 분명 헌책방 세계지도를 손에 넣은 것이리라. 그 세계지도는 공간은 물론 시간도 뛰어넘어 광대하게 펼쳐져 있다. 역시 사치스러운 수행이었나보다.

가쿠타 미쓰요

## 진보초

* **미와 책방** みわ書房
  지요다 구 간다진보초 2-3 간다 고서 센터 5F 千代田区神田
  神保町2-3 神田古書センター5F
  Tel / 03-3261-2348

* **로코 책방** 呂古書房
  지요다 구 간다진보초 1-1 구라다빌딩 4F 千代田区神田神保
  町1-1 倉田ビル4F
  Tel / 03-3292-6500

* **긴토토 문고** キントト文庫
  지요다 구 간다진보초 1-19-1 후지모토빌딩 1F 千代田区神
  田神保町1-19-1 藤本ビル1F
  Tel / 03-3294-8700

* **도쿄 고서회관** 東京古書会館
  지요다 구 간다오가와마치 3-22 千代田区神田小川町3-22
  Tel / 03-3293-0161

## 다이칸야마·시부야

* **위트레흐트** ユトレヒト
  시부야 구 진구마에 5-36-6 게리멘션 2C 渋谷区神宮前
  5-36-6 ケーリーマンション2C
  Tel / 03-6427-4041

* **핵넷 다이칸야마점** ハックネット 代官山店
  ※현재는 폐점했습니다.

* **플라잉북스** フライング・ブックス
  시부야 구 도겐자카 1-6-3 시부야 고서 센터 2F 渋谷区道玄
  坂1-6-3　　　　渋谷古書センター2F
  Tel / 03-3461-1254

## 도쿄 역·긴자

* **아에스 고서관**八重洲古書館
  주오 구 아에스 2-1 아에스 지하상가 레몬로드 中央区八重洲2-1 八重
  洲地下街 レモンロード
  Tel / 03-3272-2888

* **R.S.Books**
  주오 구 아에스 2-1 아에스 지하상가 올리브로드 中央区八重洲2-1 八
  重洲地下街オリーブロード
  Tel / 03-5204-2888

* **오쿠무라 서점 욘초메점·산초메점**奥村書店四丁目店·三丁目店
  ※현재는 폐점했습니다.

* **간칸도**閑々堂
  주오 구 긴자 1-22-12 中央区銀座1-22-12
  Tel / 03-3567-8901

## 와세다

* **고서 겐세이** 古書現世
  신주쿠 구 니시와세다 2-16-17 新宿区西早稲田2-16-17
  Tel / 03-3208-3144

* **히라노 서점**平野書店
  신주쿠 구 니시와세다 3-21-3 新宿区西早稲田3-21-3
  Tel / 03-3202-4911

* **산라쿠 책방** 三楽書房
  신주쿠 구 니시와세다 3-21-2 新宿区西早稲田3-21-2
  Tel / 03-3203-8995

- **이가라시 서점**五十嵐書店
  신주쿠 구 니시와세다 3-20-1 新宿区西早稲田3-20-1
  Tel / 03-3202-8201

- **분에이도 서점**文英堂書店
  신주쿠 구 니시와세다 3-14-4 新宿区西早稲田3-14-4
  Tel / 03-3209-6653

- **안도 서점**安藤書店
  신주쿠 구 니시와세다 3-14-1 新宿区西早稲田3-14-1
  Tel / 03-3203-5509

## 아오야마·덴엔초후

- **덴엔리브라리아**田園りぶらりあ
  오타 구 덴엔초후 2-39-11 大田区田園調布2-39-11
  Tel / 03-3722-2753

- **고서 니치게쓰도**古書日月堂
  미나토 구 아오야마 6-1-6 펠리스아오야마 207호 港区青山6-1-6 パ
  レス青山207号
  Tel / 03-3400-0327

## 니시오기쿠보

- **고고시마야**興居島屋
  ※현재는 폐점했습니다.

- **하트랜드**ハートランド
  ※현재는 폐점했습니다.

- **오토와칸**音羽館
  스기나미 구 니시오기키타 3-13-7 杉並区西荻北3-13-7
  Tel / 03-5382-1587

# 가마쿠라

- **게이린소** 藝林荘
  가마쿠라 시 유키노시타 1-5-38 鎌倉市雪ノ下1-5-38
  Tel / 0467-22-6533

- **모쿠세이도** 木犀堂
  ※현재는 폐점했습니다.

- **가마쿠라키네마도** 鎌倉キネマ党
  가마쿠라 시 고마치 2-11-11 鎌倉市小町2-11-11
  Tel / 0467-22-6667

- **고코도** 游古洞
  가마쿠라 시 오나리마치 13-30 鎌倉市御成町13-30
  Tel / 0467-23-1967

- **시키 서림** 四季書林
  ※현재는 폐점했습니다.

•이 정보는 2017년 1월 현재 기준입니다.

옮긴이 **이지수**

고려대학교와 사이타마 대학교에서 일본어와 일본 문학을 공부했다. 편집자로 일하다
가 번역가로 전향했다. 텍스트를 성실하고 정확하게 옮기는 번역가가 되기를 꿈꾼다.
옮긴 책으로 『사는 게 뭐라고』『죽는 게 뭐라고』『자식이 뭐라고』『니체의 인간학』 등이
있다.

# 아주 오래된 서점

초판인쇄 2017년 1월 31일
초판발행 2017년 2월 6일

지은이 가쿠타 미쓰요 · 오카자키 다케시
옮긴이 이지수
펴낸이 염현숙
기획 · 책임편집 강윤정 | 편집 김영수 김봉곤
디자인 김이정 | 저작권 한문숙 김지영 | 마케팅 정민호 박보람 이동엽
홍보 김희숙 김상만 이천희
제작 강신은 김동욱 임현식 | 제작처 영신사

펴낸곳 (주)문학동네
출판등록 1993년 10월 22일 제406-2003-000045호
주소 10881 경기도 파주시 회동길 210
전자우편 editor@munhak.com | 대표전화 031) 955-8888 | 팩스 031) 955-8855
문의전화 031) 955-3576(마케팅) 031) 955-2678(편집)
문학동네카페 http://cafe.naver.com/mhdn | 트위터 @munhakdongne

ISBN 978-89-546-4433-4 03830

www.munhak.com